鳳心不悅 3

文創風 515

桐心 著

目錄

第六十章　前奏

晚上，安郡王帶著白遠，在軍營裡巡視。

一直走到空曠的演武場，安郡王才小聲地問道：「親衛營的人，可有異動？」

白遠感到有些莫名其妙。「什麼異動？兄弟們好著呢。」

「多注意一些。今兒鍾善傳來消息，清河大致上能斷定，親衛營有別人的眼線。」安郡王往左右看了看，假意活動著手腳。

「這不可能，兄弟們絕不會……」白遠看著安郡王漸漸嚴肅的臉，也冷靜下來。

安郡王知道白遠的感受。親衛營的每個兄弟，可都是他們親自挑選出來的，一起經歷了不知多少次的生死考驗，卻始終不離不棄。

安郡王拍了拍白遠。「你知道的，咱們家這位姑奶奶，沒把握的事她可從來不開口。」

白遠應了一聲，便馬上去把親衛營的每個人都暗地裡查了一遍，但實在沒看出哪個人可疑，這讓他有些難堪。

白遠不甘地向安郡王回報道：「殿下，都是屬下無能。」

安郡王看了看白遠，挑眉問道：「確實都查清楚了？」

白遠點頭。「絕對沒漏掉任何一個人，但還是找不到線索，屬下怕再查下去，動作太大，會讓兄弟們寒心，也可能打草驚蛇。」

安郡王遲疑了一瞬。「難不成清河的判斷是錯的？」

白遠也有些不確定地道：「要說親衛營裡有人傳遞消息，這倒有可能，但若說要動手殺殿下，我卻是不信的。咱們兄弟出生入死，護著殿下躲過了多少次刺殺，跟著殿下在戰場上廝殺也從來都不惜命，要是想取殿下的命，處處都是機會，早就動手了。」

安郡王同意道：「你說得對，先下去吧，讓我再想想。」

白遠這才退下去，背影看上去輕鬆了很多。

安郡王此時有些無奈，因為他知道白遠還是更相信親衛營。相較於白遠的感情用事，他卻更相信蘇清河的判斷。但白遠的反應這般大，要是再施加壓力，恐怕會被底下的人察覺。此事還真棘手。

本來以為最遲在三月分才會開始的戰爭，在二月中旬就這麼突如其來的爆發了，讓所有人都始料未及。

沈懷孝在離開家十幾天後，急匆匆地回來了。

一見他回來，蘇清河趕緊準備熱水，要讓他洗漱。

「別忙了，恐怕沒時間了。」沈懷孝拉住蘇清河。「我得馬上回去。剛收到消息，北遼的十萬兵馬已經出發了。」

「什麼？這麼早。」蘇清河有些驚訝。

「讓沈二帶著妳和孩子，一路往東南走。」沈懷孝安排道。

「誰都能躲，唯有我不能躲。」蘇清河看著他。「我能帶著孩子活著離開遼東，就一定也會活著帶孩子離開涼州，但不是現在。既然遲早要回京城，那麼，我絕不能是那個臨戰而逃的公主。」

沈懷孝看著她，在原地轉了兩圈，知道她是個固執的人，就問道：「妳不惜命，孩子們的命妳也不管嗎？」

「相信我，只有我們不動，才是最安全的。」蘇清河低聲問道：「你是否注意到哥哥的身邊，最近有什麼事情發生嗎？」

「沒有。」沈懷孝不知道她突然轉移話題是要幹什麼，但還是耐著性子聽。

這讓蘇清河不由得皺起眉頭。不管是沒查出來，還是查出來了沈懷孝卻不知道，她都必須要再鄭重地交代一次。「戰場上刀劍無眼，你自己多小心。另外，多注意一下哥哥，他的親衛並不可靠。」

沈懷孝吃驚地看向她。「確定嗎？」

蘇清河點頭。「你們都小心一些。」她理了理他的衣裳，上前抱住他。「我知道你擔心咱們，但你真的多慮了，以我的手段要保住我們娘兒三個的性命，還是綽綽有餘的。你把沈二留給我，剩下的就別擔心了。記住，安心地去，平安地回，我在家裡等你。」

沈懷孝剛要說話，就聽見蘇清河在他耳邊道：「哥哥在涼州經營了這麼多年，哪裡會不留下逃生的退路，但這個地方只能讓我知道，你明白嗎？」

沈懷孝的心這才落了下來。他不用知道也沒關係，只要能保證他們母子安全就好。

沈飛麟和沈菲琪乖乖地看著沈懷孝，讓沈懷孝心裡的不捨更濃烈起來。

「爹爹，要平安回來。」沈菲琪紅著眼眶說。

「爹，小心。別操心我們，我們都會好好的。」沈飛麟說得格外認真。

沈懷孝把兩個孩子抱了又抱，才起身抱了蘇清河。「孩子他娘，等我回來。」

蘇清河突然鼻子一酸，重重地點頭，又往他懷裡塞了個小瓷瓶。「這裡面有兩顆丸藥，是我養父留給我保命的，只要還有一口氣，服下它，能暫時保證六個時辰性命無礙；但六個時辰內必須及時就醫，若是醫治得當，不會有生命之憂。這種丸藥所需的藥材極度難尋，煉製不易，一定要謹慎使用。當今世上，怕只餘這兩粒了。」

沈懷孝只覺得胸口滾燙燙的。他點點頭，大步離開。

看著沈懷孝離開，蘇清河馬上就冷靜下來。她現在要做的就是穩定人心，守好門戶。

「娘，爹爹會沒事的。」沈菲琪語氣肯定，但眼裡卻十分擔憂。

蘇清河點頭。「對，會沒事的。」她這麼說服孩子，也是在說服自己。

安郡王看著沈懷孝遞給自己的藥丸，小心地收起來，他輕聲一嘆。要不是找到了清河，涼州這一連串的事情，早就把他打趴了。如今雖然看著凶險，但其實，他們已經準備得很充分了。

投毒的沒投成，而兵械經過一次淬火的工序，雖然還不能達到標準，卻也不會脆得過分，再加上塗抹了藥劑，武器算是占了優勢。而糧草看起來吃緊，但實際上父皇已經為他準備了足夠的錢糧，就算打持久戰，他也消耗得起。

說實話，他不擔心戰場的變化，卻更擔心身邊的人突然發難。

白遠到現在都沒有查出這個奸細是誰。

「王爺，這次在下不打算親自領兵了，還是讓我跟在您身邊吧。」沈懷孝突然道。

這讓安郡王有些愕然。

放棄領兵，就等於是放棄了獲得戰功的機會。

戰爭，不光有戰場上的殊死搏鬥，還有戰前的資源調配和戰略的部署等等。這些過程，沈懷孝全程參與，勞心勞力，可到了最後摘果子的時候，卻放棄了。

安郡王知道，他一定是從蘇清河那裡聽說了什麼。

「好。」安郡王一口應了下來。「你就留在我身邊，協助我指揮吧。」

沈懷孝點頭，明白安郡王的心意。「從現在開始，在下會留在您身邊，寸步不離。」

安郡王笑了一下。「好，聽你的。」

沈懷孝的侍衛，也跟著沈懷孝一起駐紮在安郡王的營帳外。

白遠心裡明白，這一定是姑奶奶的安排，也代表自家主子對親衛營仍抱持懷疑的態度。

他的腦子裡不停地閃過一張張面孔。會是誰呢？

不過，沈懷孝的到來，還是讓他鬆了一口氣，最近他連睡覺都不敢睡踏實。

第二天，涼州除了守城的軍隊，其他部隊已經開拔了。

北遼軍帳中，在大帳的主位上坐著一個粗獷的漢子，三十來歲，氣勢逼人，正是北院大王耶律虎。

此刻他成竹在胸。「告訴兒郎們，放心大膽地去吧！就連咱們殺羊宰牛的刀，都比他們的刀子鋒利。」

帳中傳來雀躍的歡呼聲，直沖雲霄，讓篝火堆邊的將士們也跟著熱血沸騰起來。

等眾人都退去，屏風後的角落才走出一個人來。此人雖是一身遼人裝扮，但明顯是漢人的長相。

「大王可別忘了我家主子交代過的事。」那漢人鄭重地道。

「這個自然。」耶律虎笑道：「只要你家主子所言屬實，他們的刀只能用來切豆腐的話，本王也絕對會履行諾言，不會讓粟遠洌活著回到涼州。」

那漢人這才點頭。「在下相信大王是信守承諾之人。」說著便轉身道：「那麼在下就告辭了。」

「慢走不送。」耶律虎恥笑一聲。「漢人，就是喜歡在背後算計人。」

安郡王坐在大周軍帳中，分析著戰況。「如今兩軍成對立之勢。北遼甚是奇怪，完全沒有戰略部署，就是打算硬碰硬來一場，還真是稀罕的打法。」

沈懷孝瞇了瞇眼，沈聲道：「要是咱們的情況被北遼知道得一清二楚，也就沒什麼好奇怪的了。砍不死人的武器，何懼之有？」

安郡王往後一靠。「先是兵部、工部，現在又是北遼，內外勾結，看來是打算置我於死地。」

沈懷孝點頭。「有人不希望您回到京城。看來，此人對皇上的瞭解甚深。」

安郡王瞳孔一縮。「你說得沒錯。這個人的手伸得很長啊……能在我身邊安插棋子，就證明他比別人都早一步知道父皇的心思。可他不知道的是，做得越多，洩漏出來的越多，遲早會被抓住尾巴的。」

沈懷孝看了帳外一眼。「我讓沈大注意親衛營的動靜，暫時還看不出來有什麼不對勁。這不是白遠的錯。」

安郡王知道，這是在說自己不該冷著白遠。

「他太感情用事了。」安郡王垂下眼瞼。「正是這樣的性子，讓他失去了基本的判斷能力，如今正好磨一磨他。」

沈懷孝不再說什麼。白遠和安郡王的感情絕對不一般，此時的冷落，讓他覺得更像是兩人的策略。

將白遠由明轉暗，在暗處觀察著每個人的一舉一動。包括親衛營，也包括他帶來的侍衛。

馬蹄狂奔，塵土飛揚；旌旗招展，喊聲沖天。

兩軍對壘，只等著信號旗一動。

今日的安郡王剃了那一把大鬍子，露出年輕的臉龐來，眾人這才驚覺，這位王爺竟然是個名副其實的美男子。

見過蘇清河的人，難免在心裡再一次比對。要論起長相，兩人是相像的，但氣質又明顯不同。安郡王是威嚴的、內斂的；蘇清河是清冷的，也是柔和的。

沈懷孝不停地朝安郡王的臉上打量，猛一看，有九成相像，仔細看，卻只有六成相像。

安郡王胯下是一匹健碩的白馬。此刻，他坐在馬上，雙眼如電的遙望著對面的耶律虎。

耶律虎嘴角帶著笑意。他們的探子搜集來的關於安郡王栗遠冽的畫像，都是蓄著一把大鬍子，沒想到見了真人，卻是個俊朗的年輕人。

不過，真是可惜，這麼年輕就要……

他嘴角牽起笑意，抬起手，輕輕一搖，指揮信號旗。信號旗還沒來得及搖，對面周朝軍隊的喊殺聲就響了起來。

只見那安郡王一身白鎧甲和火紅的披風，一馬當先的衝過來，緊隨其後的騎兵、步兵，也一起湧入戰場。

這就是漢人所說的「先聲奪人」吧？呵呵，幼稚！

第六十一章　戰場

信號旗一動，北遼的將士打著呼哨，發出巨大的吆喝聲，迎了上去。

耶律虎看著戰場，笑意越發濃重。這就是一場收割腦袋的遊戲，可現實卻狠狠地打了他一巴掌。就見周軍所過之處，北遼的將士，包括戰馬，統統倒地不起。

耶律虎瞪大眼睛，這哪裡是切豆腐的刀？明明是世所罕見的利器啊！這樣的殺傷力，在他平生所見的武器中，絕無僅有。

上當了！他一定是上了漢人的當。這些陰險的漢人……好你個粟遠冽。那個漢人肯定不是從京城來的，一定是粟遠冽這個狗崽子自導自演的一齣戲。

戰場的情況可以用觸目驚心來形容。滿地的遼人，也不知是死是活。

耶律虎甩了下馬鞭，目眥盡裂，就要策馬上陣。他的隨從趕緊攔住他。「他們的武器蹊蹺得很，大王當慎重。」

耶律虎瞬間冷靜下來。要是枉死在這裡，可就太冤了。

遼國的將士只見自己的袍澤一個個倒下。明明還睜著眼睛，也只是傷了胳膊，一個小小的傷口，為什麼就倒地不起了呢？不知道在戰場上這樣「裝死」是很危險的嗎？不但隨時可能被敵方補刀，也可能被戰馬踩死，更有可能被自己身後蜂擁而上的袍澤給踩成肉泥。

果然，一眨眼間，某個「裝死」的兵士就被周軍的一個小兵卒給補了刀，一刀割喉。

他暗地裡罵那個兵士愚蠢，但是緊接著，自己的胳膊就被周軍的刀子劃了一道口子。他心生怒意，決定把砍他的小子直接劈成兩半，可是，他的胳膊卻抬不起來，身體也不由自主地向下倒去。

他害怕了，真的害怕了。他向真神發誓，他絕不是畏戰，也不是怕死，可自己就這樣失去了身體的控制權。

這是妖術！周朝的軍隊會妖術！

而另一邊的大周將士那可是越戰越勇。戰場上，自然免不了會有死傷，遼國的將士也不是木樁子，可周軍的死傷跟遼軍一對比，就顯得微不足道了。

當一個十六歲的新兵蛋子，揮舞著手裡的刀，將遇到的敵人盡數斬於馬下時，他自己都以為自己是戰神降世了。

「妖法，這是妖法！」有人喊了這麼一句，這句話像是病毒一樣，在人群中擴散開來。

沈懷孝跟在安郡王身邊，感受到了他們軍隊在敵人心中所引起的恐慌。於是他心中一動，高聲喊道：「謝天兵天將相助。」

緊接著，沈懷孝的侍衛們也一起高喊。「謝天兵天將相助。」

大周的將士驚詫莫名。是啊，除了天兵天將相助，還能有什麼解釋呢？這樣的聲勢逐漸蔓延開來，不一時，喊聲震天。

一強一弱之間，勝負已定。

北遼的將士開始陸續潰逃。

耶律虎怒目圓睜。見了鬼的天兵天將！但他深知，若再這麼耗下去，吃虧的只有自己。識時務者為俊傑，耶律虎命令道：「收兵。」

而大周的氣勢正盛，哪裡肯善罷甘休，一路緊追了過去。

耶律虎何曾這般狼狽過，被追得恍若是喪家之犬。

「放火。」耶律虎到底是一員猛將，觀察到此地恰好是一處山坡的向陽面，沒有積雪，枯草很厚，鋪得滿地都是。他馬上命令。「快放火！」

火，就是一條天然的隔離帶。北遼的軍隊如今在上風處，只要不燒到自己，能暫時擋住追兵即可。

草原上的風野得很，助長了火勢，不一時，一堵火牆就橫亙在兩軍之間。

「快撤！」安郡王喊了一聲，他們如今在下風處。太靠近很有可能會被火燒傷。

沈懷孝道：「果然是耶律虎，就憑這份果決和機智，也難怪在北遼的呼聲高於太子耶律豹。」

安郡王點頭。「是啊，絕對是個勁敵。」他看著滿地的人。「傳令下去，能救的就救，別殺了。」

經此一役，北遼暫時沒有能力再起兵，倒是可以和耶律虎坐下來好好談談。這些俘虜，正好可以作為和北遼談判的籌碼。

意外就在此時發生了。另一側的山坡上，一枝箭突然衝著安郡王而來。

沈懷孝大吃一驚，趕緊扔出自己的佩劍擋了一下。

兩方的力量相當，碰撞之後，飛箭和佩劍雙雙落到地上。

眾人驚魂未定，安郡王的心也還在狂跳，差一點點就……還沒有感嘆完，他的馬卻突然揚蹄，向前直衝而去。

看來馬也中招了！這一定是自己人幹的。沈懷孝心裡閃過這樣的念頭，幾乎和白遠同時朝安郡王追去。

就見那馬猛地跪在地上，將安郡王狠狠甩了下來，緊接著聽到「喀嚓」一聲，似乎是腿斷了的響聲。

「王爺！」沈懷孝和白遠兩人大叫一聲，臉色都白了。

安郡王沒有死在戰場上，卻在這裡被人暗算。

馬兒猛然跪地，是被絆馬索絆倒的，而這周圍，還莫名其妙地多了許多尖利的石頭。這會是巧合嗎？答案是否定的。

安郡王滿臉是血，腿也以奇怪的姿勢扭曲著，顯然傷得不輕。

「王爺。」白遠伸手就要拉起安郡王。

「別動！」沈懷孝聽過蘇清河給兩個孩子講急救知識。他知道，此時最好不要移動可能已傷到骨頭的安郡王。

他將自己的那顆保命丹拿出來，塞到安郡王的嘴裡，藥入口即化，安郡王的喘息聲也漸漸平穩下來。

安郡王睜開眼，看著白遠。「交給駙馬全權指揮……聽他的。」

見白遠點頭，才又扭頭看向沈懷孝，卻再也說不出話來。

沈懷孝知道此時不是謙讓的時候，他道：「放心，您不會有事的，清河的醫術您也知道。」

安郡王點頭，又閉上了眼睛。

沈懷孝看著白遠。「現在我除了你，誰也信不過。我不能離開這裡，所以你馬上回涼州，將夫人請過來，王爺的傷勢只有她能治。」

白遠極度自責。他知道方才守在安郡王身邊的，都是親衛。馬兒早不出問題，晚不出問題，偏偏在刺客行刺、眾人都大亂的時候出了問題。這明顯是奸細與刺客相互配合，趁亂下手。

在這一片方圓之地內，都佈置了絆馬索和尖石陣，他相信這是早有預謀的。若王爺的身體留下殘疾，那麼，一切的努力就都白費了。

對於蘇清河的醫術，白遠沒有絲毫懷疑，今天的大勝，有一大半的功勞都要記在這位姑奶奶身上。聽到沈懷孝的話，他沒有猶豫，馬上起身。「將軍放心，我這就去。」

「早去早回，那藥只能保王爺六個時辰無恙。」沈懷孝道。

「知道了。」白遠騎上馬，飛奔而去。

沈懷孝開始指揮將士，就地安營紮寨。他沒有讓安郡王的親衛上前，只是道：「兄弟們，剛才的事情你們都看見了。我知道你們大部分都是王爺的親信，對王爺忠心耿耿，但還是被人鑽了空子。所以，我不能讓各位靠近王爺，這一點，希望你們理解。」

林哲拱拱手。「王爺就拜託給沈將軍了，我等感激不盡。」

親衛營的人臉上都有一抹羞愧，更多的則是擔心，紛紛點頭。

「王爺現在怎麼樣了？」林哲旁邊一個不高的青年問道。

沈懷孝眼睛微微一眯。「這位是……我怎麼瞧著有些面生？」他也在安郡王府來來往往了這麼長一段時間，卻對這個人沒有絲毫印象；而且，如今安郡王的情況如何，還沒擺脫嫌疑的他們根本不該打探。

親衛營的人都關心王爺的生死，可為什麼他這般著急呢？他比別人都急，是因為對安郡王的感情更深嗎？再深，深得過林哲嗎？林哲十歲時就被十五歲的安郡王所救，說是安郡王養大的也不為過。

方才林哲看見自己的態度，就知道王爺應該暫時沒事，也沒再多問什麼；而這個人多於別人的關心，不免讓沈懷孝有些懷疑。

林哲平時看似嬉皮笑臉，但為人卻心細如髮，沈懷孝一瞬間的變化，被他捕捉到了，他眼睛微微一眯。若奸細真是這個人，那可該死了。他神色不變，介紹道：「這小子不愛說話，其實資格也老。他叫康順，平時主要管著咱們兄弟們的後勤，不常露面，所以沈將軍看著他面生。」

沈懷孝點頭。「難怪。」說著朝林哲點點頭，卻沒有回答康順的問題。

林哲知道，沈懷孝是讓自己觀察親衛營的人，尤其是康順這小子。

康順見沈懷孝沒有回答就走了，也就慢慢地坐下來。林哲也順勢坐在一邊，跟平時沒什麼兩樣。
沈懷孝讓自己的侍衛親自動手，將地上的石塊移開，把帥帳升起來，又在帳篷裡生了火，讓安郡王不那麼冷。
「沈大、沈三，我把安郡王交給你們，不許離開半步。」沈懷孝吩咐道。
兩人趕緊保證，就站在安郡王身邊，哪兒也不去。
沈懷孝又把葛大壯叫來。「帳篷附近百步內，不許任何人靠近，讓你的人把周圍全都封鎖起來。」
葛大壯趕緊應了。今兒王爺沒有鬍子的臉他可是瞧見了，跟夫人一模一樣，他們兩個肯定是嫡親的兄妹啊！
安郡王是四皇子，夫人必然是一位公主了。那可是他的貴人，哪裡敢馬虎？
沈懷孝這才稍微放了點心，卻見裴慶生走過來。「刺客追到了，但是已經死了，被滅口的。」他有些喪氣。「他娘的，這一仗打得多漂亮，可誰會想到在戰場上沒死，卻差點死在自己人手裡。」
沈懷孝擺擺手。「慎言。你趕緊去幫忙士誠安置那些俘虜吧。」
裴慶生無奈地點點頭。「知道了。」
一切都在沈懷孝的指揮下，顯得有條不紊，忙而不亂。
趕在天黑前，白遠進了涼州城，一路往南苑而去。

算。

蘇清河一見白遠就知道，果然還是出事了。好在她早已收拾好一切，做好了最壞的打算。

她已經安排孩子進了密室，密室的位置除了她和安郡王，再沒人知道。而兩個孩子也不是真的小孩子，在裡面待上個三、五天，一點問題都沒有。

賴嬤嬤這些下人們，只知道蘇清河將孩子送出了涼州，都以為是安郡王安排的。

此刻，她看見白遠，沒等他說話就道：「等我一下，咱們馬上出發。」

蘇清河回到內室，換了一身男裝。這件男裝是把沈懷孝的衣服給改小了，靴子也是內增高的。

軍營裡，是不允許女人出現的，所以她得把自己裝扮得像個男人。

她最後又披上了黑斗篷，拿著藥箱就出了門。

白遠猛地一見，還以為是王爺呢，微微驚了一下。見蘇清河這般打扮，他心裡馬上明白了她的顧慮，上前道：「姑奶奶，我準備好了馬車。」

「坐什麼馬車？」蘇清河搖搖頭。「騎馬去。」

白遠愣了愣。「您會嗎？」

她還真會。這一個冬天的晨練，讓她的體力也多少提升，騎一段路也沒什麼不行的。

「快走，別廢話。」蘇清河和白遠出了院，就見馬六和馬文叔侄也在。

「夫人，少爺讓咱們跟著您。」馬六稟報道。

「主子，也帶上奴才吧。」說話的是跟著賴嬤嬤一起走出來的福田。他雖是家裡的廚子，但既然是皇上派來的人，身手應該也不錯。
賴嬤嬤道：「主子，帶上福田吧，別讓咱們擔心。咱們都是女子，不能跟著了。」
只因為她是公主，是天家的貴女，所以，進軍營無事。
世人眼裡認為女人進軍營是晦氣，而皇家的女兒，自然是祥和之氣，百無禁忌。
蘇清河微微一嘆。「那就走吧。」
福田接過蘇清河的箱子，放在一個菜簍子裡，揹在背上。一行五人，朝駐紮地趕去。
一路走了兩個時辰，才看到隱隱約約的一堆堆篝火。又行了幾里路，就有人攔住他們。
「前方軍營，閒雜人等不得靠近。」
「是我。」白遠喊了一聲。「安郡王的護衛統領，白遠。」
緊接著，火把就亮了起來，照在幾人臉上。
蘇清河穿著黑斗篷，將帽子蓋在頭上，遮住了大半個腦袋。馬文、馬六和福田將她圍在中間，誰也沒能看清她的長相。
沈懷孝正等得焦急，就聽見下屬稟報道：「白統領帶著人回來了。」
他趕緊迎出去。沒想到她來得這般快。
遠遠地看見白遠帶著一個身穿黑斗篷的人，一想就知道是她。沈懷孝快步過去，拉了她的手。「先進帳篷再說。」
「瑾瑜，大夫請來了嗎？哪家的？」陳士誠帶著裴慶生迎面走過來。
這讓沈懷孝不知該怎麼回答。

蘇清河乾脆掀開帽子，露出臉來。她並不知道安郡王好死不死地在開戰前把鬍子剃了，而她又一身男裝的出現在這裡。

「王爺！」

陳士誠和裴慶生趕緊行禮，卻又疑惑地抬起頭。「您不是……」受傷了嗎？可看這樣子，顯然沒事啊。

第六十二章 試探

晚上，火把的光線本就暗淡，再加上陳士誠和裴慶生兩人離蘇清河至少一丈遠，又不大習慣沒有鬍子的安郡王，一時可不就認錯了。

蘇清河沒說話，只是點點頭，越過兩人便直接朝最大的帳篷去了，一路上索性也不再遮掩面目。

有不少人見到她就行禮，一時之間，王爺重傷的傳言，反而不攻自破。

白遠瞬間明白了這位姑奶奶的用意，趕緊跟在她身後。不管怎樣，他可是「安郡王」的跟班啊！

沈懷孝只是朝陳士誠和裴慶生拱拱手，也沒解釋什麼。心想他們雖然當下迷糊，不過過一會兒應該就想明白了。

蘇清河雖然已有心理準備，但看見安郡王的樣子，還是驚了一跳。這個哥哥對她是真的不錯，如今卻傷成了這樣……

心口悶悶地疼著，她用力握了握自己的手，讓手不再一直顫抖。

「白遠，我要熱水，很多熱水。」蘇清河吩咐道：「還有，這屋裡不夠熱，再多添幾堆火。一會兒，我要把哥哥的衣服剪開，他會冷的。」

沈懷孝跟進來。「還是讓我來吧。」到底男女有別。

「怕什麼？我倆在一個肚子裡一塊兒住了十個月，都這時候了，還在乎禮節。」蘇清河俯下身，把了把脈。「腿關節看似傷重，其實不大要緊，只要正骨就可以了。主要是胸骨折了兩根，傷及內臟。」

白遠提了熱水進來，擔憂道：「能治好嗎？不會留下什麼殘缺吧？方才咱們一大夥人可都聽見了響亮的『喀嚓』聲。」

「沒事，我不會讓他有事的。」蘇清河打開藥箱，準備動手術。「自己捏著自己的手關節還會響呢，更何況是腿。重要的是內臟……行了，你們把王爺的衣服褪了吧，只穿著褻褲就行。」

白遠不自在了一瞬，才點點頭。「好，讓我來吧。」

沈懷孝這才鬆了一口氣，小聲道：「好在不用妳親自動手，要不然妳不尷尬，王爺都該尷尬了。」

不過是把褲子和上衣剪開，怎麼就尷尬了？蘇清河沒空和他閒扯，只道：「我還需要燭火，很多的燭火，越亮越好。」

在他們準備燭火的時候，她才把安郡王臉上的血跡擦乾淨。

臉上多處擦傷，還流了鼻血，幸虧鼻子沒事。額頭正中間的傷口有點深，這個傷疤只怕永遠也去不掉了，看起來像是被尖銳的東西刺傷的，幸虧沒傷到眼睛。

擦掉了血，她用酒精給傷口消毒，先在額頭上縫了幾針。這次沒有用桑皮線，而是用早已準備好的羊腸線，然後再上藥包紮。「還好，不算破相，額頭的疤癒合之後，也只剩指甲片一般大小了。」

腿不會落下殘疾，臉也不會有明顯的傷疤，這讓眾人都鬆了一口氣。

「幸虧你們沒有移動他，要不然可就麻煩了。」一邊說著話，她的手一邊摸到安郡王的腿部。

眾人還以為她只是要查看安郡王腿部的傷勢，沒想到她的手就那麼一推一送，緊接著安郡王疼得大喊了一聲。眾人都嚇了一跳，結果一看，兩條腿看著已一樣齊整了，這才知道她的手段有多厲害。

接下來蘇清河的手術，就沒幾個人敢盯著看了。

她將安郡王開膛破肚，找出血點，瘮人得很，只有福田在一旁搭把手。他常在廚房幹活，殺豬宰羊的，這樣的場面對他來說沒什麼大不了。

其實用中醫的方式治療也可以，可就是見效慢。如今是在戰場上，只能怎麼快怎麼來，總不能讓哥哥一直待在這野外營地啊。

天快亮時，蘇清河才算忙完。

安郡王身上除了額頭和胸腹前纏著白布，腿關節上貼著膏藥以外，看起來沒什麼嚴重的傷。胸腹前的白布也只是窄窄一小塊，裡頭有著手術後的傷口。

白遠小聲道：「現在這樣就好了嗎？」他有些不敢置信。

「嗯。」蘇清河點頭。「這次算是僥倖，不過也要半個月後才能下床走動。」

沈懷孝點頭。「這裡交給白遠，妳該去歇著了。」

蘇清河應了一聲，把提前就準備好的丸藥拿出來，對白遠交代一番，才跟著沈懷孝出了帳篷。

太陽剛剛從地平線升起，過了這個坎，又是嶄新的一天。

蘇清河跟在沈懷孝身旁往他的帳篷走去。進到帳篷裡面後，便聽他說起戰場上發生的大事。

原來她在兵器上塗抹毒藥的主意，竟讓大周將士以為有神明相助，無疑是讓安郡王在將士們心目中的地位神聖了許多。

「我還真沒想到會有這樣的效果。」她感到有些不可思議。

「是啊。」沈懷孝點頭。「只要有這個傳說在，安郡王本身對遼國將士來說，就是一種心裡的震懾。」

蘇清河不由得想起了陳勝、吳廣起義時，他們在丹書上頭寫著「陳勝王」，再藏丹書於魚腹中的故事。原來自己在無意之間，也幹了這樣一件裝神弄鬼的事。

「騎馬出來的？腿磨破了吧。」沈懷孝說著，就要去掀她的衣襬。

蘇清河嚇得趕緊躲了。「外頭都是軍士呢，別鬧。我沒事，只是身上沾了血，得換件衣裳。哥哥那裡我還得守著，要是發燒就麻煩了。」

沈懷孝知道她害羞，只把傷藥遞給她。「妳安心換，我在外面守著。」

蘇清河笑著推他出去，才安心地換衣服。

沈懷孝站在外面，見天已經亮透了。沈睡了一晚上的軍營，又逐漸喧囂起來。

「你還敢回來？真是好大的膽子。」耶律虎看著眼前的中年漢人，冷笑一聲。「怎麼？粟遠冽又派你來幹什麼？算計本王一次也就罷了，還敢算計第二次。這次，本王不聽你說！來人，拉出去砍了。」

那中年漢人忙道：「大王慢著，那粟遠冽如今已經死了。」

耶律虎一聽，震驚不已，他揮手就要上前的侍衛退下。「你說什麼，粟遠冽死了？這是本王迄今為止聽過最好笑的笑話。昨天還對本王窮追不捨，活得不知道多好，這會子就死了？你可真是會編故事啊。」

「大王忘了，咱們主子可是要安郡王死，自然留有後手。就在昨天他們回程時，咱們安排的人得手了。安郡王被瘋馬甩在尖石堆裡，滿臉的血，即便不死，也傷得不輕。咱們的探子昨晚見白遠回了涼州，後來帶了幾個人迅速返回，這是請大夫去了，顯然，安郡王的傷勢連軍醫都治不了。安郡王乃我朝四皇子，皇上也是派了太醫跟隨的，可依然要找別的大夫，可不就是性命垂危了嗎？

「如今，大王大敗，回到北遼只怕也不好向遼王交代，而太子耶律豹又怎麼會放棄這個攻訐王爺的好機會呢？可如若此次死了一個大周的皇子，大王也不算毫無斬獲啊。

「只怕北遼的將士中，仍在盛傳大周有天兵天將護佑，這對大王領兵是極為不利的。一旦將士的心中認定有此事，必然堅信不疑，那麼北遼以後還敢與大周為敵嗎？我想，若是遼王知道了這件事，對大王來說，會更加不利。」
耶律虎看了那中年漢人一眼。「依你看，本王該如何？」
「自然是去拆穿安郡王的謊言。他不是號稱有天兵天將嗎？不是有神明保護嗎？那怎麼會受那麼重的傷？若是安郡王不出面，不就證明這一切都是謊言？如此一來，不僅安定了軍心，還可以打擊安郡王的威信。」
別以為他好糊弄！「你是要本王順便幫你們試探一下安郡王是否還活著，你們的刺殺究竟有沒有成功，是嗎？」耶律虎看著中年漢人道。
這個漢人的話是有些道理，但他憑什麼相信這個人的一面之詞？這個人的話或許是真的，但也同樣打著利用他們遼人的主意。
從這個人的言談中可以斷定，此人確實不是粟遠冽派來的。但是，耶律虎對他背後的主子，也有些不屑。他的主子之前安排了那麼多的算計，卻只暗算到一次，還無法確定是不是成功，手段也不過如此。
中年漢人顯然已經習慣了對方的直白。「大王若要這樣說，在下也不否認。互惠互利，才是最好的合作關係啊。」
耶律虎抬起頭。「若是試探出粟遠冽沒死又沒傷呢？」
「不可能！我的人親眼看見他滿臉是血，若是他一點傷也沒有，反倒證明見大王的人，壓根兒就是個替身。」中年漢人道。
耶律虎點點頭。像他們這樣的皇家子弟，哪個沒替身呢？不過替身再相像，氣勢是騙不了人的，耶律虎自然認得出來。

他笑道：「要是粟遠冽受的傷沒那麼嚴重，不就證明了他確實有天神相助？那本王可就成了偷雞不著蝕把米，反倒進一步證實了傳言，到時又該如何呢？」

「也簡單。」中年漢人微微一笑。「王爺再將他的輕傷變為重傷，甚至是要了他的性命不就完了嗎？只要他傷了、殘了，甚至是死了，謠傳就破了，大王回去也好交代。」見耶律虎有些心動，他又輕聲道：「大王，這可是你扳回一城的大好時機啊。」

就在耶律虎搖擺不定的時候，外面突然傳來一聲「報」。緊跟著，耶律虎的隨從就進來，在耶律虎的耳旁輕聲道：「咱們的探子回報，昨天大周軍隊中出現了騷亂。有刺客行刺粟遠冽，但是沒成功；後來粟遠冽的馬又受驚衝了出去，不過粟遠冽是不是受傷了，咱們的探子無從得知。而涼州的探子也來報，白遠單獨趕回涼州一趟，但是沒有停留，就帶著幾個人離開了。」

雖然沒有中年漢人講得那般詳細，但情況基本上是吻合的。

耶律虎看向中年漢人。「本王再信你一次。但是若出來的人是真正的粟遠冽，那麼動手的人……」

「自然是咱們的人。若是不成功，大王只需推脫有刺客混進您的護衛中就是了。我的人都是漢人長相，跟大王的人不一樣。」說著，他拍拍手，從帳篷外進來一個漢子，這人頭髮亂糟糟的，遮住了大半的臉，如此邋遢的樣子在軍中挺常見，不引人注意。而且，如今天冷，他的毛圍領一直擋到鼻子下方，看不見長相。「就讓他喬裝成大王的護衛。」

耶律虎看了自己的隨從一眼，讓他將此人帶下去安置。他露出一抹冷笑。「看來，本王有必要親自跟粟遠冽談一談戰俘的事了。」

大周軍營

沈懷孝看著裴慶生送來的求和書，有些詫異。

這耶律虎認輸也認得太快了些。

「耶律虎親自來了？」沈懷孝挑了挑眉。

「帶著兩萬人馬，就駐紮在五里之外。」裴慶生道：「不如再教訓他一頓！咱們士氣正旺，談和豈不是開玩笑？」

沈懷孝卻知道，不能再打了。

一方面是那些兵器上的藥估計已經消耗得差不多，二是那刀本身就禁不住用。昨天，部分的刀身已出現裂痕，只要用力過猛，自然會斷掉。要不是刀上塗了藥，即便是斷刀也有殺傷力，否則戰況不知道會變成什麼樣子？如果再戰，就要露餡兒了。

他長長一嘆。「我去問問王爺的意思。」

裴慶生拉住他。「昨兒晚上的人……你別告訴我那是王爺。」

沈懷孝拍拍裴慶生的肩膀，什麼也沒說，就起身離開了。

而大帳裡，安郡王已經醒了，很虛弱地看著蘇清河，朝她點頭，連說話的力氣都沒有。

蘇清河拉著他的手。「沒事了，哥。腿沒事，臉也沒事，就是骨折了，傷了內臟，養養就好。」

安郡王這才吁了一口氣，眨了眨眼睛。

蘇清河用濕帕子給他潤了潤嘴唇。「一會兒咱們就回涼州，等養好傷，咱們回京。在京城，就沒人再敢隨便行刺了。」

安郡王點頭。他知道自己的這條命，又被妹妹給撿回來了。

沈懷孝掀了簾子進來，見安郡王睜著眼睛，驚喜地道：「醒了就沒事了。」

「還不能說話呢。」蘇清河解釋了一句。「你這麼急匆匆的，是出了什麼事？」

沈懷孝看著安郡王，道：「遼國送來求和文書。」

安郡王點頭。這樣的結果是最好的，不能再戰了。

沈懷孝知道安郡王的意思了，便回道：「那我去跟他們談。」

安郡王眨眨眼，表示認同。

沈懷孝立刻派人去知會北遼，表示可以進行談判，地點就定在兩軍之間的中央位置，各帶五百兵士。

當他帶人趕到的時候，耶律虎已經讓人在會談地搭起了帳篷。

與其說是帳篷，不如說是個只有頂的棚子。四周沒有遮擋，既顯示了尊重，也代表坦坦蕩蕩、沒有藏兵的意思。

沈懷孝笑道：「大王真是客氣。」

耶律虎見來人不是粟遠冽，就心中一喜。「可安郡王未免也太不客氣。求和乃是國事，自當他親自來談。本王貴為遼國北院大王，是不是應當有個身分相當的人來談判，才算是對等？」

沈懷孝呵呵一笑。「三十年前，遼國的太子，哦，也就是如今的遼國皇帝，不也和在下的祖父輔國公談判過嗎？怎麼到了大王這裡，就不行了呢？」

你是遼國大王，我也不是無名之輩。輔國公府的招牌，有時候拿出來用用，還是挺好用的。

耶律虎一愣。他還真沒想到眼前的人是輔國公家的子孫。

不過，沈懷孝在西北低調慣了，也是最近這幾個月，涼州才傳出了關於他出身的傳言。

「原來是將門之後啊！失敬、失敬。」耶律虎豪氣道。

沈懷孝微笑拱手。「既然如此，咱們是不是可以談一談了？在下雖沒有祖父的尊貴身分，好歹也是個將軍。如今乃受王爺所託，全權處理和談事宜。」

耶律虎哈哈一笑。「這個……本王也是聽說安郡王似乎被驚馬所傷，以為是謠傳，沒想到連和談這樣的大事也委託給將軍了，看來傳言不假。安郡王如今還好嗎？也是在下唐突了，不該選在這個時機談判。看來，所謂的神明護佑，不過是一些無知之人的肆意宣揚而已啊。」

話音一落，跟在沈懷孝身邊的陳士誠出聲道：「大王的消息一點也不準確。咱們王爺可是好端端地在軍營裡呢，大王何必相信這種謠言？」

沈懷孝在陳士誠說話的時候，心裡就意識到不好。

耶律虎的意思，以陳士誠的精明不可能會聽不出來。而且，昨晚他在軍營裡碰到的是不是安郡王，難道他還不清楚嗎？連裴慶生都猜到了，他卻裝傻充愣，如今他這樣說，究竟是有什麼目的？沈懷孝的心裡蒙上了一層陰影。

耶律虎不可思議地道：「被驚馬所傷竟能毫髮無損？簡直讓人不敢置信。」然後又意味不明地笑了起來。

沈懷孝心中一動。看來，刺殺之人已經將消息傳給了耶律虎。他原本就對這次的和談抱持懷疑，如今看到耶律虎的表情和反應，更加確定這場談判的動機並不單純。

他給了沈大一個隱晦的眼神，沈大馬上示意站在最外邊的沈三回去報信。

「看來，大王對我大周的消息十分關注啊。王爺確實被小人暗算，不過還好沒有得逞，被驚馬所傷也是事實。不過神明保佑，王爺除了臉上受傷之外，別的地方，還真是毫髮無損，不得不說老天有眼啊。」

沈懷孝說得真真假假。反正安郡王臉上的傷根本就瞞不住，還不如坦然承認。在那樣的情況下，只傷了點臉面，其他地方沒傷也沒殘，不是神明護佑是什麼？

耶律虎瞳孔一縮。沈懷孝的話，跟他探得的消息是吻合的，難道安郡王真的沒受傷？他笑道：「沈將軍無須隱瞞，白統領昨晚可是十分辛苦呢。」

沈懷孝不動聲色，笑道：「大王有不少屬下在涼州啊？連白統領去請大夫都知道了。王爺傷在臉上，可軍醫的法子太粗暴，才會讓人回涼州請大夫，畢竟王爺是堂堂皇子，若破了相，那可不是小事。也正因為王爺臉上有傷，頗為不雅，對大王這樣的貴客來說，就顯得不尊重了。」

「男子漢大丈夫，講究什麼雅不雅的？依本王看，還是請安郡王來一趟，咱們好談正事。」耶律虎堅持不退讓。

沈懷孝越發肯定這次的和談，恐怕另有目的。

兩人唇槍舌戰，互不妥協。

第六十三章 和談

大周軍營

安郡王和蘇清河聽了沈三的回報，對視了一眼。

和談必須成功，否則要是再起衝突，以他們目前的情況，勝算不大。況且，趁著這次大勝和手裡的俘虜，還能多換回一些好處。

不管耶律虎有什麼目的，他們無論如何都要完成這次的談判，那麼，安郡王就必須露面。

「想……辦法……用藥……」安郡王小聲道。只這幾個字，就已耗費他所有的力氣。他是讓蘇清河想辦法給他用猛藥，他必須去談判。

「不行！」蘇清河搖頭。「會沒命的。」

「要不然……死……更多……」安郡王斷斷續續地道。

她也明白要是安郡王不出現，謊言就會被戳破，而他們的兵器已禁不起大戰，到時候必然死傷無數，士氣也會被徹底打擊。一旦沒了士氣，就再難成氣候。

蘇清河看著安郡王執著的眼神，一時間不知道該怎麼辦才好。

安郡王強撐著抬起頭。「大丈夫……有所為……有所不為……」

他雖然有野心，想要那個最高的位置，但不能為了將來自己有命坐在那個位置上，就置眾將士的性命於不顧。

蘇清河自然明白他想表達的意思。如此一個有責任心、有擔當的人，應該會是個好皇帝。至少，他會努力做個好皇帝。

她站起身來，看著安郡王沒有鬍子的臉。「我去。」

安郡王搖頭。「刺……殺……」他怕遼國可能會派人刺殺，因此不同意她去冒險。

蘇清河笑道：「我知道，我會小心。」然後細細地看了看安郡王的臉，像是在尋找不同的地方。「只看五官，很難分辨出咱們兩個，哥要是沒把鬍子刮了，可就真難為我了。我上哪兒去找一把大鬍子黏上去啊？」

安郡王又搖頭。「不……」他的眼神很焦急，滿是擔心。他急切地看向白遠，希望白遠能阻攔。

蘇清河小聲道：「要是真有萬一，琪兒和麟兒……得交給哥哥我才放心，他們如今就在哥哥所說的地方。」

安郡王眼眶一紅，拉住蘇清河的手，不斷地搖頭。

蘇清河笑了笑，抽出手。「白遠，把王爺的備用衣物拿來。」

白遠點點頭，轉身出去了。

「沈三，找一塊鋒利的石頭來。」蘇清河吩咐道。

「要石頭幹什麼？」沈三問道。

「讓你幹什麼就幹什麼，快去！」蘇清河斥道。

沈三忙應了，轉身出去。

沈三不知道石頭的作用，但躺在床上的安郡王卻知道，他的拳頭也因此越攥越緊。

白遠拿來了安郡王的鎧甲和披風。「姑奶奶，還行嗎？」

「行。」蘇清河看了看。哥哥的鎧甲肯定還是有些大的，但在裡頭多穿幾件衣裳，應該就能撐得起來了。

沈三拿了一小塊石頭，遞了過去。「這個行嗎？夫人。」

蘇清河接過來，點點頭，閉上眼睛，猛地朝自己的額頭砸去，鮮血馬上流了下來。

安郡王發出痛苦的呻吟聲，白遠和沈三則嚇呆了。

女子的容貌何其重要啊！

「夫人，您這是……」沈三嚇得手足無措。

白遠趕緊拿了藥箱來。「姑奶奶，用哪個藥？」

「白色的瓷瓶。」蘇清河捂著額頭，感到有些暈。她又用石塊在臉頰上蹭了蹭，傷了一些表皮。

蘇清河知道，額頭上的傷，肯定是要留疤了，但臉上只是看起來可怖一些，其實不用十天半個月，就一點痕跡也看不出來了。

「耶律虎存心試探，我臉上的是不是真傷，他一眼就能看得出來。長年領兵的人，對傷口非常熟悉，想瞞過他的眼睛，那就得弄出真的傷口。」蘇清河在手背上也留了幾條印子。

等她一切準備妥當，又換上安郡王的鎧甲，肅著臉、皺著眉出來時，已有八成像安郡王了。

「藥……」安郡王手裡攥著瓷瓶。他之前吃的是沈懷孝的保命丹，而自己的那顆丹藥，如今便讓蘇清河帶著。

蘇清河接了過來。「放心，我會安全回來。」聲音帶著沙啞，有些雌雄莫辨。見安郡王擔心，就解釋道：「用煙熏的，過兩天就好。」

安郡王點頭。「兵……符……」這是讓她把兵符也帶上。

蘇清河沒有拒絕，用力地點點頭。

「白遠跟我走，沈三留下，王爺的安危就交給你了。」蘇清河安排道。

白遠應了一聲。他是安郡王的親衛統領，當然得跟著「安郡王」了。

葛大壯看著出來的「安郡王」，愣了一瞬。這個人看向他的眼神明顯是認識他的，但他確定，王爺肯定不認識自己。

那麼這個人是誰，不言而喻。

「安郡王」朝葛大壯吩咐道：「守好這裡。」

「是。」葛大壯低頭回應，知道自己的責任重大。

裴慶生看著闊步而來的「安郡王」，馬上一愣，他狐疑地上前，行禮道：「您這是要……」

「安郡王」自若地道：「談判的事本王不放心，要親自去看看。兵營裡的事，就交給裴將軍處理。」說完，就亮了亮兵符。

裴慶生跟安郡王還算熟悉，這根本就不是安郡王的聲音。他見過沈飛麟，知道那孩子跟安郡王有多麼相像，自然知道這更像安郡王的會是誰。看著她昨晚還完好無損的臉，此時卻全是傷口，不免肅然起敬。「請王爺放心。」

蘇清河就在這不間斷的問好聲中，離開了軍營。

那些還不得自由的安郡王府親衛們，遠遠地看見「安郡王」，不免露出喜色，心想王爺沒事就好。

只有林哲知道，這不是王爺。王爺的胳膊肘受過傷，所以走動間，胳膊不會那樣擺動的。而且王爺也總是用受過傷的胳膊握著佩劍，來遮掩那一點不自然，不是近身伺候的人，根本就不會知道。他敢斷定，那人肯定是姑奶奶。

這位姑奶奶出現在這裡，就證明王爺傷得很重，已經到了要回涼州請姑奶奶來診治的程度。而且，如今王爺尚且不能動，否則不會讓姑奶奶替代他的。

他不由得看向親衛營眾人，就見康順的眼裡閃過一絲驚愕。為什麼要驚愕？是不是沒想到王爺根本就沒有大礙？林哲的心不由得涼了起來。

看來，這個康順真的有問題。都是出生入死的兄弟，還真沒想到啊……

和談大帳

耶律虎呵呵冷笑。「依本王看，大周根本就毫無誠意……」

外面突然傳來一個沙啞的聲音。「本王確實沒有誠意，那又如何？」

就見帳篷外遠遠走來一個年輕人，身穿白色的鎧甲、鮮紅的斗篷，大踏步而來。

「王爺。」所經之處，大周的將士無不躬身行禮。

沈懷孝一眼就看出來，這人根本不是安郡王，而是蘇清河。夫妻親密無間，總能發現一些不一樣的地方。在看到她臉上的傷時，他瞬間面色大變。

熟悉安郡王的人，只要一聽聲音，就知道這不是他本人。此時，陳士誠眼裡的疑惑一閃而過，看著沈懷孝的反應，似乎明白了什麼。

耶律虎只是遠遠地看過粟遠冽一面，自然分不出真假。外面那麼多人都在叫「王爺」，他想，這應該不會是假的。就算找替身，又上哪裡去找長得如此相像之人呢？還有那氣勢，也不是小小的替身能裝出來的。

「安郡王殿下，可算把你盼來了。」耶律虎站起身來，就要上前。

沈懷孝臉色一變，橫亙在兩人之間。「大王還是休要靠近咱們王爺的好。」

耶律虎一愣。「沈將軍多慮了，本王還能當眾行凶殺人不成？」

蘇清河呵呵冷笑，看著耶律虎，話卻是對沈懷孝說的。「退下，沈將軍。本王傷了臉，卻沒傷了手腳；就算他要動手，難道本王就會輸嗎？您說是吧，遼國的北院大王。」

沈懷孝臉上不動聲色，心裡卻罵開了。

打腫臉充胖子，虛張聲勢，玩得還挺溜啊，人家伸出一隻手來，就能要了妳的小命。這個女人，真到了不管不行的地步了。

耶律虎哈哈大笑。「對安郡王的領兵能力，本王可是深感欽佩啊。請。」說著，便做了個請的姿勢，請「安郡王」坐下。
「剛才聽見大王說本王沒有誠意，這話麼，還真是實話。」蘇清河放鬆地往椅背上一靠。「戰敗者求和，就該有個求的態度。換作你是本王，你會如何呢？」
當然是乘勝追擊，擴大戰果了。耶律虎笑道：「王爺真是直言不諱啊。」
「實話而已。」蘇清河淡淡一笑，默默地在衣角上擦了擦手心裡的冷汗。
「王爺看來傷得不輕啊。」耶律虎看著蘇清河額上的傷。「怎麼不包紮一下呢？」
創口裸露在外，讓耶律虎起了疑心。
蘇清河暗道一聲弄巧成拙。原本為了顯示真的傷了，卻沒想到也該包紮好才是，如此，倒有些刻意的嫌疑。她神色不變，似笑非笑地道：「大王此次前來，不就是為了看本王的傷嗎？若沒見到，你又怎麼會甘心呢？與其讓大王費盡心思拆開來看，不如本王坦誠一些。」
耶律虎深深地看了蘇清河一眼，心中確定此人應該就是粟遠冽，於是隱晦地看了一眼身後的侍衛，轉移話題道：「戰俘一事，還想和王爺好好談談，條件由你來開。」
蘇清河微微一笑。「古拉山以南，本王都要了。」
古拉山是天然的屏障，易守難攻，被北遼占了足有百年，如若奪回古拉山的所有權，北遼再想南下，就不是那麼容易的事了。
耶律虎果然面色一變。「安郡王好大的胃口。」
「那就是談不攏了？」蘇清河無所謂地笑道：「咱們明天繼續打吧。」
耶律虎看著蘇清河，審視她說的話有幾分真、幾分假。

蘇清河知道，如今不是退縮的時候。她直視著耶律虎，絲毫不肯退讓。

這讓站在一旁的沈懷孝和白遠，不禁捏了一把冷汗。

良久，耶律虎才大笑著坐下。「古拉山這個隘口，本王作不了主。但是克蘭湖以南，本王可以作主。」

蘇清河搖頭。「大王這樣說，可就沒有誠意了。克蘭湖在遼國的邊上，就算要大周的百姓移居過去，他們敢去嗎？那地方，就是個雞肋。」

耶律虎更加確定，眼前的人肯定是安郡王。這種瞬間就可以權衡出利弊得失的能力，不是誰都有的。安郡王如今真的沒事，於他而言，可就大事不妙，再打下去，他的老底都要賠光了，必須要打消對方再戰的心思。他沈吟半天才道：「據我所知，大周的京城可是熱鬧得很啊，可惜這樣的熱鬧，沒有安郡王的參與。」

這是在暗示安郡王，別戀戰了，打下再大的地盤，不也沒你的分兒嗎？如今對你最重要的事，應該是乘勝而歸，回京城打出一片天下。

蘇清河聽他開始說服起自己，心裡著實鬆了一口氣。

這傢伙太狡猾，若是她一上來就表示願意和談，他定會起疑。哪裡有勝者求和的道理？可若是有個不得不停戰的理由，若是有個比攻打遼國更重要的目標……

那這場仗，就沒有再打下去的必要了。

第六十四章 蠱惑

蘇清河的面上露出了一絲恰如其分的不悅，像是被人戳到了痛處。「哼！本王的事，不……」

話還沒說完，就聽見沈懷孝叫了一聲「小心」，緊跟著，她面前被人擋住了。

從袖弩射出來的箭被白遠的刀擋了一下，偏離了軌道，不過還是射在了沈懷孝的肚子上，血瞬間就染紅了衣裳。

蘇清河差一點喊出「孩子他爹」！強壓住心中的慌亂，她將解毒丹和那顆保命的藥丸給沈懷孝服了下去。

而那個刺客，也被白遠殺了。

「白遠。」蘇清河叫了一聲白遠，將沈懷孝交給他。

她站起身來，看著呆愣住的耶律虎。「大王這是什麼意思？」

兩邊的將士都拔刀相向，一時之間劍拔弩張。

蘇清河此刻，真有一種想要毀天滅地的念頭。這大草原裡到處都是藥材，想要配置毒藥，對她來說是輕而易舉。

剛才千鈞一髮之際，白遠的第一個反應就是應敵，而沈懷孝的第一個反應，卻是用身體擋在她的面前。

沈懷孝的身手不及白遠嗎？不是，是他本能地想先護著她，不讓她有什麼閃失。

那箭頭上還是淬了毒的……

蘇清河看著耶律虎，見他的視線不時地落在她露出來的手上，心裡一動。女人的手和男人的到底是不同的，尤其習武的男人，手指關節粗大，而她在餵沈懷孝吃藥的時候忘了遮掩，被這傢伙瞧見了，想必已經起了疑心。

那麼，安郡王受了重傷的消息，只怕是藏不住了。

不能這麼放他走！

她故意又不小心地亮出自己的手，見耶律虎頓時眯著眼睛打量，就在他一愣神的工夫，她倏地衝過去，用匕首抵在耶律虎的腰上。「別動！淬了毒的，見血封喉。」

這話是對耶律虎說的，也是對北遼將士說的。

耶律虎不得不隨著蘇清河的腳步，往大周陣營的方向移動。他小聲道：「妳究竟是誰？女人！」

果然被他看出來了。

蘇清河沒有回答，看著對面的北遼將士道：「都別亂動，否則你們大王就……」

話還沒有說完，就見對面的遼國將士中，已有幾人把箭射向了這一邊。

不光蘇清河驚訝，就連耶律虎也臉色大變。

耶律虎知道，這是有人想藉著漢人的手殺了他。而這人是誰，不用說也知道，除了太子耶律豹，不會再有別人。

蘇清河見那幾個人被忠於耶律虎的護衛殺了，才笑道：「大王，看來有人想讓你死啊。你說，我該怎麼做呢？」

這個聰明又可惡的女人。

耶律虎聲音壓得低低的。「妳是安郡王的替身吧？他可真是不會憐香惜玉，這般的美人兒，如何能這樣對待。妳跟本王回去，第一側妃的位置非妳莫屬，若不是妳是漢女，正妃也當得。像妳這般機智又貌美的女人，就該千嬌萬寵才是。」

蘇清河有些哭笑不得。這傢伙撩妹技能滿點啊。

白遠就緊挨著蘇清河，他聽得一清二楚。這個北院大王，遲早會被姑奶奶給毒死的。

就聽耶律虎又道：「安郡王確實受傷了，那麼真要再打，咱們未必會輸。妳如今押本王做人質也沒用，那耶律豹巴不得我死呢，不會答應你們的條件的，不如咱們坐下來好好談一談？」

這倒是事實。北遼若不要求贖人，那這個人不過就是顆棄子，一旦帶回涼州，北遼就更有名正言順的理由南下。屆時戰亂不斷，死傷無數，連安郡王也會被拖在涼州不能脫身。

可若放了耶律虎，這頭猛虎回去幹的第一件事，肯定就是找耶律豹的麻煩。兩方相鬥，也就沒有精力侵擾涼州，涼州也能獲得一個喘息的機會。

但是，一想到沈懷孝的傷，她的眼裡閃過一絲冷意。

「我想要古拉隘口這一點不會改變。你要是答應，我想……還可以考慮放你回去。」蘇清河笑道。

「這個本王作不了主。」耶律虎見對方不堅持要他做人質，鬆了一口氣。

「你能。」蘇清河一笑。「遼國皇帝扶持你，不就是希望你掣肘太子嗎？一個小小的古拉隘口，跟你這個皇子的重要性比起來，還差一點。畢竟，能牽制耶律豹的，除了你，就沒別人了。」

耶律虎心裡暗罵蘇清河卑鄙，但還是耐心地道：「此次本王出征大敗，損兵折將，回去該如何脫罪還不得而知，妳的要求太強人所難。」

「出征失利，難道不是因為耶律豹暗地裡下手嗎？」蘇清河意有所指地看了看躺在地上那些背叛耶律虎的將士。「那些在戰場上枉死的人，不是耶律豹暗下毒手嗎？不就是他想藉著咱們大周的手殺了你嗎？」

耶律虎愕然。這個女人在教自己將一切罪責推到耶律豹身上，沒有證據也不要緊，只要皇帝願意相信就行。

這個狠毒的女人！

耶律虎想起戰場上的情景，心裡閃過一絲懷疑。他能和別人合作滅了栗遠冽，難道耶律豹就不會找別人合作滅了他嗎？這其實是一個道理。

「國書不能簽，本王沒這個權力。要不然，妳還是乾脆殺了我吧。」耶律虎冷聲道。

「沒人讓你簽國書，再說了，國書那種東西，我也不信。實力為王，誰的拳頭大就聽誰的，那麼一紙文書要是頂用，哪來的糾紛？」蘇清河將匕首往前送了送，笑道：「那古拉隘口是被我大周軍隊攻占下來的，是你在戰場上丟的。你為什麼會丟了那麼重要的地方呢？因為身邊有叛徒嘛。」

耶律虎對這個女人的無恥，又有了更深一層的認識。

白遠都快緊張死了，不過要是真讓姑奶奶要成了古拉隘口，可保涼州安穩幾十年啊。

耶律虎閉了閉眼睛。「我軍剩下的兩萬兵馬難道都是傻子？打沒打仗，他們不知道啊？這樣的謊言一戳就破。」

「怕什麼？我配合你啊！」蘇清河道：「在這裡的都是你的親信，幾個叛徒也死光了，你就下令說和談不成，要回防明日再戰，我軍的兵馬會在後追趕；不過，糧草你們得留下，沒了糧草，你們的人自然不會戀戰。只要你的親信帶著他們一路出了隘口，我就放你離開，我會命令我軍跟你們保持距離，這樣雙方就都沒損傷了，你也不用擔心你剩下的那些兵被打沒了。」

說白了就是作戲！耶律虎真是服了這個女人。「妳是誰？妳能調動兵馬，沈家的人又拚死護著妳，妳絕不是替身這麼簡單，替身沒有妳這樣的氣度，更沒有妳這樣的腦子。妳是怕我簽了國書又反悔，因為你們也已經戰不起了，對不對？妳是想只要占住了古拉隘口，就占據了地利優勢，可立於不敗之地，是不是？」

是，太是了！蘇清河不由得在心裡肯定了一聲，可她不能承認。

「要不要再打一仗試試？」蘇清河冷笑道。只怕到時候，她配的毒藥，會更加毒辣。

耶律虎見她真的不怕，一時有些遲疑。

「我跟你一樣，急著回去。大家都是明白人，你被人出賣了，我也被人出賣了。你回去遼國要幹什麼，我回去京城也要幹什麼，很難理解嗎？」蘇清河打死也不肯承認她不是安郡王。

人心都是一樣的，雖然痛恨敵人，但更痛恨在背後下刀子的人。耶律虎深深地看了她一眼，點點頭。「成交。」

留得青山在，不愁沒柴燒。只要活著，他今日所受的羞辱必然能討回來。

耶律虎對著親信，用契丹話說了幾句。就見那幾人恨恨地看了蘇清河一眼，然後轉身離去。

蘇清河看了白遠一眼。她不懂他們的話，但是白遠懂。

白遠微微點頭，表示沒出什麼意外。

耶律虎恥笑一聲。「本王還不至於說話不算話。草原上的漢子，一言既出，駟馬難追。」

蘇清河轉過身看了看沈懷孝，見他的情況還好，靠在沈大身上。她出言問道：「還行嗎？」

沈懷孝點頭。「沒事。」

「那你來調兵。」蘇清河對沈懷孝說了一句，然後亮出兵符。「眾將士聽令，從即刻起，皆聽從沈將軍的調遣。」

眾人中比較高層的將領，已看出這個「安郡王」有問題。但見他如此彪悍，又持有兵符，軍令又是要去接手古拉隘口，哪有不聽命的？一致應「是」。

沈懷孝怎麼調兵，她又不懂，只專心地押著耶律虎。

耶律虎見她對沈懷孝格外不同，就小聲道：「妳看上那個小白臉了吧？小姑娘就是這樣，小白臉有什麼好？要找也是找個真正的勇士。」

「像你這樣的──勇士？」蘇清河嘲弄一笑。不過這人到底有幾分梟雄的氣勢，被刀頂在了腰眼上，還能談笑風生，的確算得上是一個人物。

耶律虎點頭。「本王發現妳是女人，手長得又那般好看，一時才愣住了，要不然，妳以為妳能得手啊？」

這人居然還有心情拿話撩撥她……蘇清河冷笑一聲。待會兒可有你受罪的時候了。

蘇清河見沈懷孝已安排妥當，北遼軍隊也已經往回撤了，才對耶律虎道：「大事說完了，還有點小事，咱們得談談。」

耶律虎點頭。「本王聽著。」

「你這樣毫髮無傷地回去，真的好嗎？」蘇清河笑問。

耶律虎心頭有了不好的預感。「妳要幹什麼？」

「我想問問，是誰把大周軍隊的消息透露給你的？」蘇清河問道。

「這個真不能說。」耶律虎正色道：「本王向真神發過誓，所以，妳就是此刻殺了本王，本王也不能說。」

一個民族一個傳統，蘇清河知道這是真話，也有些無奈。「那麼，幕後之人欠我的一刀，只能由你來還了。」

「什麼時候欠妳一刀？」耶律虎不由問道。

蘇清河猛地將匕首捅了進去。

耶律虎悶哼一聲。「妳不講信用。」

「放心，刀上沒什麼見血封喉的毒藥，只是皮肉傷。」她這一刀下去，讓他瞬間失去了反抗的能力，卻絕不會要了他的命。「你既然不肯說出幕後之人，就替他們受了這一刀吧。」孩子他爹受的那一箭，總得有人還啊。

耶律虎捣著腰上的傷口，身上提不起勁。「我會記住妳的。」

「你當然會記住我，而且還會刻骨銘心。」蘇清河冷笑。

那刀上是沒有見血封喉的藥，但卻有一種一遇雨雪，就會關節疼癢的藥。在北方草原上，大半年的都是雨雪，冬季時間又長，他一定會有深刻感受的。

剛才那場刺殺太過凶險，要是不找回一點利息，連她都不能原諒自己。

「白遠，帶著他跟在咱們的隊伍後面。等到了隘口，若是咱們接手順利，就放了他；若是不順利，就殺了他。那些俘虜，都一併還給他，就當是補償了。」蘇清河吩咐道。

反正留下俘虜還得養著，也是耗費糧草。

白遠點頭領命，便押著耶律虎離開。

轉眼之間，大帳中就剩下她和沈懷孝還有沈大，以及一些沈懷孝的侍衛。

「孩子他爹。」蘇清河的腿馬上就軟了。

「別怕。」沈懷孝道：「妳做得很好。過去了，都過去了。」

「夫人，此地不宜久留。」沈大提醒道。

蘇清河仔細檢查了一下沈懷孝的傷。「還好，方才被白遠擋了一下，抵去不少力道，後勁不足，只傷到了皮肉。」

「浪費了一顆好藥。」沈懷孝可惜地道。

蘇清河瞪了他一眼。剛剛那樣的情況，她根本來不及檢查傷勢，當然是先把保命丹藥餵給他吃了再說。

「箭頭上有毒，雖然服了解毒丹，但回去還是要清毒。」她憂心地說。還說著話，就見侍衛們已牽來了馬。

一行人騎馬回到軍營，才算鬆了一口氣。

蘇清河讓沈大去給安郡王報一聲平安，再簡單說明一下事情的經過。她則忙著給沈懷孝處理傷口。

「孩子他爹……你剛才衝出來，嚇死我了。」蘇清河低聲道。

「妳也太魯莽，一聲招呼都不打就來了。」沈懷孝瞪著眼睛。「要是妳出事，我要怎麼跟孩子們交代？」

「還以為是為了我呢，原來是怕沒法向孩子們交代啊。」蘇清河故意道。

沈懷孝頓時被噎著了。

「好了、好了，都過去了。」蘇清河吁了一口氣。「你先歇一會兒，等白遠回來，咱們就回涼州。」

直到沈懷孝睡著，蘇清河才去見了安郡王。

「哥，我回來了。」她進去後，先看了看安郡王的傷，見沒有起變化，便安心下來。

安郡王朝蘇清河豎了豎大拇指，對她的所作所為表示讚賞，又問道：「瑾瑜……」

「看來能回涼州了。」

「皮肉傷，沒有大礙。」蘇清河笑道：「也算是有驚無險。」

安郡王點頭，神色是前所未有的輕鬆。

白遠回來得很快。「一切順利。除了駐守古拉隘口的士兵，其他將士都已經回營了，隨時都可拔寨。」

安郡王看了蘇清河一眼，點點頭。

蘇清河便道：「那就啟程吧。」

此次的大勝，早已傳回涼州。

此時，涼州城上下一片歡騰。有了古拉屏障，涼州就安全了，再也不用怕時不時地被遼國侵擾了。

蘇清河回到南苑，滿臉的傷將大家嚇了一跳。

她回到家的第一件事，就是先把孩子給放出來。密道連接著安郡王府，彷彿孩子是從王府接回來的一般。

「娘。」沈飛麟看著蘇清河的臉，眼神就冷了下來。「誰傷的？」

沈菲琪嚇得眼淚直掉。「娘，疼不疼啊？」

能不疼嗎？這孩子說的真是傻話。

蘇清河搖搖頭，安慰閨女道：「不疼。」她揉了揉兩個孩子的腦袋。「過兩天就好了。快去看看你們的爹爹，他也受傷了。」

兩個孩子面色一變。

沈飛麟剛才還在心裡責怪爹沒有保護好娘，原來爹也受傷了。

沈懷孝一路坐著馬車，精神尚可，不過此時一看見兩個孩子朝他奔來，一張臉瞬間都亮了起來。

沈菲琪想到前一世爹爹最後去了戰場，便再也沒回來，不由得悲從中來。「爹爹，以後再也別上戰場打仗了，好不好？」

好不好可由不得他作主啊……沈懷孝不知道該怎麼回答。

蘇清河試探著問：「要不然，你放出風聲，就說此次中毒傷了身子，不宜……」

沈懷孝沒有猶豫就點點頭。「就這麼辦吧。」

蘇清河見過他在軍中指揮若定的樣子，這個決定，相當於斬斷了他的翅膀，而他偏偏甘之如飴。

此時王府中，安郡王躺在床上，還不能起身，但是已經好了很多。

白坤在旁邊替他擬摺子，謄寫後又交給安郡王，看看還有沒有要更改的地方？

「就這樣，明摺先發出去吧。」安郡王把摺子遞給白坤，肯定地道。

「不再想想？」白坤問道。

「還想什麼？若回到京城，奪嫡之路可是凶險萬分，清河的榮辱不該跟我綁在一起。有了這份智取古拉隘的功勞，不管我將來如何，誰都不能奈何得了她。再說了，摺子上所說的這一切都是事實，是她應得的。」安郡王堅定地道。

第六十五章 公主

來自涼州的一份摺子，在京城引起了軒然大波。這封摺子是四皇子安郡王，八百里加急遞上來的。

涼州大捷了。

不僅擊潰了北遼十萬大軍的進攻，更收復失地古拉隘口。從此，北遼再想南下中原，可不是想來就能來的。

這份功勞大不大？當然是巨大的。

先帝在位時，西北屢受北遼騷擾，鬧得民不聊生。為了百姓不受戰火荼毒，先帝與北遼和談，割讓了五座城池給北遼。前提是，在十年之間，北遼不得侵擾邊境，得還百姓一個安寧。當時朝中大臣多數是不理解的，但誰知先帝讓城池是假，麻痺對方是真。

一年不動，兩年不動，三年仍然沒有動靜，北遼的警覺心一點一點淡去。可就在這個時候，由輔國公掛帥的一支十萬之師，繞道這五個城池的背後，突然發難，將五城變成了孤島，不僅順利收復失地，還一直往北，攻打到了古拉山，但是古拉地勢險要，未竟全功。涼州城就是在這樣的背景下建起來的，為的就是代替古拉隘，阻擋北遼南下。

在這之後，遼國確實也未曾再踏入中原一步。

朝臣對先帝的決定，到那時才算理解，無不讚揚先帝韜光養晦，眼光長遠。

當年先帝沒有做成的事，如今做成了，這種功勞怎能不令人歡欣鼓舞？

更讓人稱奇的是，幹成這件事的是一位女子，而這個女子，是皇上的公主。

安郡王在奏摺中稱，他有一個同胞妹妹，在襁褓時被奸人所害，以至於讓她遺落民間，如今僥倖讓他們兄妹得以重逢相認。

然後又盛讚這位公主的品德，是如何的善良，如何的愛民，又如何為了貧民懲治販賣假藥的奸商。更讚她學富五車，比如兵器出了問題，這位公主如何的想方設法，重新淬鍊，讓它成為神兵利器，其中卻完全把用藥的事給抹去了。

之後，還稱道她醫術高明，研製出了對傷口有益的良藥，造福了將士。

最後，再陳述她如何的深明大義、關愛兄長。在危難的關頭，為了國家大義，為了他這個兄長，自毀容貌，前去談判。

而在談判中又是如何的機智、如何的勇敢，最終奪回了古拉隘口。

這些稱譽是以明摺發回來的，大臣們該看見的也都看見了。

許多大臣都認為這些事是真實的，因為安郡王沒道理把功勞往外推啊！

乾元殿

明啟帝手裡的摺子，跟明摺又不一樣。有安郡王上的，也有探子報來的。所以，對當時的情形，明啟帝瞭解得非常詳細。

他比誰都知道，其中的凶險簡直難以想像。

不僅飲用的水曾被人下藥，連上戰場最基本需求的兵器都出了問題。若不是蘇清河的辦法，別說打仗了，涼州都未必守得住。

老四被刺殺，又驚馬，受了那樣嚴重的傷，若不是這個閨女，老四就算保住命，也得落下個殘疾啊。每每想到這些，明啟帝就驚出一聲冷汗。

在那樣不能再戰的情況下，還是這個閨女代替老四去和耶律虎談判，甚至不惜自毀容貌。

耶律虎三十多歲了，不僅閱歷豐富，亦能跟耶律豹鬥得旗鼓相當的男人，豈是好糊弄的？可以想見當時又是一番鬥智鬥勇啊。

不過，要不是沈家那小子護著，閨女也得把小命給搭進去了。

老四的明摺意思很明顯，就是表示，該給蘇清河正身了。

如此大的功勞，怎麼封賞都不為過吧？

西寒宮

「今兒怎麼這麼早來？」賢妃看了看外面的天。還沒黑呢，他以往可都是天黑後才避著人來的。

「孩子們快回來了，妳也該出去了。」明啟帝笑道。

賢妃猛地抬頭。「涼州的事，了了？」

明啟帝把他收到的各方摺子都遞給賢妃，方便她從各個角度去瞭解事情的始末。

賢妃越看臉色越白，手也抖得越發厲害。她第一次這麼深刻地感受到，這兩個孩子到底都遭遇了些什麼！

差一點點，只差一點點，她就會失去兩個孩子。

「老天保佑、老天保佑啊！」賢妃的眼淚瞬間落了下來。「生下來都好好的，如今兩個孩子卻都把容貌給毀了。叫孩子們回來吧，讓太醫好好瞧瞧，容貌對女子有多重要啊！她怎麼能自己下這樣的狠手呢？」

「我明天就下旨召孩子們回京，在回京之前，得替閨女把名分定了。」明啟帝笑道：「首先，這名字得改。」

「都叫了這麼些年了，還改什麼啊？不改了，就這麼叫吧。」賢妃搖搖頭。

「要上族譜的名字，可不能亂來。」明啟帝搖搖頭。

「三位公主的名字，也都是沒有排序的。」賢妃低聲道。

「不一樣，她們的身分可不一樣。就讓咱們閨女按皇子從遠，叫粟遠凝，妳說好不好？」明啟帝問道。

「粟遠凝，凝兒、凝兒……」賢妃點點頭。「這個名字好聽，不過估計孩子還是更習慣被叫做清河。」

「這有什麼難的？將清河郡給閨女做封地就是了。」明啟帝擺擺手，隨意地道。清河郡離京城非常近，緊靠京畿之地，繁華又富饒。

賢妃搖頭。「這不妥。」

「有什麼不妥的？這些封地又不用她參與管理，每年也只是收取十分之一的稅銀做私房錢，哪裡就不妥了？」明啟帝嘆了口氣。

「好吧，那以後稱呼清河也沒什麼不對了。清河公主，還成。」賢妃翻著摺子，笑著應了。

「名字，是孩子本就該有的；封地，每個公主也都有，她的大一些，就當是補償她這些年所受的苦。畢竟她從小沒在宮裡過著錦衣玉食的日子，朝臣們不敢對此議論什麼的。更何況，她此次還立了大功，合該封賞，得有個正經的封號才是。」

結果，第二天，皇上突然下了三道旨意。

一道是賢妃所出之女粟遠凝，冊封為護國公主，將清河郡劃給公主做封地，並且特許她穿杏黃禮服。

粟遠凝，跟著皇子的排序，那可是嫡公主才有的殊榮。

清河郡，那是多大的一片地方啊。其他公主的封地，不過是劃個兩萬畝土地罷了，如今三個公主的封地加起來，都不及她的一半大。

再看「護國」這個封號，意義可不一般，向來護國公主是有權利過問朝政的。

至於杏黃這個顏色，那可是太子禮服的顏色。

眾人不由得心道，這些恩寵實在有點大。

第二道聖旨是封安郡王為安親王，享親王雙俸。

跟蘇清河的恩寵比起來，給安郡王往上升一升，完全是應該，畢竟軍功是實實在在的。

只要這位四皇子沒有被過分恩寵，只是恩寵一個公主，也就不難接受了。

考慮到皇上或許是出於補償心態，又或許是因為拿下古拉隘口的功勞確實不小，才會如此封賞蘇清河，還真沒有人跳出來說些什麼。

第三道聖旨，就是宣召安親王和護國公主回京。

賢妃聽了梅嬤嬤的轉述後，沈默了良久，眼淚吧嗒吧嗒的直往下掉。

最多再一個月，孩子們就回來了。

二十年了……她終於等到了她的孩子。

消息總是比聖旨快一步。

等蘇清河從安郡王嘴裡知道聖旨的內容，整個人都懵了。

護國公主地位超然，和親王是一樣的尊貴。最重要的是，她的封地還特別大。

她覺得自己是一路從王府飄回南苑的。

沈懷孝聽了反倒覺得很正常。「皇上本來就打算補償妳，這些也沒什麼。」反正只要不是這麼封賞安郡王，誰也不會跳出來多事。

「你知道宜園嗎？」蘇清河問沈懷孝。

「知道，是先帝在位時，前端慧太子在宮外修的園子，號稱天下第一園。我那時候年紀小，好奇心強，偷偷地進去瞧過，當真算得上美輪美奐。」沈懷孝笑道：「也是因為沒人住，裡面都是些看門的太監，才讓我逮著了機會進去看看。妳怎麼想起那地方了？」

「那以後就是咱們的家了。」蘇清河笑道。

「公主府？」沈懷孝倒是沒想到皇上這麼捨得。

蘇清河點點頭，又問：「聽說在公主府附近都會設駙馬府，你要跟我和孩子分開住？」

「我傻啊。」沈懷孝瞪她。「有天下第一園住，我幹麼可憐兮兮地去住三進的宅子？」

蘇清河看著沈懷孝笑。

京城，那是個陌生的地方，有陌生的親人，也有陌生的仇人。

所有人的命運，都已經被推到一個不可預知的軌道上去。

在安郡王和沈懷孝的傷好得差不多時，京城的聖旨這才姍姍來遲。

很多人如今知道原來南苑住著的是公主和駙馬，一時間覺得有些交情的都遞來了拜見的帖子，蘇清河也只是挑揀出來，見了一二。

賴嬤嬤將不知道準備了多久的宮裝拿出來。「公主殿下，您現在的身分不同了，不能被人看輕了去。」

蘇清河看著繁瑣的宮裝，她終於知道一個人為什麼要那麼多人伺候了。這衣裳沒有兩個人幫忙，根本就穿不上。

她額頭上的傷口癒合得很好，露出了粉紅的嫩肉，如指甲般大小，看著卻十分明顯。

賴嬤嬤看著傷疤，皺眉道：「公主殿下，還是留著劉海吧？」

蘇清河搖搖頭。頭髮的摩擦對這個傷口的恢復並無幫助。再說了，這個傷疤是勛章，她暫時不想遮住它。

等屋裡沒人了，蘇清河才拉著沈懷孝，指了指額頭的傷疤問道：「醜嗎？」

沈懷孝看了看，小心地摸了摸，點點頭。「醜。」

蘇清河擰了他一把。「還醜嗎？」

沈懷孝齜牙咧嘴地笑著。「醜。」

「你怎麼這麼討人厭。」蘇清河嗔道：「說句好聽的都不行啊？」

「想聽好聽的啊？」沈懷孝在她額頭上親了一口。「醜就醜吧，我不嫌棄。」

嫌不嫌棄不重要，重要的是醜不醜。蘇清河瞪著他。「哼！你嫌棄一個我看看。」

「真不敢嫌棄。」沈懷孝看著蘇清河。雖然臉上有了瑕疵，但還是很美。

就像她的身上也有疤痕，但她把疤痕隱藏得很好，常常在疤痕上換著畫上一些頗有情趣的圖案，讓他只覺得新鮮，怎麼看都看不夠。

聰明的女人，總有化腐朽為神奇的力量。

看蘇清河如今對他的態度，不自覺地透著一股親暱，他只覺得那一箭擋得真是值了。

她對他的態度，真的不一樣了。雖說不上來哪兒不同，可就是覺得兩人的心更靠近了。

第六十六章　回京

沈菲琪和沈飛麟帶著丫鬟進來，一看就知道有事。

「娘，我有一些人想帶進京，能帶嗎？」沈飛麟問道。

他讓馬六招了不少孤兒學徒，如今看著還都成，他想帶走，但必須要經過娘的同意。

「娘，我的菜園子怎麼辦？」沈菲琪眨巴著眼睛，讓人看了心軟。

「麟兒的人想帶就帶著吧；琪兒的菜園子有舅舅留下來的人替妳照看，等回了京城，娘給妳弄一個更大的菜園子。」蘇清河招手把兩個孩子叫過來。

身分的變化，讓兩個孩子微微有些不習慣。

尤其是沈菲琪，自從知道娘親成了護國公主，且即將要奉旨回京，她就一直處在神遊狀態，整個人都恍惚了。

沈飛麟也心事重重。對他來說，如今的身分變得十分尊貴，父族是輔國公府，娘更是護國公主，可他的心裡反而有種提心弔膽的感覺。畢竟高處不勝寒啊。

沈懷孝皺眉看著兩個孩子。「進京又不是壞事，怎麼反倒不高興了？」

蘇清河笑道：「猛然要換個環境，不習慣罷了。連我心裡都沒底呢，不怪孩子。」

「娘，回京後要住在輔國公府嗎？」沈菲琪抬眼，小心地瞄了一下沈懷孝，忐忑地問。

「不住，娘有公主府。」蘇清河安撫道。

沈菲琪這才露出笑意。只要不回輔國公府就好。

沈懷孝看著孩子。「不想回去就不回去，每年祭祖的時候去露個面就是了。」

沈菲琪笑得眉眼彎彎。祭祖的時候是不要姑娘家參加的，她可以不用去了。

蘇清河看著沈菲琪，心中犯愁。這孩子對國公府心裡有陰影不奇怪，但她選擇逃避卻是不對的。她到底姓沈，不可能一輩子不回沈家。

沈飛麟同意爹爹的話。如今以爹爹的駙馬身分，完全不需要顧忌沈家人的感受，想到那些歷代公主和駙馬的一些軼事，他不由問道：「爹住哪兒？不會也要等娘宣召才能見面吧？」

蘇清河和沈懷孝對視一眼，都有了笑意。一下子換了身分，果然還是讓孩子感到無所適從啊。

聖旨一下，在一個月內必然是要趕回京城的。

京城裡什麼樣，現在完全是未知數，所以對於這一路上的安全，要更加謹慎。

菊蕊，蘇清河不打算留了，她也只是一個消息中轉站，知道的實在有限。將她交給白遠後，蘇清河便沒再過問。

至於康順，自從回到涼州，他就被安親王秘密地關押了，對外只說有緊要的差事要個面生的人去辦。

蘇清河知道，安親王是懷疑身邊不止一個眼線，如此小心謹慎是對的。至於究竟從康順口中審出了什麼，安親王若不說，她也不會主動去問。

葛大壯不僅自己過來，還帶來了百十個兵卒，這讓蘇清河對路上的安全放心不少。她打算以後多置辦幾個莊子，安排這些護衛的家眷。

等到一切收拾妥當，都三月中旬了，正是春光明媚的時候，不冷不熱趕路最好。

公主的車輦本就寬大，像個會移動的小房舍一般，蘇清河歪在榻上，看著外面的春色，真是說不出的愜意。

尊貴身分的好處是顯而易見的。別說是驛站精心接駕，就連大小官吏、鴻商富賈，也捧著銀子前來送禮。

不過如今的安親王不會什麼人都不見，畢竟他對朝中大臣認識得不多，慢慢地接觸朝臣，是個必然的過程。蘇清河也就配合著見了這些官員的家眷，閒話家常，然後賞賜一些東西下去。

不過若是跟沈家有關的一些人求見，沈懷孝是挑著一些見了，但蘇清河卻一個家眷都沒見，直接叫人擋了。

安親王聽白遠說了這件事之後，嘴角翹起。「她天生就該是皇家的命。」知道什麼時候該拿喬，什麼時候該示好。

這次跟隨回京的，還有白坤和陳士誠。白坤是他們兄妹倆的舅舅，乘機調回來也是應該的，也少讓母妃掛念。可是讓安親王不明白的是，沈懷孝為什麼暗示他陳士誠不能繼續留在涼州？

蘇清河自然也感覺到了沈懷孝對這個素日舊友態度上的變化。雖然表面上看起來還是一樣，但是明顯有了戒備，因此，她對苗氏也一直是客氣有餘，而親熱不足。偶爾會叫白坤的夫人齊氏過來說話，但不會特意請苗氏。

齊氏告訴蘇清河。「這次就我跟老爺，帶著元娘一起回京。」兒子、媳婦都還在涼州，那麼白春娘肯定是被以養病為由，留在了涼州。

蘇清河點點頭，表示知道了，想來揚州的紅嬷嬷，恐怕此時已經在皇上手裡了吧。拋開這些事，她笑著和齊氏道：「此次回京，可是要給表妹相看人家？」

齊氏點頭。「只要家中人口簡單就好，公主殿下也知道，那丫頭是個沒心眼的。」

蘇清河頗有同感地認可齊氏的話。有個沒心眼閨女的母親，都特別傷神。

齊氏又小聲地問：「娘娘的事……」

「乾元殿旁邊有一座寧壽宮，聽說正在修葺呢，放心吧。」蘇清河暗示道。

兩人說著話，就聽見外面沈菲琪和沈飛麟的笑聲傳來，這兩個孩子又讓侍衛們帶著騎馬呢，看起來頗為歡樂。

此時在皇宮中，福順滿面笑容，正腳步匆匆地進到乾元殿。

福順笑著回稟。「皇上，四殿下和小公主明天就進入京畿地界了，最遲後天就能到。」

明啟帝馬上放下筆，笑了起來。「快打發人給老四家的媳婦送信，另外宜園都收拾好了嗎？」

「好了、好了，老奴親自去瞧了。」福順笑道。

「那就好，不知道朕的公主能不能住得習慣？」明啟帝站起身來。「走，去西寒宮。」

福順趕緊跟著。自從皇上出入西寒宮不再避著人，宮裡就暗潮洶湧了起來，這次不知道又要捲進去多少人了？

安親王一行人已到了京城外。畢竟是大勝還朝，按照規矩，禮部是要安排人遠迎的。不過，此次迎接的規格似乎高了許多。

所有的皇子連同三位公主一起出現，安親王妃萬氏帶著孩子也在其中，她此刻心中真是五味雜陳。當時丈夫離京時是怎樣寒酸的境況，何曾想到竟會有如今的場面。

時間一點點過去，還有不少朝臣聞訊而來。

沈中璣帶著沈懷忠站在這些皇子、公主後面，表情是說不出的複雜。輔國公府已經把最好的院子給沈懷孝和蘇清河收拾好了，哪怕只能住個一晚上，也算是全了彼此的臉面。

禮部的官吏此時有些手忙腳亂。這些皇子、公主們要表現自己的兄弟姊妹愛，這個沒問題，可能不能提前說一聲？突然出現這麼多貴人，該怎麼安排？本想將他們分開安排，但這就有了主次之分，少不了得罪人。如今安排在一起，那可真是戰火瀰漫啊。

就聽太子道：「沒想到大哥也來了。」

「太子貴重，如今都親自駕臨了，更何況是我呢？再說了，四弟勞苦功高，這個皇妹還素未謀面，我這個做大哥的怎能不出來迎一迎？」誠親王笑道。

「大哥說得是，四弟勞苦功高，皇妹更是巾幗不讓鬚眉。」太子說著，又轉過頭看向榮親王。「六弟也來啦？」

榮親王見太子把矛頭對準了他，呵呵笑道：「四皇兄和四皇姊為長，我這個做弟弟的，不來豈不是失禮？」

七皇子和八皇子沒有封號，兩人年紀小，只當是出來玩的，誰也沒在意。倒是五皇子英郡王，向來萬事不沾的他，沒想到也來湊了熱鬧。

被兄弟們不時用眼睛瞟一下，五皇子也很不自在，乾脆直接向上面的兩位兄長問道：「大哥、二哥，聽說這位四皇姊醫術高明，是不是真的？」他一次問了兩個人，也不用擔心會得罪誰。

敢情這是來求醫的。「孩子還是不見好？聽說四皇妹的醫術是不錯的。」太子轉頭看向誠親王。「大哥說呢？」

「據說是師承金針梅郎，那應該不錯。」誠親王道。

五皇子還沒應話，另一邊的大公主便接過話道：「照大哥這麼說，四皇妹的醫術，應該在太醫之上了？」

大公主的話不好接，誰不知道大公主這些年求子都求到瘋魔了。

萬氏聽著這些話，心中也不免思量。這個四公主可是自家王爺嫡親的妹子，不知道好不好相處？

眾人各懷心思，就見到遠遠而來的安親王一行人，如今已快到城門口了。

蘇清河今兒的打扮格外不同，這可是她在京城第一次亮相。

大紅的宮裝鑲著金邊，衣襬從上到下繡著牡丹，透著一股莊重威嚴。頭上除了東珠，沒有任何多餘的首飾。耳朵上掛著大顆的紅寶石耳墜，讓整張臉看起來熠熠生輝。

沈懷孝則是一身簡單古樸的袍子，黑色為底，繡著紅色的紋路。

沈菲琪一身粉嫩的紅，頭上戴著迎春花花枝做的花冠，爛漫而調皮。沈飛麟一身青色的袍子，配著紅色的腰帶，腰帶上鑲著白玉珠，顯得素雅中不乏貴重。

蘇清河將父子三人都打量了一遍，確定沒有不妥之處，才鬆了一口氣。她叮囑孩子道：「一會兒跟著你們爹爹，別瞎跑。」

沈懷孝看著蘇清河笑道：「妳別緊張。」

蘇清河白了他一眼。如今身分不同，她的一舉一動不知被多少人盯著，能不緊張嗎？

剛要說話，車輦就停了下來，鍾善在外面稟報道：「公主殿下，王爺讓奴才來說一聲，太子和各位皇子、公主都在前面迎接，請您準備、準備。」

蘇清河挑挑眉，應道：「知道了。」來得還挺齊全的嘛。

賴嬤嬤帶著石榴已經在車輦下面等著了，蘇清河起身，扶著賴嬤嬤的手下車。

安親王早已下車，在前頭等著她了。

沈懷孝帶著孩子跟在蘇清河的身後，無疑，她才是今天的主角。

安親王一身青石色的蟒服，顯得光華內斂，器宇軒昂。看著蘇清河的打扮，他滿意地點點頭。「不用緊張，保持常態就好。」

蘇清河點頭，走在安親王身後，緩緩朝對面走去。

眾人就見一雙長得十分相似的男女走了過來。遠看著，身姿一樣挺拔修長，近看了，才發現眉眼相似，連臉上的疤痕都十分接近。男子看著沈穩有度，女子也高華威嚴。

太子先往前走了一步。「老四，可算回來了。」不待安親王說話，就轉向蘇清河。「這位就是四皇妹吧？果然是皇家公主，氣度儼然。」

「太子、二哥。」安親王拱拱手。「有勞二哥遠迎。」

「見過太子、二哥。」蘇清河福了福身。以她的身分，見了太子都無須下跪的。

眾人看著蘇清河的動作，如行雲流水，自然優美，還真挑不出錯來。

「快免禮。」太子虛扶一下。「如今回來，若有什麼需要的，儘管找二哥。」

蘇清河點頭致謝，又隨安親王給誠親王行了禮。

第六十七章 團聚

誠親王見面就讚道：「我就覺得老四小時候長得漂亮，心想這要是個妹妹，還不知道會漂亮成什麼模樣呢？如今一看，這同一張臉，果然還是姑娘家顯得更好看。」

話一說完，眾人都跟著笑了起來。

蘇清河笑道：「父皇要是聽到大哥的話，板子就該上身了吧。」誰不知道他們長得更像皇上？如今說她這張臉更適合女子，可不是討打嗎？

眾人越發指著誠親王笑。

「小妹妳壞啊。」誠親王無奈地笑了笑。「可千萬別去跟父皇打小報告，不然我真得挨板子了。」

「那得看大哥捨不捨得下血本，堵一堵我的嘴啊。」蘇清河跟著開玩笑道。

「瞧瞧啊，又來了一個財迷。等妳遷新居的時候，自然給妳備了大禮送去。」誠親王對蘇清河這般熟稔的態度，感到很滿意。

皇家就是這樣，哪怕他們兄弟姊妹在背後互相捅刀子，也要做好表面工夫。

人人都說賢妃是被黃貴妃陷害的，不知道多少人等著看他們的笑話呢。如今他們能這樣談笑風生，兩人之間似毫無芥蒂，想必讓不少人失望了。

按照長幼順序，接下來，就該輪到三位公主了。

大公主身上有一股子傲氣，是個極具侵略性的美人，既張揚又肆意。
二公主很清雅，從衣著到飾物，無不顯露出這一點。
三公主看著有些富態，是個豐滿的美人。
雖然只是簡單地見了禮，但彼此之間都有了一個初步的印象。
蘇清河的心一點也放鬆不下來。就像別人觀察她一樣，她也暗暗地觀察著別人，可遺憾的是，這裡面沒一個人是她能看透的。
直到最後，才見到帶著孩子的萬氏，對著安親王喊了一聲「王爺」，然後就對著蘇清河行禮。
蘇清河趕緊避開，又回了禮。她明顯能感覺到萬氏看到自己長相時的驚奇。
而安親王家的兩個孩子明顯已不認得安親王了，但還是規矩地行了禮，對著蘇清河叫了聲「姑姑」。孩子們不時地看向蘇清河和安親王的臉，彷彿覺得一男一女能長得這般相像，很不可思議。
蘇清河才要叫自家的兩個孩子過來見禮，那一頭沈菲琪和沈飛麟已被人圍到了中間。尤其是沈飛麟，從長相到故作威嚴的氣質，與明啟帝頗多相似，讓人難免有幾分想要逗弄的惡趣味。
就聽誠親王道：「舅舅家有個小表姊，將來給你做媳婦好不好？」
「婚姻大事乃父母之命，媒妁之言。大舅舅拿這話問麟兒，叫麟兒該如何回答？」沈飛麟板著臉，一本正經地道。

這話一出口，惹得眾人大笑，笑聲都能掀翻了天。

誠親王忍著笑，問道：「舅舅怎地聽起來像是推脫之詞呢？」

沈飛麟明知道眾人逗他，還不得不配合。「表姊乃龍子鳳孫，自然是好的。只是麟兒將來若是不成器，豈不糟蹋了表姊？」

四歲大的孩子說著這番話，可不萌翻了人。

誠親王揉著沈飛麟的腦袋。「行啊，你這小子。就憑你這番話，將來就不會不成器。」

蘇清河鬆了一口氣。誠親王這番話未嘗不是在示好，可若拒絕了親事不好，應下親事就更不好了。她和沈懷孝都不好出面，由兒子這般童言稚語的打發掉，只當是一句玩笑話，笑過就算了。

一行人沒在城外多停留，便上了馬車，進城一路朝宮裡去。行囊和隨從，自然會有人帶著去宜園，也就是如今的護國公主府。

等這些龍子鳳孫走了，前來看熱鬧的官吏們才起身離開，回去時不免又多了些話題可以談論。比如說，護國公主。

說到這位公主，人們就不由得把視線落在輔國公沈中璣身上。

親兒子帶著孫子、孫女回來，剛才卻連上前見禮都沒有，可見這關係處得有多差。

沈中璣也不是不知道眾人看笑話的心態，但又能怎麼樣呢？這個護國公主他也遠遠地看見了，好是好，就是看著太強硬了些。見她跟眾皇子、皇女們談笑風生，就知道也是個手段厲害的女人。他這輩子最怕的就是聰明的女人，也不知道對兒子來說，究竟是福還是禍。

再想想孫子、孫女，更是覺得心裡癢得難受。剛才隔著一段距離看了幾眼，覺得這兩個孩子體面極了，被那麼多人看著，說話也不見緊張，更是一點也不怯場，一看就知道是個聰明的。

沈懷忠低聲道：「宜園被改成了護國公主府，要不然，咱們回去再遞了帖子上門。孩子回來了，總得祭祖吧？就算是公主，那也是沈家婦，該到沈家祠堂上炷香的。」

沈中璣眼睛一亮。可不就是這個道理。

遠遠望去，皇宮顯得格外巍峨。

明啟帝坐在乾元殿裡，焦急地問福順。「到哪兒了？」

「快進宮了。」福順低聲道。

「總說快了、快了……」明啟帝念叨著。「再派人去瞧瞧。」

蘇清河一進宮，便下了車輦，再帶著孩子坐上肩輿。這皇宮除了建築，還真沒什麼好看的，連一棵稍微高大點的樹都沒有，住在這裡，想必也舒服不了。

沈菲琪細細地看著這座皇宮。上輩子她來過一次，記憶早已模糊，原本以為特別神秘、威嚴的地方，原來是這個樣子的啊。

而沈飛麟突然有了一種熟悉感，不是建築讓他熟悉，而是氛圍特別熟悉。宮裡的氛圍都是如此的……讓人不自在。

肩輿在乾元殿門口停下，沈懷孝先把兩個孩子抱下來，才去扶蘇清河。

蘇清河看著眼前的乾元殿，緩緩地跟在安親王身邊，踏著臺階而上。

福順遠遠地就迎過來。「兩位殿下，皇上正等著呢，趕緊的。」

安親王見來人是福順，客氣地點點頭。「父皇的身子……還要公公多操心了。」他本來想問身子如何了，臨到嘴邊又改了話。皇上的身子好不好，可不能隨意窺探。

蘇清河心裡一轉，就明白了緣由。看來在宮裡還得處處小心、步步謹慎。本來一句家常的關懷問候之語，放在特定的人和環境裡，就不一定是適合的。

福順心裡一嘆，覺得他們都太過小心了。皇上對這兩位殿下的心，那可是真切的。他小聲道：「昨晚皇上和娘娘高興得一晚上都沒合眼，說的都是兩位殿下還在娘胎裡的事。」

他們只有在娘胎裡，是和父母待在一起的。可這二十年過去了，他們早就過了需要父母呵護的年紀。

安親王沈默了片刻，琢磨著福順的話。看來父皇和母妃的關係，如今已緩和許多。

蘇清河心裡卻有些複雜。面對陌生的父母，期待、緊張、忐忑各種情緒不斷湧現。

這乾元殿前的臺階總共九九八十一階，蘇清河卻覺得漫長無比。大殿裡，浮動著龍延香，她一踏進大殿，就見那龍椅上的中年男子站了起來，神色非常激動。

安親王快步走了過去，跪下道：「不孝子回來了，父皇可還安好？」

蘇清河緊跟著走過去，跪了下來。「清河見過父皇。」

明啟帝從上面走下來，一手扶著一個，拉著他們站起來。「快起來，讓朕看看。」

蘇清河被一雙大手拽著，順勢就站了起來。

此時父子三人面對面，不由得都愣住了。像，實在是太像了！像得莫名有了些喜感。

明啟帝看向兩人額頭的傷，抬起手便要去摸一摸。

安親王的第一個反應就是想躲，蘇清河輕輕地拉了他一下，他也就頓住了，掩飾般地道：「沒什麼大不了的。」

「胡說。」明啟帝瞪著他。「明顯地凹下去一塊了，還說沒什麼。」說完又看著蘇清河。「凝兒也是，女子的容貌最是要緊，得讓太醫好好瞧一瞧。倒不是不信任妳的醫術，可畢竟術業有專攻。」

蘇清河慢了一拍才反應過來，「凝兒」是在叫她。看來，她還得適應新名字，粟遠凝。她搖搖頭，不在意地笑了笑，想起《紅樓夢》中王熙鳳拍賈母馬屁的話，不由得道：「凹一塊才好呢，正好用來盛福壽。您瞧壽星老兒的頭上，原本也是凹一塊的，那福壽盛多了，可不就凸出來了。」

明啟帝一愣，不由也笑了起來。「這丫頭，居然是個促狹的性子。」

安親王讚賞地看了蘇清河一眼。就該這樣，女兒跟兒子到底還是不一樣的，女兒能撒嬌蠻纏，兒子不成。

福順吁了一口氣。如此歡歡喜喜的，皇上心裡也舒坦。尤其是小公主這不生疏的樣子，想必讓皇上心裡舒服極了。

明啟帝讓兩人坐了，問道：「身上的傷如何了？」

安親王搖搖頭。「早就沒事了，妹妹的醫術不錯。」

蘇清河也笑道：「哥哥年輕，傷好得也快，已沒有大礙了。」

明啟帝又問起沈懷孝的傷，蘇清河馬上乘機道：「不瞞父皇，駙馬的傷其實早就好了。不過，兒臣也被嚇怕了，不想再讓他上戰場。」

妹妹的話這般直截了當，讓安親王愣了一下，不過明啟帝卻很高興。這孩子從來就不瞞著他。

「那就別讓他再上戰場，哪裡會因為少了一個人就不能打仗了呢？」明啟帝不在意地點頭。「留在京裡，五城兵馬司的指揮使，就讓他幹著吧。」

「全由父皇安排，兒臣不懂這些。」蘇清河輕聲道。

明啟帝笑道：「能奪回古拉隘口的人，還說不懂？朕瞧著，妳比誰都懂。」

「兒臣只知道，當這個五城兵馬司的指揮使，可是要得罪人的。後面沒人撐腰，對著滿京城的王公貴族，那腰桿子也硬不起來。」蘇清河不好意思地笑道。

「這話可說到重點了。沈懷孝是朕的女婿，又出身勛貴，不僅身分能壓得住人，關鍵是他對京城的人脈，還算熟悉。」明啟帝如此說道，視線卻是停留在安親王身上。

這些話，就有些在暗示安親王的意思了。

安親王的眼神閃了閃，表示知道了。有了沈懷孝手裡的五城兵馬司，他回到京城就不算一無所有。

蘇清河則聰明的沒再說話。

「孩子呢？怎麼不見兩個孩子？」明啟帝問福順。

「駙馬怕打攪皇上說話，便帶著兩位小主子在偏殿候著。」福順回道。

「快叫進來。」明啟帝看著兩人。「一會兒帶著孩子們，去看看你們的母妃。」父皇沒讓他們先去給皇后請安，真是讓人鬆了一口氣。兄妹倆對視一眼，趕緊應下了。

沈菲琪和沈飛麟跟著沈懷孝向皇上行禮，做得有板有眼。

「都起來。」明啟帝看見兩個孩子，眼裡的笑意怎麼也藏不住。他對沈懷孝道：「你先回去公主府將一切安置好，再去五城兵馬司上任。他們母子幾個，就在宮裡住幾天再回去。」

沈懷孝看了蘇清河一眼，見蘇清河點頭，才起身應「是」。想必一會兒是要進後宮見賢妃，他去了也不適合。另外，五城兵馬司究竟是怎麼一回事？他還得再問問安親王。

將照看蘇清河和兩個孩子的嬤嬤、丫鬟留下後，沈懷孝便一個人出了宮。

第六十八章 母女

明啟帝帶著蘇清河和安親王，抱著兩個孩子的嬤嬤在後頭跟著，一路往西寒宮而去。

西寒宮很偏僻，正殿也是空著的。一個看起來三十來歲的美貌婦人，就站在偏殿的門口張望著。一看見他們，眼裡閃過驚喜，卻又含了淚，有些緊張和忐忑。她的手揪著帕子，還不時地拽一下衣角。

這讓蘇清河鼻子一酸。她也失去過孩子，她知道這個女人受過什麼樣的煎熬，眼淚便也跟著落了下來。看見賢妃想要靠近自己，又滿是顧忌的樣子，這是擔心自己不願意被她碰觸吧。

「娘……」一叫出口，心裡一股子疼痛就蔓延開來，像是來自原主的潛意識，又像是源於自己的記憶。她跪下身來，拽著女人的裙襬，怎麼也控制不住情緒，哭得撕心裂肺。

蘇清河嘴裡無意識地一聲聲喊著娘，似乎要把滿肚子的委屈都倒出來。

賢妃俯下身，把閨女抱在懷裡，才覺得是真實的。她一下一下拍著閨女的後背，眼淚直掉在閨女的身上。幸好閨女沒有責怪她，也沒有怨恨她。

閨女叫她「娘」，而不是「母妃」。她的孩子終於回來了。

安親王跪在妹妹身邊，拳頭攥得緊緊的。他的心也疼得厲害，但女人還能哭出來，他卻連哭的權利都沒有。

「娘。」安親王也這般喊道。他一手拍著妹妹，一手扶著搖搖欲墜的母妃。「都別哭了，一切都過去了。」

明啟帝的腳步不再往前，那樣的哭聲是他所不敢面對的。

沈菲琪的眼圈都紅了，她從沒有見過娘如此脆弱的樣子。沈飛麟則吸吸鼻子，感嘆這世上的好母親何其多，偏偏上輩子他就沒遇上。

一旁隨即有宮女帶著兩個孩子，去了早為他們準備好的屋子。兩個孩子也沒有硬要留下來，畢竟大人們還有話要說。

好半天，蘇清河才止住哭聲。

賢妃摸著她的臉道：「這些年，苦了妳了。」

蘇清河搖搖頭。「我從小什麼都不知道，所以也沒有牽掛，自然說不上苦。而娘呢，明知道我的存在，卻日日不得見、日日牽腸掛肚，這才是最苦的。」

不想一句話，又把賢妃惹哭了。這話可不正說到賢妃的心坎上了。

「娘別光顧著妹妹，也看看兒子，兒子是不是更俊了？」安親王扶著賢妃，打岔道。

賢妃看了兒子一眼，眼裡滿是笑意，嘴裡卻道：「跟你爹年輕的時候一模一樣，哪裡就俊了？」

明啟帝呵呵一笑。「這小子哪裡有我年輕的時候俊俏。」

「爹」這個稱呼放在皇家，實在是……而明啟帝居然連自稱也換了，不再說「朕」。

安親王和蘇清河對視一眼，都從彼此的眼裡看出了不解。父皇和母妃兩人的關係，真是怎麼看怎麼奇怪呢。

蘇清河扶了賢妃往裡走，轉移話題道：「娘，什麼時候用飯啊？我從一大早上到現在，可是什麼都沒吃。」

爹，不僅是個稱呼，更投注了諸多感情。蘇清河還叫不出口。

賢妃一聽閨女還餓著肚子，馬上叫人送了膳食來。「快把孩子都抱過來，一起吃一頓團圓飯。」

梅嬤嬤道：「兩個小主子都吃了點心，睡下了。」

蘇清河笑道：「那就別管他們了，讓他們睡吧，咱們吃咱們的。」

「也不知道公主愛吃什麼？不過這些都是娘娘的拿手菜。」梅嬤嬤笑道。

「我跟哥哥的口味是一樣的，不難伺候。」蘇清河回了一句。

賢妃聽了這話，笑著看了父子三人一眼。「洌兒的口味跟你們爹的一樣，凝兒又跟洌兒的口味一樣，看來是好伺候沒錯。」

明啟帝則是很高興地看著自己的兒子和閨女。

蘇清河笑道：「那娘記起來就簡單了。不管誰來，端出來的菜都錯不了。」

一頓飯吃得很和諧，賢妃忙著給蘇清河和安親王挾菜，明啟帝在一邊看著，就不由得多用了一碗飯。

蘇清河對一道蝦品格外情有獨鍾。「這是什麼蝦？特別鮮美。在這個季節可不多得。」

安親王隨即道：「如今三月，怕是萊州的桃花蝦，京城裡也不易得。」

蘇清河點評道：「怪不得呢，皮薄肉厚，滋味鮮美。」

「是萊州進貢來的，愛吃就都給妳送過去。」明啟帝笑道。

蘇清河點點頭。「女兒也不能吃獨食啊，哥哥估計還想給嫂子帶一些呢。」

安親王就瞪她。「吃妳的飯。」然後扭頭道：「兒子如今也是拖家帶口的人了，要養家餬口的，給我留一點就好。」

賢妃笑道：「早給我孫兒送去了。難得你還知道自己也是當爹的人，這孩子都多大了，居然一天也沒管過。」當娘的，就沒有不囉嗦的。

蘇清河只覺得這頓飯吃得真香，關鍵是她還真沒吃過這麼好吃的菜。即便福田曾經是御廚，但是沒有好食材也白搭啊。

吃完飯，明啟帝就帶著安親王去了乾元殿。畢竟涼州那邊的事務，還得好好談一談。

蘇清河就留下來，準備陪賢妃一段時間。

「要不梳洗一下，換身舒服點的衣裳？」賢妃見閨女穿著宮裝，想必累得慌。

蘇清河點頭。「正想泡一泡身子解解乏呢，一路上顛簸得渾身難受。」

賢妃馬上叫梅嬤嬤去準備，不一時，蘇清河就舒服地泡在澡盆裡了。

門簾子一響，蘇清河還以為是宮女或者嬤嬤，扭頭一看，竟是賢妃進來了。「娘，妳怎麼進來了？讓下人來就行了。」蘇清河看賢妃拿了木瓢，這是準備給她洗頭的架勢。

「還是讓娘來吧。」賢妃就是想親手為孩子做點事。

蘇清河一笑，就應下了。

賢妃倏地瞧見了她肩膀上的傷。「傷到身子了？」賢妃皺眉問道。

「沒傷到要害，就是一點皮肉傷，早好了。」蘇清河往下一縮，死活不敢讓她瞧見腰上的傷。

「娘知道，你們都瞞著我。」賢妃低聲道。

蘇清河安慰道：「沒事的，那些個大風大浪咱們兄妹都挺過來了，沒什麼過不去的。」

賢妃不再說什麼，溫柔地將女兒的頭髮打濕，然後將瓷瓶裡的液體倒上去揉搓。

蘇清河聞了聞，竟然是木槿葉子的汁液。木槿葉汁洗頭她是知道的，但是這東西不易保存，必須是新鮮的才成。可如今是三月，哪裡找新鮮的去？

賢妃見她一臉好奇，就笑道：「自有下面的人操心，每天都會送來，誰知道怎麼弄的？宮裡的女人多，有的習慣用皂角，有的習慣用胰子，下面的人都是要顧及的。」

見她說起了後宮的女人，蘇清河不由問道：「娘，妳覺得委屈嗎？」

賢妃手一頓。「委屈？剛進宮的時候，覺得委屈，有了你們，就覺得值了。後來，沒有你們在跟前，我就連他也不想見了。」

蘇清河一頓。「那您現在跟父皇……」

「都老了。我老了，他也老了。」賢妃笑道：「愛也罷，恨也罷，都糾纏了大半輩子，注定還要繼續糾纏下去。如今又有你們在，你們也都有孩子了。可別以為你們都大了，就不需要爹了。孩子，你們現在比任何時候都需要有個爹護著。」

蘇清河覺得自己得重新認識一下自己的這個娘。她也是個極有智慧的女人，在冷宮裡待了二十年，人到中年還能讓一個帝王牽掛，除了最初的動心以外，肯定還有別的。

蘇清河點點頭。「以後都聽娘的。」

洗完澡後，她熏乾了頭髮。此時賢妃已讓人取來特意給她做的衣裳，那裙襬上搖曳的滿是桃花，正適合這個季節穿。

蘇清河高興地接受這份心意，穿在身上，還真是適合。

「跟我想的一樣。」賢妃滿臉笑意地道。

蘇清河哪裡看不出來，這衣裳和鞋襪，都是出自同一個人的手藝。「娘，做這些傷眼，以後別做了。」

賢妃點點頭。「放心，我心裡有數。」她這是把她的心意，都縫進了給孩子的衣衫裡。

到了下午的時候，兩個孩子才睡起來。宮女馬上就端了飯菜過來，蘇清河便看著他們吃了。

賢妃還是第一次見到孩子，歡喜極了。她沒有撫養過孩子，所以把對蘇清河和安親王的一番心思，全傾注在這兩個孩子身上。不但親自伺候孩子漱口、穿衣，晚上也要帶著孩子一起睡。

於是，母女二人便帶著孩子睡到了暖閣的炕上。等孩子睡了，賢妃才問起她這些年是怎麼過的？

蘇清河第一次這麼仔細地回想著原主的記憶。

「養父、養母對我特別照顧，也是十指不沾陽春水養大的。養母教我女紅和規矩，養父教我識字念書；後來，養父見我對醫術很感興趣，便傾囊相授。那幾年，我所有的時間都花在學習鑽研醫術，根本就沒有任何私心雜念，也沒有覺得孤單寂寞。之後，來了個丫鬟石榴陪我，我反而覺得很吵。」

看來，這孩子也是被圈在家裡養大的。賢妃沒有再問，這孩子太貼心，怕自己難受，都只挑好的說。

「那駙馬呢？」賢妃問道：「駙馬對妳好不好？」

「我一個人帶著孩子的時候，覺得他不好；後來，他回來了，為了孩子，我也就想著糊裡糊塗過唄。其實相處的時候，覺得他這人還不壞，可我一直覺得他沒把我往心裡放。沒想到這次遇到危險，他的第一個反應就是護著我，我想，這算是心裡有我吧。」蘇清河笑道。

「好好待他，他必然會好好待妳。」賢妃鬆了一口氣，不免提醒閨女。「別鬧得跟大公主似的……」

「她怎麼了？」蘇清河問賢妃。「聽說大駙馬是黃家的子孫。」

賢妃點頭。「大公主的生母本是黃貴妃的庶妹，她嫁給了黃家的子孫，也算是親上加親了。」

「她跟大駙馬不和？」蘇清河問道。

「她不願意跟大駙馬同房，但也不許大駙馬找小妾，而她自己，在府裡倒是養了不少戲子，京城裡傳得格外難聽。」賢妃低聲道。

蘇清河的表情露出幾分驚訝。沒想到賢妃在冷宮居然還可以聽到八卦。

「是梅嬤嬤不知從哪兒聽來，告訴我的。」賢妃拍了閨女一下，有些不好意思。八卦果然是女人的天性，不論年紀老幼。於是母女倆躺在被窩裡，就這麼聊著大公主的八卦，好不開心。

明啟帝一到西寒宮，就聽見屋裡傳來低低的笑聲，不知道母女倆是在嘀咕什麼？他看了梅嬤嬤一眼，梅嬤嬤便解釋道：「娘娘帶著公主和兩個小主子睡在暖閣，這會子怕是在說體己話呢。」

屋裡又傳來蘇清河的聲音，但聽不清楚說什麼，然後就是賢妃克制的笑聲。

他不知道有多久沒聽見賢妃這麼笑過了……

「就說朕去乾元殿的書房睡了，明兒再過來一起用早膳。」明啟帝說完，帶著福順就往外走。

福順嘆道：「娘娘是真高興啊。」

明啟帝點頭。「嗯，得趕緊把寧壽宮修葺好。」

門口的招牌早已換成了親王府，等安親王回來的時候，府裡一下子就喧騰起來。

萬氏迎了出來。「王爺回來了。」

安親王點點頭，攥了她的手往裡走。「辛苦妳了。」

萬氏眼眶一紅。「都是妾身應該做的。」

兩個孩子還沒睡，看見安親王趕緊行禮。

安親王皺了皺眉。「怎麼還不睡？」又覺得自己語氣不好，緩聲道：「孩子不能熬夜，熬夜長不高。」

萬氏這才鬆了一口氣。「就今兒一天，王爺剛回來，孩子自然要等等。」

安親王就笑著把孩子抱起來，問了問今兒學了什麼書，才讓嬤嬤帶下去。「來日方長，以後就不走了，有得是時間管他們。」

萬氏的笑意更濃了些。「母妃留王爺吃飯了嗎？」

「晌午陪母妃吃的，晚上跟父皇在書房隨便用了一點。廚房有什麼吃的，就讓送上來吧。」安親王往榻上一歪，才算渾身放鬆下來。

「四公主也回府了吧？我還想著明兒帶孩子去宜園瞧瞧，看她的府邸佈置得怎麼樣了？需不需要幫忙？」萬氏替安親王脫了腳上的靴子，隨口問道。

「清河要陪母妃在宮裡住上一段日子，什麼時候出宮，還不一定呢。」安親王閉著眼睛答了一句。

「那兩個孩子由誰照看？沈家可不行。要不要接過來？」萬氏問道。

安親王挑眉。他有些明白萬氏的心思了，這是在試探清河跟他的關係究竟有多深？這讓他有些不悅，夫妻之間有什麼話不能明說？非得這般試探。

他覺得，有必要和萬氏好好地談一談了。

「妳是不是覺得清河的出現，雖然將母妃身上的嫌疑洗清，我的爵位也升了，但我這個做哥哥的也已經把公主的身分還給她，就算兩清了？」安親王坐在榻上，問了萬氏一句。

萬氏嚇了一跳，她還真沒這麼想過。她只是想知道，以後該怎麼對這個唯一的嫡親小姑子？她得知道王爺的底線在哪兒，千萬別觸碰了那條線。

「王爺何出此言？妾身萬萬不敢有此想法。」萬氏趕緊跪下請罪。

「妳起來吧，來這裡坐。」安親王放緩了語氣。「咱們是夫妻，有什麼事不能敞開了說？這些年，府裡就一個側妃，還是妳瞞著我求來的。自從這個曾氏懷了身孕，我就沒再去過她的院子，是也不是？」

萬氏點點頭。納曾氏為側妃確實是她的主意沒錯，但為了賢良的名聲，她也是不得已才這麼做。

「我也知道在皇家，要是沒個場面上的妾室，就該有人說妳善妒，眼裡不容人了，這我可以理解。這幾年我長年在外，近兩年更是沒回過家，可在涼州我一個女人也沒收，身邊乾乾淨淨的，我的心思明擺著呢，就咱們倆好好過日子唄。曾氏和那個閨女，有妳照看著就行，我就不多管了，咱們有兩個兒子，我會和妳一起好好地教導他們。妳要是心裡實在覺得因為子嗣太少，讓妳感到不踏實，指不定什麼時候我又要納妾，那就讓清河給妳瞧瞧，她的醫術是真的厲害。能治好的話，咱們接著生；治不好了，有兩個兒子也夠了，妳別整天提心弔膽的，覺得我會遇見一個新鮮的，就把妳撇到一邊去。妳向來明白事理，怎麼就在這件事上不開竅呢？」

萬氏哭得一抽一抽的。誰不想夫君身邊只有自己一個女人？可嫁入皇家，她就滅了這個念頭。她想要做好一個賢內助，卻從沒想過自家王爺的心思。這些年王爺長年在外，她一個人日子艱難，偶爾也會胡思亂想，想著王爺是不是又在涼州納了妾？她還真的從沒往王爺根本就不樂意這方面想過。

「夫妻間的誤會，就是這麼來的。有什麼話妳就直說，咱們別猜來猜去的。」安親王緩了緩才道：「關於清河的身世，比妳想的要複雜得多，牽扯太廣，我就不和妳細說了，只說說自從清河到涼州以後的事吧。」

他小聲將有人在蓄水池下藥以及兵器被動了手腳，還有自己身邊有眼線的事，都說給萬氏聽，萬氏嚇得臉都白了。

安親王解開衣裳，露出新傷。「大戰後我被身邊的眼線給暗算，斷了兩根肋骨，內臟出血，是清河救了我一命。當時我的腿還是這樣的……」他用手比劃了一個彎折的角度。「也是清河幫我矯正的。那時只要稍有耽擱，腿可就廢了。我如今能完好如初地站在這裡，都是清河的功勞。」

「啊！」萬氏驚叫一聲，看著安親王。

安親王又接著道：「後來北遼要談判，但是我動不了，清河便二話不說就替我去了。她還拿尖利的石頭狠狠地往自己的腦袋上砸，就為了讓別人相信她就是受了傷的我。那場談判也是萬分驚險，要不是瑾瑜為清河擋了一箭，她或許就回不來了。

「我說這些，就是希望妳能明白，若這世上還有誰值得讓我全心地信賴，那個人絕對會是清河。奪嫡之路艱險，誰也不知道會遇見什麼危險？而清河如今是護國公主，又有奪回古拉隘口的功勞，所以，她可以說是安全的。若是我遇到什麼不測，唯一能幫妳、保全妳的，就是清河。記住了，她是我的臂膀，但也是妳和孩子最後的退路。」

安親王拍著萬氏的後背，她顯然被嚇傻了。

「王爺，你是想要……」萬氏小聲地問道。

「不是我不想參與奪嫡，就能不參與的。」安親王輕聲道：「妳心裡有個底就好。總之，在兒子的教養上，妳可不能再像以前那樣了。」只學君子之道，在皇家是活不長的。

「妾身記住了。」萬氏擦乾眼淚，又看了看安親王的肚子。「這怎麼跟縫上去的一樣？」

「就是縫上去的。」安親王失笑道：「反正她做那個什麼手術，沒人敢看，連白遠都躲得遠遠的。不過，確實好得快，七天之後我就能下地了；過了半個月，基本上也沒大礙了。」

「那得空了，也讓清河給我看看吧。」萬氏紅著臉道。

安親王總算吁了一口氣。這姑嫂關係，也是挺麻煩，如今把家裡妻子的心思給理順了，清河那裡，他就不用操心了。

那丫頭如此精明，可不需要他來提點一二。

第六十九章　囚禁

宜園

沈懷孝客氣地請沈懷忠進來。「大哥怎麼這麼晚了還過來？」

「想著你回來了，看看能不能明天回家吃頓團圓飯？請公主帶著兩個孩子都一起過去，父親可盼著呢。」沈懷忠開門見山道。

沈懷孝點頭。「公主如今還帶著孩子在宮裡呢，要住到什麼時候，我可拿不準啊。」

沈懷忠一愣。「住在宮裡？」

「是啊。」沈懷孝道。「皇上見了兩孩子，喜歡得不得了，怕是得住上一段日子。」

「既然公主和孩子不在，這府裡就你一個人，要不你跟我回去住吧，家裡給你們收拾了一個大院子。」沈懷忠道。

「不了，大哥。這園子大得很，公主又剛剛建府，一堆事要忙呢。最要緊的是，皇上讓我接管了五城兵馬司，我正忙著找人打聽京城的大小事呢。」沈懷孝推脫道。

剛回來就有了差事，這人跟人的差距怎就那麼大呢？不過沈懷忠也看出來了，沈懷孝是真的不想回去，就不再勉強他。「好吧，但爹還是記掛著你。」

「等安頓好了，大哥、大嫂就帶著孩子過來，把爹也請上，咱們一起吃頓團圓飯。」沈懷孝笑著說了一句。

沈家我只認你和爹。

這意思就很明顯了，沈懷忠點頭。「大哥知道了。」

送走沈懷忠，沈懷孝心中難免還是有幾分悵然。

西寒宮

蘇清河正睡得朦朦朧朧，猛地聽到外面急匆匆的腳步聲，她嚇了一跳，一下子就坐了起來。

賢妃也醒了，拍著她道：「別怕，沒事。這裡安全得很。」又揚聲問：「梅嬤嬤，怎麼了？」

梅嬤嬤一邊扣著衣裳，一邊回道：「乾元殿那邊來人，說是英郡王找公主殿下有急事，好似康平縣主不好了。」

康平縣主是五皇子的嫡女，因為早產，一直就不見好，太醫估計也束手無策了。

蘇清河馬上躥起來。「娘，妳看著孩子，我去一趟。」

賢妃點頭。「小心點啊。梅嬤嬤，妳跟著凝兒。」

蘇清河穿了輕便的衣服，頭髮隨便一綰就出去了。

趕到乾元殿的時候，就見英郡王正紅著眼眶，明啟帝在一邊安慰著。

「父皇，兒臣來了。」蘇清河福了福身，又對英郡王道：「孩子如今在哪裡？咱們這就走。」

英郡王顯然沒想到四皇姊會這般乾脆，一點猶豫也沒有。

「皇姊，孩子在家。」英郡王趕緊道：「馬車就在宮外。」

「要什麼馬車啊，騎馬走。」蘇清河拉著英郡王就出門。「父皇，讓侍衛馬上去宜園找駙馬取兒臣的藥箱，以最快的速度送到五皇弟的府邸。」

「凝兒，盡力就好。」明啟帝不放心地叮囑。

這是怕孩子會折在自己手上吧？蘇清河感念這份好意，揚聲道：「父皇，兒臣的師父說過，醫者不避險。」

英郡王立刻肅然起敬。「皇姊，妳放心，不管什麼結果，我都不會怪罪皇姊。」

蘇清河覺得英郡王算是這些個皇子裡面，難得的聰明又厚道之人。

一趕到英郡王府，只見孩子的臉都憋成了青紫色，顯然是呼吸有了障礙。她本以為是孩子的心肺有問題，結果一把脈，心肺雖然弱，但並沒什麼大問題。

她一檢查鋪蓋，馬上臉色大變。孩子這是吸入了異物，導致呼吸不暢。

她抱起孩子，將孩子面朝下放在她的腿上，擠壓孩子的胃，又拍了拍背，讓孩子將吸入的異物隨著胃液排出來一些。

果然，孩子的面色好了很多，不像剛才那般可怕。

她不由罵道：「是誰給孩子蓋這樣的被褥？」

「皇姊。」英郡王見孩子的氣色好了不少，連忙問道：「是不是孩子的病和被褥有關？」

「皇姊。」英郡王身後出來一個纖巧的女子，對著蘇清河行禮，滿臉都是震驚和不解。

蘇清河知道這應當是五皇子妃蘇氏，一個翰林家的姑娘，娘家不顯。

「起來吧。」蘇清河看著蘇氏。「這樣的被子，被面的孔大，而裡面的棉絮又特別細，棉絮容易飛出來，進入孩子的鼻子和嘴裡。孩子才多大一點兒，可不就堵得不能吸氣？這不能怪太醫，孩子還太小，他們不敢像我這般粗暴地治病。」

一旁的太醫鬆了一口氣。這才幾個月大的孩子，身分又尊貴，一個不小心折在自己手上，那可真是一家子的命都不夠賠。

蘇清河沒理那太醫，她只把視線對準英郡王兩口子。「照顧孩子的事，你們年輕不懂事，但照顧孩子的奶嬤嬤也不懂嗎？」

英郡王臉色馬上一變，似乎是在隱忍著什麼，蘇氏更是滿臉憤恨。

蘇清河一看，就知道又是有隱情的，就這麼一個小小的皇子府，也一樣過得風雨飄搖。所以說在皇家，就沒有個消停的地方。

她站起身來，也不深問。「剩下的太醫就能處理，我就先回宮了。孩子的身子有些弱，但還不至於有什麼大問題，多注意一些就好。要是不放心，你們三不五時帶著孩子過來，讓我瞧瞧也就是了，別總給孩子喝什麼補藥，只要孩子能好好地吃奶，就沒事。」她又說了一些照顧早產兒的注意事項，就要起身告辭。

英郡王看了蘇氏一眼，見蘇氏都記下了，才起身道：「我送一送皇姊。」這大半夜的，路上也不安全。

誰知道出了門，就見沈懷孝在外面，想必是取藥箱一事，把他給吵醒了。

「姊夫。」

「英王爺。」

兩人見了禮，英郡王不好意思地道：「大半夜的，把姊夫也給鬧起來了。」

「無礙。孩子可還好？」沈懷孝問了一句。

「多虧了皇姊。」英郡王感激地道。

「只要孩子沒事就是萬幸，大人跑一趟又沒什麼。」沈懷孝說著，看了蘇清河一眼，見她一切還好，就道：「我送公主回宮吧，王爺還是先顧著孩子。」

「是啊，有駙馬送我。」蘇清河笑道。

英郡王沈默了半晌，見周圍除了彼此的親信，沒有旁人，就小聲道：「皇姊，借一步說話。」

蘇清河挑眉，看了沈懷孝一眼，才點頭道：「好。」

兩人往旁邊走了十幾步遠。

英郡王看著蘇清河，像是下了很大的決心似的道：「皇姊也知道，弟弟的生母是皇后的婢女。」

蘇清河眉頭一皺。這是什麼意思？告訴她咱們不是一個陣營的人嗎？因為他有顧慮，所以即便有恩情，也不能隨便換邊站的意思嗎？

「你別多想，救人是醫者的本分，這是我養父說的。」蘇清河低聲道。

諱。

在明啟帝面前不能稱韓素為養父，所以便用師父代替，可在其他人面前，她從來不忌

英郡王搖頭。「皇姊誤會我了。我一直不打算摻和什麼，那是因為我有自知之明，但卻絕不是好歹不分的人。」他看著蘇清河，更低聲地道：「我小時候到坤寧宮玩耍，無意間在一個院子裡發現了密道，我沒敢進去，只知道裡面關著一個女人。因為那個院子一直被鎖著，我是從狗洞爬進去的，所以無人得知我曾經進去過。」

說完，就拱手道：「皇姊，不送了。」

蘇清河深深地看了英郡王一眼，然後點點頭，跟沈懷孝一起上馬離開。

她心中不由得感慨。千萬不要小看任何人，只怕高皇后到現在都不知道，這個她從不放在眼裡的婢生子，手裡捏著她這麼大一個把柄。

不管被關押的人是誰，也不管高皇后知不知道她的宮裡關著這麼一個人，只要坤寧宮私設刑房一事被曝出來，那麼，這個皇后可就真的搖搖欲墜了。一個皇后，沒有半點仁愛之心，怎配母儀天下？

再說了，若是不緊要的人，會關在坤寧宮那樣的地方嗎？這就更加證明，裡面肯定藏著什麼不可告人的隱秘。

她沒想到，今晚還會有這樣的收穫。

沈懷孝見她一臉沈思，也沒打擾她。

大晚上的看不清路，沈懷孝不放心她一個人騎馬，所以兩人共乘一騎。

蘇清河收回思緒，往沈懷孝懷裡靠了靠。「這皇家啊，可真不是好待的，若是口無遮攔的蠢人，怕是在皇家已經不知道死了多少次。」

沈懷孝笑道：「這不是傻話嗎？」

蘇清河低聲將方才英郡王說的事情，跟沈懷孝說了。

沈懷孝點點頭。「我明天再抽空跟王爺說一聲。」

蘇清河「嗯」了一聲，接著又打了個哈欠。

「那兩個小兔崽子乖不乖，沒鬧騰妳吧？」沈懷孝問道。

看來，他這是不放心孩子。

蘇清河笑道：「放心，他們有吃有玩，且不想你呢。」

「都是些沒良心的。」沈懷孝也跟著笑道。

臨到宮門口，沈懷孝才道：「告訴琪兒，我讓人給她收拾了一個大菜園子，明天就要播種了，問她有什麼想種的，好讓人趕緊給種上。」

蘇清河似笑非笑地瞥了他一眼。明知道閨女一聽見菜園子，肯定要鬧著出宮的，他還拿這一點勾人，是成心不想讓他們母子住在宮裡吧。

沈懷孝滿臉的無辜，笑著扶蘇清河下馬。見福順等在門口，才安心地讓蘇清河進去。

蘇清河對福順很是客氣。「公公怎麼親自來了？這大晚上的，明天公公還要當差呢，父皇那裡可是一刻也離不開公公。」

福順在心裡讚蘇清河會說話，笑道：「皇上也還等著呢，老奴哪裡敢睡。不接公主回來，皇上也不放心啊。」

蘇清河笑了笑，跟福順說了一聲。「孩子沒什麼大事，就是伺候的人不大經心，如今已經大好了。」

福順直接將蘇清河送回西寒宮，就趕緊回去乾元殿覆命。

第七十章　求醫

東宮

都在宮裡住著，英郡王半夜進宮這麼大的事，太子哪能不知道？

平仁回稟道：「四公主已經回來了，想來縣主無礙。」

「看來孤這個皇妹的醫術，還真是不錯……」說著，太子沈思起來。

「是的，殿下。金針梅郎年輕的時候，醫術就出神入化，如此又過了許多年，只怕醫術是更精進了。四公主是他的閉門弟子，還是當親閨女一般養大的，只怕不會藏私。」平仁低聲道。

「你說得對，把這些話透露給太子妃知道。」太子輕聲吩咐道。

「殿下是想要太子妃主動去求醫？」平仁問了一句。

「太子妃是沈家女，皇妹是沈家媳，除了孤的這層關係，還有沈家這層關係在。兩人從孤這裡算，是嫂子和小姑子。從沈家算，那也是大姑子和弟媳婦。治不治得好，孤不在乎，孤在乎的是，皇妹這個護國公主的回歸，會不會影響沈家對孤的態度。」

平仁恍然大悟，這是怕沈家暗中透過四公主，跟安親王有什麼聯繫。

「是。」平仁馬上應了下來。

沈中璣繼承爵位之後，不如沈鶴年那般得用了，這讓他有些焦急，也有些惱火。太子閉了眼睛，吩咐道：「明天給四公主的兩個孩子把見面禮送去，記得要挑好的。還有老五家的閨女，送一尊白玉觀音去，保平安。不管大人之間如何，孩子都是好孩子。」

平仁臉上就有了笑意。「殿下說得是。」

太子想起被禁足的左側妃。「不管左側妃這胎是男是女，都得保住了，你平時記得多照應一些。」看見別人家的孩子，他心中也是極為羨慕。

「大千歲家的兩位郡主，上次進宮看見殿下的綠嘴鸚鵡，喜歡得緊……」平仁小聲地說了。

「不過一個玩意兒，給孩子便是了。跟老大過不去是真的，但還不至於跟孩子較真。順便把那雪獅子，給老四家的小子送過去。」太子擺擺手，往下一躺，便歇下了。

第二天，蘇清河聽說了東宮的大派送，心中頗為慶幸。想來，太子還是有底線的，不會朝孩子們下手。對這些孩子們，也算是疼愛有加。

沈菲琪看著滿滿一匣子的花冠，簡直愛不釋手。有金的、銀的，還有玉雕的和用珍珠串起來的，件件精美，樣樣別致。

沈飛麟收到的是孩子用的弓箭，有十多把，都是名家製作，一個比一個大一號，按著孩子的年紀和力量的增長，總能從裡面選出一款適合的弓。

蘇清河笑了笑。還真是用心準備的禮物。

東宮正院裡，沈懷玉靠在軟枕上，臉色蒼白，她的拳頭慢慢地攥了起來。「妳說的可是真的？」

瑤琴點點頭。「那個女人……不，是護國公主。公主的醫術確實很高明，昨兒晚上英郡王家的康平縣主已經快不行了，就去求了公主去，結果連藥都沒用，就把縣主從鬼門關裡拉了回來。聽說現在已經好了，吃奶也比以前吃得好。」

沈懷玉鬆開拳頭，問道：「妳說那個女人……會給本宮治病嗎？」

瑤琴低下頭。「只怕很難，這位公主可不像是沒脾氣的人。」

「是啊。」沈懷玉摸了摸肚子。「想讓太子替本宮開口求醫，只怕是不能了。」

瑤琴的頭越發低了下去。

「但是，只要本宮還是太子妃，沈家就不會棄本宮於不顧。」沈懷玉呵呵一笑。「本宮是四公主的娘家嫂子，四公主是本宮的娘家弟妹，這緣分深著呢。她的孩子也姓沈，不也要叫本宮一聲姑姑。」

瑤琴應了一聲，沈吟道：「不過二爺不會任咱們指使的。」

「去找祖父，祖父知道該怎麼辦。」沈懷玉嘆了一聲。「至於父親，他還是更看重兒子一些。」

瑤琴點點頭。「奴婢今兒就出宮，去一趟輔國公府。」

沈懷玉眼裡的厲色一閃而過。「順便看看那個江氏如今怎樣了？」

瑤琴頓了一下，才道：「太子妃，此時還是您的身子要緊，只要您好起來了，咱們就能東山再起。江氏那裡，可以慢慢來。」

沈懷玉冷笑一聲。「好，聽妳的，不過這筆帳，遲早要算的。」

瑤琴吁了一口氣。好在太子妃沒堅持，如今能少一事是一事啊。

輔國公府

沈鶴年聽了瑤琴的話，陷入沈思。

如今這個小孫子，他根本就控制不了，從回來到現在都還沒回家，就是一個明顯的信號，此時求上門，必然不會有什麼收穫。但是太子妃的事情，他還是得辦。

他朝瑤琴點頭。「告訴太子妃，就說我知道了，讓她別心急，老夫會想辦法的。」

瑤琴這才鬆了一口氣。

而另一邊，沈懷忠小聲地稟報沈中璣。「太子妃派了瑤琴出來，見了祖父，不知道是為了什麼？」

「還能為什麼？」沈中璣皺了皺眉。「她之前託你祖父將能請的名醫都請來了，卻都說是治不好她的不孕；如今護國公主回來了，那醫術據說是得到金針梅郎的真傳，她這是想透過咱們求醫啊。」

「咱們哪有那個臉。」沈懷忠臉色一變。「昨晚兒子見了瑾瑜，瑾瑜只說等公主從宮裡出來，請咱們去吃頓團圓飯。您聽聽這個意思，可不就是除了咱們，他誰也不想認了，更別說是要求醫。」

沈中璣眉頭皺得更緊。「這件事要不是太子默許，瑤琴也出不來。」

「太子還要護著太子妃？」沈懷忠不可置信地道。

「不是護著，是想看看咱們父子倆是站在哪一邊的。」沈中璣冷笑道。

「那咱們豈不是還得去求二弟？」沈懷忠不滿地道。

「安親王剛回京城，還沒有和太子翻臉的實力，這一點他也明白的。」沈中璣嘆了一口氣。

「你別管了，這事由我去說。」

「那也得等到祖父主動開口。」沈懷忠皺眉道。

「你爹我又不傻。」沈中璣瞪了兒子一眼。

西寒宮

今兒的太陽極好，賢妃和蘇清河帶著孩子在院子裡玩耍。

沈飛麟手拿木劍揮舞，招式有模有樣。

沈菲琪則提著一個小籃子，又拿了一把小鏟子，開開心心地往一旁的園子裡找野菜、野果子去了。

西寒宮頗大，園子自然也是不小的。只不過這些年賢妃從沒命人打理過，早就荒涼一片，跟一塊野草地似的。

賢妃看著沈菲琪，滿臉都是笑。「虧得園子沒整理，要不然咱們琪兒要上哪兒找樂子去啊？」

「這丫頭就算到了宮裡，也不消停。在涼州的時候，她還把哥哥好好的一個花房，給整成了菜園子，如今她爹又在宜園，也給她弄了個菜園子呢。」蘇清河也跟著笑道。

「這樣才好。」賢妃看了看另一邊正在練劍的沈飛麟。「不過，你們把麟兒也逼得太緊了，才這麼大點兒的孩子，骨頭都是軟的，練什麼劍啊。」

「麟兒的性子古怪得很。」蘇清河不是在抹黑兒子，只是實話實說。「誰也沒逼他，是他自己樂意學的，能怎麼辦？」

「那就得想辦法讓孩子玩啊。」賢妃不贊同地道。

沈飛麟聽見兩人的談話，一個不穩，摔了一跤。

他知道，他的好日子到頭了。他這個愛心過剩的外婆，一定會想法子折騰他的……他如今好想回家，他想爹了。

賢妃趕緊過去。「摔著了吧？咱們不練了。你跟琪兒一起去找野菜玩，外婆再給你們做些好吃的。」

他一點也不想去幹那種無聊的事，也不想吃好吃的。

蘇清河接收到兒子求助的眼神，露出一個愛莫能助的笑容。

沈飛麟多知趣啊，馬上朝賢妃笑了起來，露出一口小米牙。「好，我找姊姊去。」

「妳看，不讓他練劍，孩子多高興啊。」賢妃嗔怪蘇清河。

高興嗎？才怪！不過不得不說，兒子的演技還挺好的。

蘇清河也不反駁，只是笑著說：「還是娘有辦法。」

母女倆說了好一會兒話，就見兩個孩子跑了過來。

沈菲琪扒拉著菜籃子，挑出一根小草來。「娘，妳看這是不是蒲公英？」

蘇清河看了一眼。「沒錯，這就是蒲公英。」她把那根還很細小的蒲公英接過來。「你們都說說它。」

兩個孩子知道，這是要考他們關於蒲公英的效用。

沈菲琪答道：「蒲公英，又名耨草、金簪草、黃花地丁。氣甘味平，無毒，主治乳癰紅腫。處方是用蒲公英一兩、忍冬藤二兩，一起搗爛，加水兩碗煎成一碗，飯前服用。還可以治療疳瘡疔毒，只要將蒲公英搗爛敷塗在患處，同時又搗汁和酒煎服即可。」

沈飛麟接著道：「蒲公英的主要功用是清熱解毒、消腫散結。所以，還可以配合其他藥物治療痰熱、喉痛、小便熱淋、目赤腫痛、濕熱黃疸等病症。」

蘇清河點點頭，眼裡有著欣慰。這些都是《本草綱目》上記載的，然而這個朝代卻還沒有這本書出現，她只能一點一點的教給孩子。

賢妃在一旁聽得目瞪口呆。「還說沒逼著孩子？妳居然讓這麼小的孩子記這些個東西，連我都記不住了。」

蘇清河笑道：「就是平時隨口說幾句，他們記多少算多少，沒逼著學。」

沈菲琪點頭。「是啊，外婆。您瞧瞧琪兒挖的灰灰菜。」

賢妃看著一籃子雜菜，果斷地交給梅嬤嬤。「拿到廚房，午飯就吃這些。」

梅嬤嬤笑著下去了。至於廚房要怎麼做，就是他們的事了。

賢妃幫著兩個孩子梳洗乾淨後，就叫人把果子端上來。「這是今兒剛進上來的，溫泉莊子上產的山莓，都嚐嚐。」

蘇清河拈了一個，嚐了嚐，還有些酸。

她看賢妃不吃，就知道賢妃怕酸，於是招了宮女過來。「用鹽水洗一遍，泡一會兒，再拿清水沖淨。然後用蜂糖一裹，再端上來。」

那滋味肯定又酸又甜。

賢妃馬上道：「再另外做一份，一會兒讓梅嬤嬤送到乾元殿去。」

明啟帝看著福順端了一小碟紅果子，就擺擺手。「你真是越老越不中用了，朕不吃那個，太酸了。」

福順笑咪咪地道：「是西寒宮送來的，不酸。」

明啟帝一瞧，呵呵一笑。「肯定又是凝兒弄的。」說著，便用銀籤子挑著全吃了。「以後都這麼弄，還挺生津開胃的。」

「是。」福順笑道：「聽梅嬤嬤說，哥兒、姊兒在園子裡挖了野菜，想必中午娘娘他們必會吃的，皇上要不要去嚐嚐？」

「嗯。」明啟帝點點頭。

福順見皇上心情極好，便趕緊讓人往西寒宮傳旨去了。

兵馬司衙門

沈懷孝在監獄裡看到自家祖父時，吃了一驚。

下面的人本來就對這麼一位炙手可熱的駙馬上司心存畏懼，如今又來了個老輔國公，更加不敢掉以輕心。

老輔國公能親自來，在他們看來，是沈家對這個孫子十分看重。

「祖父，您怎麼來了？快請坐。」沈懷孝起身迎了過去，又朝沈大喊。「上茶。」

見沈鶴年坐下，茶也端了上來，他才笑道：「祖父，此處不比家裡，隨便喝一點潤潤喉吧。」

沈大端上的茶是好茶，極品大紅袍。宜園的茶房裡就備著這種茶，所以沈大出門，自然就帶了一些出來。

沈鶴年一喝到嘴裡，就覺得沈懷孝的話有些諷刺意味。這樣的茶都是進貢來的，沒有皇上的賞賜就不可能有，這不是存心要擺架子給他看嗎？

沈懷孝喝了一口，就心道不好，他瞪了沈大一眼，心中暗道：誰讓你從家裡帶茶了，衙門裡的茶葉沫子不能解渴還是怎麼著啊？

沈大不知道自己默默地坑了主子一把，表情很無辜。

沈懷孝看出了沈鶴年的不悅，但他也沒有解釋的心情，就靜靜地等著對方開口。

沈鶴年沈默了半晌，才道：「你既然回來了，也該回家看看。即便你不喜那江氏，但我這個祖父還是親的，你父親也是親的。總不能因為如今羽翼豐滿了，就不要長輩，甚至連祖宗都不要了。」

沈鶴年的聲音不算小，這衙門裡的人都聽見了，很明顯他是在指責沈懷孝忤逆不孝。

看來祖父是打算靠輿論來逼他就範啊……

沈懷孝眸子一黯，就笑道：「昨兒孫兒還跟大哥說過呢，我這邊有皇上交代的差事，暫時回不了家，您卻又……也罷，既然祖父不高興我當這個兵馬司的指揮使，那孫兒還是遵從您的意思，這就打包回涼州去。」

說著，他便站起身來，朝沈大喊了一聲。「備馬，我要進宮去向皇上把指揮使的差事給辭了，也順便跟公主道個別，再起身回涼州。」

然後，他又扭頭對沈鶴年道：「我知道祖父想給四叔謀這個指揮使的缺，孫兒卻捷足先登了。您放心，孫兒絕對不敢跟四叔爭。」

沈懷忠一早就打發人來告訴他，說沈中玨想要這個指揮使的差事。沈懷孝本來還很納悶，如今也明白了沈懷忠的用意。這是知道祖父會找上門，所以提前給送了個藉口過來。

看來，父親跟大哥他們與祖父之間，也生了嫌隙。

沈鶴年萬萬沒想到沈懷孝會這麼說。自己的四兒子確實有這個心思，但他卻不糊塗，知道這麼緊要的位置，四兒子是連想也別想的，能弄個副指揮使混日子就算不錯了。

而且這些話，他只在家裡和老四說過，還沒來得及四處打通關係呢，這小子是怎麼知道的？想來是老四又喝醉酒，才不小心說漏了嘴。

他如今看不大懂沈懷孝的反應。是真的對他要替老四謀差事不滿呢，還是對他剛才的言行不滿？但聽在別人耳裡，恐怕就成了他這個老糊塗，為了兒子來毀孫子的前程了。

這小子夠狠，也夠無情。他無比深刻地感覺到，自己對沈家的掌控力量已經越來越弱了，這是他所不能允許的。

萬事，都得以孝道為先。只要他還是這小子的爺爺，這小子就得乖乖當個孫子。

沈鶴年瞪著眼，怒道：「你小子還跟我耍脾氣呢？你大哥是跟我說過你有事要忙，可說了又怎地，還不許我一個老頭子想孫子了？想讓你回去待在我身邊，過分了嗎？就是過分了，你也得給我受著，別扯些有的沒的。你四叔幾斤幾兩我會不知道嗎？我腦子還清楚著呢。看看你都多大的人了，別動不動就耍脾氣。」

他幾句話一說，就成了爺孫之間鬧脾氣了。

沈懷孝呵呵一笑。不得不說薑還是老的辣。

沈懷孝客氣地送走了沈鶴年後，他接收到眾多下屬和同僚的慰問。誰家沒幾個不講理的老小孩呢？都讓他別跟自家祖父太較真了。

他也只能假裝無奈地搖搖頭。不過心裡也猜測著，不知道祖父來這一趟，究竟是為了什麼？

直到晚上，在宜園見到自己的父親，沈懷孝才知道了原委。

沈懷孝一聽父親說沈懷玉想找蘇清河求醫，頓時就不知道該說些什麼。

沈懷玉難道不知道，大夫不僅會救人，還會殺人嗎？越是醫術高明的大夫，雖然能救人於危難，可殺人於無形也跟玩似的。怎麼連這個道理都想不明白呢？

他敢保證，只要沈懷玉求到自家媳婦跟前，那以她的性子，肯定會興高采烈地答應下來，然後想著應該用哪些毒藥去治病呢？她要不把沈懷玉折騰個求生不能、求死不得，她就不是蘇清河。

就聽沈中璣苦口婆心地道：「為父也是為你好。安親王如今在京城根基尚淺，犯不上跟太子翻臉；另外，即便治好了太子妃，她也不得太子喜歡，翻不起什麼浪，你說呢？」

沈懷孝點頭，心中卻想著，父親也擔心太多了，這麼好的報仇機會，更何況還是自己送上門來的，他壓根兒沒理由拒絕。

沈中璣見兒子肯聽話，心情也好了。「等兩個孩子出了宮，我再來瞧瞧。我那裡可攢了不少好東西要給我孫子和孫女呢。」

沈懷孝呵呵笑著，送了父親出門，還是不忍心告訴他真相。到底太子妃是他親閨女，還是別讓他跟著煩心了。

他們是都把蘇清河當成了菩薩，卻不知道她會無條件去救康平縣主，是因為那只是一個孩子。

第七十一章 手段

沈懷孝不能進後宮，於是就讓沈大把話傳給了安親王。

安親王知道後，一臉「是太子妃傻了，還是太子傻了」的表情。怎麼會想出這樣一個蠢主意。

蘇清河正愁找不到機會對沈懷玉下手呢。要不是她對宮裡還不熟悉，沈懷玉還能安穩地躺著嗎？

「知道了。」安親王心想別人要犯蠢，他也沒辦法阻止，便對沈大道：「清河醫者仁心，不會拒絕的。」

聽了這般指鹿為馬的話，連白遠都在一邊呵呵笑著。

果然，蘇清河一聽安親王轉告的話，眼睛頓時一亮。

賢妃一見她這兩個孩子的眉眼官司，就知道要鬧事。「你們可悠著點。」

蘇清河點點頭。「娘放心，絕對治不死人的。」求生不得，求死不能，那才是至高境界。

晚飯，是蘇清河親自下廚做的，特地請了明啟帝賞光。

「丫頭，妳這是無事獻殷勤啊，有什麼事就說吧。」明啟帝看著滿桌的菜，還沒動筷子，便先問目的。

蘇清河照實說道：「太子妃讓沈家出面，想求兒臣去給她治病，太子二哥也沒攔著。」

這是順道給太子參了一本，但能不能不要這麼直白啊？

「兒臣琢磨著二哥的面子還是得給。」蘇清河一臉無辜。

這是在朕面前給自己先表功呢。瞧瞧朕的閨女多乖，多會顧全大局。

「所以，兒臣還是打算去治的。」蘇清河呵呵一笑。

朕等妳說但是……

「但是……」蘇清河冷笑道：「這個治病的過程，可能很痛苦，也必然備受質疑……」

妳明說妳想乘機報仇就得了。

「到時候，少不了有人在父皇耳邊嘀嘀咕咕的，說一些不中聽的話……」蘇清河頗有深意地看了明啟帝一眼。

也就是要他這個皇上，千萬別千擾她「治病」。

於是，明啟帝拿起筷子。「妳會醫死人嗎？」

蘇清河搖頭。「兒臣可不能砸了師父的招牌啊。」

看來太子妃以後想痛快的死都不能了。

他挾了一筷子菜。「只要人沒死，朕管不著。朕一個當公公的，若是過問兒媳婦的事，那也不對啊。」

蘇清河馬上挾了一筷子菜遞過去，覺得這果然是親爹啊。

看來娘的話還是要聽，有個爹擋著，就是好。

平仁快步進了太子的書房。「殿下，四公主來訪。」

太子一愣。「沈家的動作倒是挺快，那就快請公主進來吧。」

蘇清河跟著領路的太監一路過來，把東宮簡單地看了一下。

她一見到太子就道：「難怪前端慧太子要在宮外建園子，這東宮也太小了些，要是添了孩子，根本就住不開嘛。」

太子示意平仁上茶。「前朝建皇宮時，也不知道是怎麼想的，還不如皇子院那邊來得寬敞。」

「這世上的事情就是這樣，沒有十全十美的，總要失去一點什麼。就好比二哥你，只能待在這東宮，想去外面走走都不成。」蘇清河隨意地說道。

太子笑了笑。「別說出去走走了，就是想換個口味，也是千難萬難，總有一大堆人站出來說這個不行、那個有害，完全不得自由。」

蘇清河同情地點頭，也不再繞彎子。「二哥，太子妃找沈家來求我，說想讓我替她瞧瞧身子。說實話，我還真不是看在沈家的面子上，我可是看在二哥的面子上才來的。」

太子挑眉道：「當初是太子妃對不起皇妹……」

「那不關二哥的事，妹妹心裡清楚呢。」蘇清河擺擺手。「我今天來，就是來說實話的。畢竟我跟太子妃有過節，所以想請二哥轉告太子妃，她要是不怕我乘機報仇，那我肯定什麼也不說，馬上就給她治病；要是她害怕呢，就當沒這回事。」

太子險些把手裡的杯子給掉了。他一時不知道這個妹妹是真的性子如此直白，還是在玩什麼策略？「皇妹可真會開玩笑。」

蘇清河卻一臉嚴肅。「我是認真的，二哥。」

太子一時有些踟躕，總覺得她該不會是不想給太子妃治病，所以才出言嚇唬太子妃吧？到時候，她對哪一方可都有了交代。

他看了一眼站在旁邊的平仁，示意他去轉告太子妃。

蘇清河嘴角輕輕一翹。

以沈懷玉那個女人的自負，肯定會覺得自己是不想給她治病，在推脫著呢。所以，她絕對會義無反顧地要求治療的。

不一會兒，平仁回話道：「太子妃請太子和公主過去一趟，她病體纏綿，不能親自前來相迎了。」

蘇清河眉頭一挑。太子妃果然中計了。

太子做了個「請」的姿勢。「看來，還是要煩勞皇妹了。」

「二哥客氣了。」蘇清河笑著回道。

太子妃所住的正院，也沒多大，不過佈置得不錯，看來沈懷玉是一個有品味的人。

進了屋子，只見窗戶開著，屋裡很是透亮；角落裡還擺著鮮花，聞不出任何藥味。

沈懷玉整個人斜倚在窗邊的榻上，見了蘇清河只是微微點頭示意。

蘇清河也點點頭。她是護國公主，有穿杏黃禮服的權利，身分並不比太子妃低，此時不行禮，任誰也挑不出錯。

太子請蘇清河坐下，才轉頭對沈懷玉道：「皇妹是貴客，怎麼連句招呼也不打？」

沈懷玉看著蘇清河，簡直不敢相信眼前的女人是被鄉野郎中養大的。而蘇清河要是知道沈懷玉一直把韓素當作是鄉野郎中，非翻了眼前的桌子不可。

沈懷玉等著蘇清河說句客氣話，比如「太子妃身體不適，不用客氣」之類的云云，可蘇清河卻懶得搭理她。

氣氛一時之間，僵住了。

瑤琴暗暗著急，拉了自己主子一下。如今還是看病要緊，較什麼勁啊。

沈懷玉垂了垂眼眸，才笑道：「本宮第一次見到公主，被公主的氣度所懾，還望公主勿怪啊。」

蘇清河微微點頭，沒有說話。

這讓沈懷玉的話不知該從哪兒說起，就道：「本宮一看見公主，就替瑾瑜高興。能得公主這樣的賢妻，是瑾瑜的福氣。」

的確是他沈某人的福氣。

蘇清河這般不言不語，讓沈懷玉也接不下話，只能咬牙道：「以前的事都是本宮受人蠱惑，幸而沒釀下大禍，若不然可真是萬死難贖其罪了。」

這些話背後的意思，是說「反正妳沒死，我的罪又能有多重呢？」

蘇清河笑咪咪地聽著。她覺得，自己最初制定的方案還是太仁慈了，她決定改一改。

沈懷玉見蘇清河還是一副不冷不熱的態度，就看向太子，卻見太子看著角落的一盆蘭花發呆，壓根兒就沒要接話的意思。

她暗自咬牙。太子一定是又想起蘭漪殿那個賤人了。

可太子不過是在靜靜地觀察這位皇妹，想瞧一瞧她究竟是個什麼樣的性子？

「聽說公主醫術了得，所以才厚顏請了公主過來，為本宮瞧瞧身子。」沈懷玉看著蘇清河，一字一頓地道。

「終於不說廢話了。」蘇清河吁了一口氣道。

太子剛含到嘴裡的茶立刻噴了出來，平仁趕緊遞了帕子過去。

他現在無比確定，他的這個皇妹，就是故意要來找太子妃的碴。她是想讓太子妃知道，想治病可以，那麼其他的，妳就得受著。

沈懷玉的笑意一下子僵在了臉上。

蘇清河面無表情地理了理袖子，彷彿一點都沒發現這兩口子的不對勁，冷聲道：「我讓人轉達的話，妳可聽清楚了？」

「本宮相信公主是有醫德的。」沈懷玉篤定地道。

「醫德啊？我是這麼理解的。這世上的人分兩種，一種是該死的，一種是不該死的。把不該死的救活了，是應該的，符合醫德；可若是把該死的救活了，那就是不應該的，不符合醫德。那麼，敢問太子妃，妳覺得自己是該死的？還是不該死的？」蘇清河看著沈懷玉，眸中盡是冷意。

這一番話，讓屋裡頓時鴉雀無聲。

蘇清河說得沒道理嗎？不，很有道理。大夫若拒絕救一個十惡不赦的人，誰能說這個大夫沒有醫德呢？

要是論起殺人該償命、欠債要還錢的道理，那沈懷玉確實是該死的。

太子看向蘇清河的眼神，瞬間有了幾分鄭重。

能說出這番話的人，可不是個容易妥協的人。他意識到，沈懷玉這次可能真的是搬起石頭砸了自己的腳。

他不能再待在這裡，否則只會讓自己也失了顏面，於是，他站起身。「皇妹，妳跟太子妃聊吧，二哥還有事，就失陪了。不過，不管妳最後決定要不要為太子妃治病，二哥都不會怪妳的。」

蘇清河點頭。「二哥慢走。」

沈懷玉看著太子真的就這樣走了，眼裡的傷痛一閃而過。

蘇清河直勾勾地盯著沈懷玉。「太子妃還沒回答呢。妳到底是該死，還是不該死？」

沈懷玉壓了壓心頭的火氣。「不管本宮該不該死，本宮都是太子妃，只要本宮是太子妃，妳就不敢讓本宮死。」

蘇清河笑道：「有道理。這麼說，妳是真打算讓我治了？」

沈懷玉呵呵一笑。「非公主莫屬了。」她頓了頓，就道：「不過之前都是太醫院的幾位太醫為本宮看的診，想必公主不會介意將幾位太醫也請來，向公主介紹、介紹本宮的病情。本宮想，這樣對治療是有幫助的。」

這是想找人盯住她，避免她使壞啊。

蘇清河無所謂地一笑。「那就請吧。」

要是連幾個太醫都糊弄不住，她可就對不起死去的韓素的名聲了。

第七十二章 使壞

瑤琴得了太子妃的暗示，趕緊去請人。

人來得倒是很快，一共來了三位：院使賈平，太醫令李問，太醫成時。

這三人之中，有一位是太子妃的人，以防有人懼怕護國公主的威名，不敢說實話。

三人都替太子妃診治過，便依序將病症說了一遍。

蘇清河挑挑眉，頗有深意地看了三位太醫一眼，這三人馬上就將頭低了下去。

他們說的話，騙一騙外行人還可以。說什麼不能有孕是因為受了外傷，純屬胡說。

子宮的位置非常低，它位於肚臍眼的下方，沈懷玉只是傷到肚子，怎麼會影響生育？就連輸卵管和卵巢，位置也是與子宮差不多在同一個高度。

只怕是沈懷玉求子求瘋了，把這些太醫嚇著，這些太醫才找了一個推脫的藉口。

蘇清河沒有挑破，她站起身來，將手搭在沈懷玉的腕上，然後嘴角露出涼涼的笑。「太子妃不用費心了，這輩子妳都不可能有孩子了。」

這跟太醫說的一樣，不過比太醫的話肯定多了。

沈懷玉皺眉道：「本宮不過是之前受了外傷，連公主也沒辦法治好嗎？」

蘇清河看了三位太醫一眼，直言道：「跟外傷沒關係。妳天生不孕，怪不得任何人。」

「不可能。」沈懷玉瞪著蘇清河。「妳故意騙本宮的對不對？」

蘇清河非常有耐心地解釋。「一個孩子的誕生，需要母親提供一顆卵子。父親的眾多精子中，最活躍的一個會與卵子結合，然後在子宮裡孕育出孩子。一個女人，一個月會有一次排卵期，一般情況下只排一個卵子，但像我跟安親王這樣的雙胞胎，是例外，非常少見。而女人的子宮旁邊，就是卵巢，中間有輸卵管，是排卵時必經之道，而妳的輸卵管天生就是堵塞的。這樣解釋，妳聽懂了嗎？」

三位太醫面面相覷，都覺得聽起來極有道理。從《黃帝內經》一書中的記載可知，早在先秦、兩漢時期，就已經研究過人體的結構。到了華佗的時候，他更是將人全身麻醉後，再剖腹治病。所以，太醫們對這樣的說法並不感到驚奇。

院使賈平甚至嘆道：「原來如此。」

蘇清河暗暗地翻了個白眼，轉頭又看向沈懷玉。「明白了吧？」

沈懷玉臉色白了，她看著蘇清河不像是在騙人，不由得問：「以公主的醫術，也沒辦法挽救嗎？」

蘇清河笑了一笑，有些挑釁地道：「辦法有，可妳敢治嗎？」

沈懷玉眯了眯眼。「有何不敢？」

蘇清河笑了笑。「我必須將妳的肚子從這裡打開……」她誇張地做了要切開整個肚子的動作，然後道：「接著把妳肚子裡的東西全都拿出來，找出哪個是子宮，哪個是卵巢。之後再疏通輸卵管，而後把這些臟器一件一件放回去，最後用針線縫起來。等傷口都癒合了，就算好了。妳要試嗎？」

沈懷玉只覺得自己胃裡有東西不停地翻攪，差點沒吐出來。

賈平卻是眼睛一亮。「早就聽聞金針梅郎曾剖腹取出過胎兒，而且母子皆康健，沒想到公主殿下盡得真傳。」

蘇清河真要無語了。他該不會將自己所說的話都當成真的吧？要開肚子是真，但可不用將臟器全取出來，她不過是故意說得嚇人些。

沈懷玉見院使都這麼說，就有些猶疑不定。「聽說金針梅郎擅使金針，在他的金針下，沒有救不活的病人。公主不能用金針治病嗎？」

蘇清河挑挑眉。「自然是可以。但是，第一種方法聽著雖然可怕，只要忍過去，也就徹底痊癒了，不會留下後遺症。可若是使用金針來治病，必須以金針過穴，代價就是每到月事期間，妳的渾身上下連同五臟六腑都會疼痛難忍，是極為痛苦的。不過每到排卵期間，不僅不會痛苦，還會特別地興奮、舒服。」猶如房事高潮一般，隨時隨地高潮都會來臨，整個東宮都能聽見太子妃的叫春聲，到時候太子的臉色一定會很好看。

蘇清河嘴角的笑意越發濃了起來。

她看著沈懷玉驚疑不定的臉，道：「妳也知道，想要彌補這種先天的缺陷，是不大可能的。如今要改變，那就是逆天而行；凡是逆天而行，總是要付出代價的。妳說呢？」

沈懷玉看著蘇清河，不知道在想些什麼，她牽了牽嘴角，咬牙道：「先多謝公主了，讓本宮再想想，好嗎？」

蘇清河滿不在乎地點頭。「請便。」說完，一刻也沒多停留，直接出了屋子。

賈平帶著另外兩人趕緊跟出來。「公主殿下，請留步。」

蘇清河停下來，看著三人，示意他們有話就說。

「多謝殿下。」賈平三人一臉羞愧，心中感謝公主沒有揭穿三人的謊言。

她搖搖頭。「下不為例。」

三人趕緊應下來。賈平又忍不住問道：「開膛破肚之法，果然能行得通嗎？」

蘇清河點頭，又怕這三人真拿人做實驗，忙警告道：「你們不可亂來，實在想試驗，就找些兔子練練手。要是誰敢輕易在人身上下手，讓我知道了，我便先在他身上試試。」如今的律法不健全，買賣人口更是合法的。就怕這裡面有一、兩個醫癡拿活人做實驗。

三人急忙搖頭。他們也只是想想，可不敢實際行動啊。

蘇清河想著既然已經看完了病，自然要去跟太子說一聲。太子好歹是病人家屬啊。

太子此刻已經聽過平仁的稟報。他對於沈懷玉天生就不孕，還是有些吃驚的，並且十分憤怒。她自己不會生，居然還不讓別人生，真是歹毒得可以。

見到蘇清河過來，太子不由得又確認了一次。「真的是天生的嗎？」

蘇清河點頭。「有些事情，是上天注定的，咱們非得跟老天過不去，就得付出代價。這個道理，相信二哥明白。」

太子點點頭。沒有什麼事情是不用付出代價的，這個道理，沒有人比他更清楚。

蘇清河接著道：「如今有兩種方案，區別就在於長痛還是短痛。

「短痛，就是我說的直接動手術，把肚子打開，再把堵塞的地方通一通，這樣就好了。這麼做的優點是，只要成功則一勞永逸，除了肚子上會留下一個可怖的疤痕以外，其他都跟正常人一樣。缺點就是風險太大，有性命之憂，即便是我的養父，也沒有完全的把握。」

太子點點頭。「這個手術，皇妹做過嗎？」

蘇清河點頭。「當然，要不然哪裡敢提出這個方案，就是在四哥和駙馬身上做的。兩人之前受了嚴重的傷，湯藥見效太慢，只能做手術。四哥肚子上的一個口子，就是我開的，然後又給縫上了。而且，我自己腰上也受過傷，還是我自個兒縫的。」

太子端著茶杯，整個人都不好了。他以為皇妹也就是提出來嚇一嚇太子妃，誰能想到她真這麼幹過，而且還是對十分親近的人這樣做。一個是親哥哥，一個是丈夫，甚至連自己身上她也下得了手，真是個狠角色！

平仁看了太子一眼，覺得自己的腿肚子都在打顫。

太子覺得這個方案不好，便問道：「那長痛，又是怎麼個治法？」

蘇清河靦覥一笑。「就是養父的老本行，金針！用金針過穴，連續施針十天，也就好了；但是施針的過程，會非常痛苦。」說著，她取下自己繞在手指上的金針，用巧勁捋直了，足有一尺長。「看看，就是這個，要用這個針在身體裡遊走，那種滋味，您光想就能知道——很疼、很癢，也很難受。但好處呢，就是毫無性命危險；壞處的話，可不光是施針時疼，而是伴隨一輩子的疼痛。每到月事期間，渾身上下、從內到外的疼；可是在疼過之後，就會極度舒服，有代價就有回報嘛。」

「有多疼？」太子問道：「可以忍受嗎？」

「可以吧。」蘇清河點頭。「跟生孩子差不多疼吧。但哪個女人不生孩子呢？還不都挺過來了。」心中卻想著，一個月生一次，還不得疼死？

太子就琢磨著，一個月也就疼個三、五天，忍忍就過去了。他笑道：「聽著是挺古怪的，不過疼完了就舒服，好似挺公平的。」

蘇清河一本正經地點頭。「聽養父說，那種舒服是會讓人從內到外都放鬆起來。這種放鬆，會讓人失去一定的思維能力和控制能力，全憑本能做事。我想，這也沒什麼關係吧？大不了關在屋子裡，待上個三、五天，不見人也就得了。」

她在心裡嘿嘿笑。等到沈懷玉發出一些聲音時，太子會如何想呢？肯定會想著，原來沈懷玉的本性竟然是這樣的。

「多謝皇妹，既然如此，就按第二種方法來吧。明天開始如何？」太子問道。不論如何，有個嫡子總是好的。

「不用跟太子妃商量嗎？」蘇清河問道。

「二哥還作得了主。」太子的語氣不容置疑。心想難道太子妃自己生不了，如今還不能吃點苦頭了？

蘇清河點頭應下，就告辭回了西寒宮。

一進屋子，蘇清河就趴在炕上，險些笑岔了氣。金針過穴不過是一個整人的藉口罷了，竟然還真信了。

賢妃拍她。「快別笑了，一會兒該肚子疼了。」

蘇清河拽著賢妃的袖子，擦著笑出來的眼淚。「沈懷玉總算落到我的手裡了。」

賢妃笑道：「妳也小心點，別讓人瞧出什麼來了。」

「知道了。」蘇清河抓著賢妃的手，撒嬌道。

賢妃推了推她。「去洗把臉，妳嫂子帶著孩子過來了，等會兒快去見一見。」

蘇清河一愣，知道娘說的應該是萬氏。「娘怎麼不早說，多失禮啊。」

只見萬氏已笑著進了裡屋。「有什麼好失禮的，又不是外人。」她剛才就聽見蘇清河肆意的笑聲，心中想著，這至少該是個爽利的女子。

「嫂子快坐。」蘇清河趕緊讓出位置。「怎麼不見孩子？」

「跟琪兒和麟兒一塊兒去園子裡玩了，有丫鬟們跟著呢，沒事。」萬氏坐下，解釋了一句。

「那就不用管了，幾個孩子湊到一塊兒，不知怎麼淘氣呢。」蘇清河笑道。

「我一進宮，就聽母妃說妳去了東宮。怎麼樣？太子妃她……」萬氏問道。

「好不了的。」蘇清河沒有隱瞞。「還真當我是菩薩啊？因為她，我肩膀上、腰上都是傷。那還是因為我機靈，哥哥又來得及時，才受了這麼一點傷。不過我兩個孩子，當時可是被嚇壞了。」

「那是她活該。」萬氏同仇敵愾道。

賢妃道：「妳給妳嫂子看看，當時生老二的時候，說是傷了身子，不能再生了，也不知道如今怎樣了？」

蘇清河點點頭，順勢就抓了萬氏的手腕。

「沒事，吃幾帖藥調一調就好，不是大問題。可能是哥一直在外面，嫂子一個人擔驚受怕，身子跟著情緒走，過度的緊張、焦慮和擔憂，使身子失調了。如今哥哥回來，嫂子心情一暢快，再吃幾帖藥，自然就無礙了。」

賢妃嘆了口氣，拉了萬氏的手道：「難為妳這孩子了。」

萬氏心裡一鬆，這個回答簡直讓她欣喜若狂。哪怕治不好，或者之後再也懷不上孩子，也都沒關係了。王爺聽了這個理由不僅不會責怪她，還會更加憐惜她的不容易。

這跟太醫說的不一樣，但她更相信小姑子的說法。

賢妃卻頗有深意地看了閨女一眼。

這丫頭，明顯就是在安慰人。

第七十三章　嚇尿

直到晚上，賢妃才問：「妳嫂子的身子，到底怎樣了？」

「心事太多。」蘇清河小聲道：「想來嫂子遇事總愛想多了，凡事都要做得周全，過度求好，把自己逼得太緊。她肯定很想再生一個孩子，好對哥哥有個交代；可這生孩子，越是焦急，越不可能有。我今兒這麼一說，她的心就放鬆啦，即便再也生不了，哥哥也不會遷怒她。既然責任不在她身上了，她也能放寬心，再懷上孩子不過是遲早的事。」

賢妃鬆了一口氣的同時，又是一嘆。「瞧妳嫂子哪樣都好，就是這性子啊，太較真。」

「個人都有個人的緣法，既然遇上了，那都是老天給配好的。」蘇清河笑道。

「我瞧著，該是冽兒跟她把話說透了，今兒才會過來的。」賢妃翻了個身子。「我也盼著他們和和美美，所以妳父皇那裡，我可是幫她把亂七八糟的女人都給擋了。」

「娘真是個難得的好婆婆。」蘇清河笑道。「將來我也要做個好婆婆，跟娘一樣。只盼著我閨女的婆婆也跟我一樣好。」

賢妃不由得笑起來。那兩個小不點兒才多大，她這當娘的就想著要給兒子娶媳婦、給閨女找婆家的事了。

第二天，蘇清河早早地便往東宮而去。

想到太子和太子妃，蘇清河嘴角不由翹了起來。

說到底，不論是太子妃還是太子，對於他們自己的身分都是自信的，相信這世上沒有人敢在儲君面前搞鬼，或是敢拿太子妃的身體開玩笑。

想來是一人之下、萬人之上的位置坐得太久了。

尤其是太子，生來下來就是儲君，打小養成的思維和習慣，讓他的心態始終停留在高高在上的層次；太子妃則是從小嬌生慣養，長大後更直接入住東宮，連皇后都不放在眼裡。在她的心裡，這世上的女人，哪裡還有比她更尊貴的？

這份膨脹的自信，讓他們堅信一個剛回朝的公主，絕對不敢挑戰他們的權威；就是大千歲，不也只敢暗地裡搞鬼，從不敢鬧到明面上嗎？

此刻蘇清河嘴角掛著笑意，看起來十分溫良。

一見到沈懷玉，她直言道：「病，我給妳治，不過治療方案是你們自己選的，後果我之前也說得十分清楚。妳要是覺得不能忍受後遺症的折磨，現在後悔還來得及。」

沈懷玉想必昨晚一夜沒睡好，眼下帶著青黑色，有些不甘心地道：「真的沒有其他辦法了？」

蘇清河搖頭，假意好心地勸道：「大夫只是大夫，不是神，做不到十全十美，面面俱到。話又說回來，其實沒孩子也沒什麼啊，沈家不是還有姑娘進東宮嗎？生下來交給妳撫養就好了。雖然大家都知道，豬肉貼不到羊身上，就像妳和江氏一樣，但只要名分在，誰還能拿妳這個嫡母怎麼樣？如同妳貴為太子妃，還不是不能把江氏如何一樣嗎？」

沈懷玉臉上的怒容一閃而過。「本宮知道妳的心思，妳也不用刻意刺痛本宮，想挑撥本宮對付江氏。妳不覺得妳的手段太直白了一點嗎？」

蘇清河咧嘴一笑。「我覺得以妳的智力和心態，用不著我多費腦子去挑撥離間。」

沈懷玉怒目圓睜。「妳……」

剛要發火，瑤琴就拉住她，小聲在她耳邊道：「看病要緊啊，太子妃。」

沈懷玉瞬間冷靜下來。「妳這是故意要激怒本宮，好找藉口不給本宮治病。」

想來，蘇清河越是推脫，就越是證明她不想給自己診治，那麼治療時，會謀害自己的可能性也就越小。

蘇清河鄙夷地一笑。「就妳這智力……」她不再多說什麼，直接從藥箱中拿出一張紙來。「這是同意書，等妳簽完字，咱們就開始。」

「什麼同意書？」沈懷玉接過來，一看是密密麻麻的蠅頭小楷。

「我給妳治病的方案，以及所有的後遺症都寫在上頭了，簽下之後，就表示妳這個當事人及家屬太子殿下都是清楚的。如果以後有什麼問題，我一概不負責。」蘇清河挑眉看著沈懷玉，笑道。

「為了推脫，還真難為公主想出這樣一齣接一齣的戲碼來。」沈懷玉呵呵一笑。「妳只要謹記本宮的身分，就知道什麼該做、什麼不該做。妳要是做了不該做的，自然會有人找妳討個說法。」說完示意瑤琴。「拿筆過來。」

「最好再按上手印。」蘇清河加了一句。

沈懷玉瞪了她一眼，便強忍著怒火，在紙上簽了字、畫了押。

蘇清河暗自想著，沈懷玉怎麼忘了？自己如今的身分可不比她低。在身分地位同等的人面前，她那一點身分根本不頂事。

蘇清河接過來看了看，才緩緩地將同意書收起來，然後拿出手裡的金針，足有一尺長，細如髮絲。

沈懷玉面色一僵。「哪有這樣的金針？」在她的印象裡，針灸的針可沒這麼長。

蘇清河恥笑一聲。「要是都一樣，金針梅郎的名頭從哪兒來的呢？」

沈懷玉還在驚疑不定，然而蘇清河已示意她躺好。

蘇清河拿著針，停在沈懷玉的眼睛上方。「別閉眼睛，我得把針從妳的眼瞼下方刺進去，然後一點一點往下，直到下巴，要貫穿整張臉；要是動了，可能會導致面部出現一些不可預知的問題，比如面部僵硬。最糟糕的是，要是一半僵硬，一半不僵硬，到時候妳咧嘴一笑，呵呵，那就有點嚇人了。」

「妳真當本宮是被嚇大的？」沈懷玉瞪著眼睛，額上卻已冒了汗。容貌對一個女人有多重要，她最清楚。若是有了生育能力，卻因此損毀容貌，她相信太子是不會因為她而委屈自己，跟一個醜陋的女人生孩子的。

蘇清河不再說話，控制著針一點一點接近沈懷玉的眼珠子。

人的本能就是遇到外物會閉眼睛，所以，沈懷玉尖叫一聲，狠狠地閉上了眼睛。

蘇清河收了針。「妳叫什麼？要是害怕就說嘛，找兩個宮女給妳扳開眼睛就是了。」

沈懷玉臉上的汗順著臉頰往下流，這是嚇出來的冷汗。她閉著眼睛，躺在榻上大口地喘著氣。

蘇清河無辜地站在旁邊，好整以暇地道：「要不就算了吧。」

沈懷玉雙手攥了攥。「瑤琴、布棋，妳們一個人扳開本宮的眼睛，一個人壓著本宮，以防本宮隨意動彈。」

兩個丫鬟在旁邊看得都要嚇死了，如今讓她們幫手，一個不小心可是要擔責任的。

「快點。」沈懷玉擦了一把汗，看向蘇清河。「公主的手可要穩一點。」

蘇清河點頭。「妳別亂動就行。」

沈懷玉躺下去，讓瑤琴扳開她的眼睛，布棋則抓著她的兩隻手。

蘇清河這次沒有猶豫，快如閃電地將金針貼著對方的眼珠子滑了進去，一點一點地往下刺。

沈懷玉倏地尖叫出聲，那聲音幾乎要震破眾人的耳膜。

她害怕了，真的害怕了。那種冰涼質感貼著眼珠的感覺，極為詭異又令人恐懼。她還沒從剛才一瞬間的驚懼中回過神來，緊跟著，金針所過之處又麻又癢，從裡到外，甚至連骨頭縫裡都像是被螞蟻啃噬過一般。她感覺金針已行到了咽喉處，整個咽喉都是癢的，金針還在往下，直至抵到下顎，才停下來。

「等一刻鐘就好。」蘇清河也已經被汗水打濕了。抬頭卻見沈懷玉一臉憤恨地看著她，便笑道：「就知道妳這種人救不得。我好心救妳，可瞧瞧妳那恨不得殺了我的眼神。怎麼？

覺得我在害妳嗎？若要害妳，剛才我的手只要抖一下，妳就完蛋了，還值得我這麼費心費力，瞧把我累得。妳以為金針過穴是什麼野郎中的手藝嗎？真是不識好人心。」

蘇清河往椅子上一靠。「原本打算看在二哥的面子上，免費給妳治了，如今見妳這態度，我還不樂意呢。我要診金，診金妳看著給，反正金針如今在妳身上，我也不著急。」

沈懷玉麻癢難耐，偏偏又不能動。

蘇清河在一邊笑道：「別想著另外找人給妳起針，我保證天底下沒有第二個人能順利地幫妳把針拿出來。要不然，妳現在就找人試試。」

沈懷玉怒火中燒。這不是乘機敲詐勒索嗎？這哪裡是什麼公主，分明就是個徹頭徹尾的無賴土匪！

沈懷玉示意布棋去取銀子。

見布棋取來銀兩，蘇清河撇撇嘴。「我堂堂護國公主，擁有一個郡的封地，會缺銀子嗎？」

沈懷玉又看了布棋一眼，布棋便戰戰兢兢地進去裡屋，拿出一張地契來。是近郊的溫泉莊子，位置不錯，應該在京城和清河郡之間。

蘇清河滿意地點頭，緩緩起身，將金針快速地提出來。

那感覺就像有什麼東西在腦袋中移動一般，沈懷玉又不可遏制地尖叫起來。

蘇清河沒理會她，一一收拾好自己的東西。「明天咱們繼續。臉上的麻癢每隔一個時辰會發作一次，持續一刻鐘後就結束，忍著別撓啊。」

沈懷玉這會子沒了跟蘇清河鬥狠的力氣，只是氣喘吁吁地躺著。

蘇清河轉身要離開，突然看到那個叫布棋的丫鬟，裙襬上濕了一片。想到剛才布棋是坐在沈懷玉的身邊，壓著她的雙手。沈懷玉或許在掙扎的時候，不小心壓住了布棋的裙襬，那麼這一片濕……該不會是沈懷玉嚇尿了吧？

蘇清河惡劣地上前，看了看。「妳真的嚇尿了？」

沈懷玉剛才被驚懼占據心神，根本就沒注意到，被蘇清河一說，才感受了一下。那種濕濕的感覺，不是嚇尿了是什麼？

蘇清河嘴角一翹，毫不掩飾自己的幸災樂禍，轉身出去了。

一出屋子，就碰見正往院子裡走的太子。

「剛才在前面可都聽見太子妃的叫聲了，二哥便過來看看。可還順利嗎？」太子一臉笑意地問。

「順利。」蘇清河特別誠懇地道：「太子妃心中過意不去，還給了小妹一個溫泉莊子做診費，這怎麼好意思？」

太子點點頭。「又不值什麼，皇妹辛苦，這本也應該。太子妃如今怎樣了？」

「哦，沒什麼大礙。」蘇清河理了理衣袖。「就是嚇尿了而已。」

太子的笑意頓時僵在嘴角。

接下來幾天，蘇清河在沈懷玉的身上施行了各種扎針，可其實該動的手腳全都在第一次施針的時候，就已經完成了。

做完最後一次，蘇清河道：「需要半年的恢復期，其間禁止房事。」

沈懷玉一臉「妳在開玩笑」的表情。

蘇清河恥笑道：「忍不了嗎？」

沈懷玉的臉頓時紅了起來。「本宮只是替瑾瑜可惜，怎麼找了妳這麼個惡毒的女人？」

她如今也會過意來了，蘇清河肯定乘機整了她。那嘴臉之無恥，手段之惡劣，真是世所罕見。

「妳少替他操點心，他會過得更好。」蘇清河收拾藥箱，回頭道：「我要是配不上他，誰能配得上？高玲瓏嗎？」

沈懷玉臉上更顯出幾分怒色。這兩個女人都不是什麼好東西，但比起高玲瓏如同隱在暗處的毒蛇般讓人噁心又厭惡，還是蘇清河這女人光明正大的卑鄙更好接受一些。她是有些怕這個女人，但更多的則是有種棋逢對手的興奮感。

要是蘇清河知道沈懷玉心裡的想法，一定會告訴她：妳已經被踢出局了。就不信妳能一邊高潮得要死要活，一邊想著對策還擊。

蘇清河覺得，對一個人來說，疼痛雖然痛苦，卻不是不可戰勝。可要是尊嚴被丟在地上，就再也撿不起來了，這才是對一個人最大的打擊。

第七十四章　皇后

在宮裡已經住了十幾天，再住下去就不適合了。

賢妃明顯是捨不得的。倒不是捨不得蘇清河，是實在捨不得沈菲琪和沈飛麟這兩個孩子。一提起要出宮，她就眼淚汪汪。

但蘇清河不敢再把孩子留在宮裡了，就怕太子或其他皇子會多心。偶爾小住還可以，若要長期住在宮裡，絕對不成。

「娘，要不，妳再生一個？」蘇清河逗賢妃。

「妳個沒心沒肺、沒臉沒皮的丫頭。」賢妃頓時滿臉通紅。

「女兒每隔一段時間，就讓孩子們進來陪陪您，這總成了吧？要是您實在想他們了，打發人去接也就是了。」蘇清河哄她。

「我知道妳的顧慮。再說了，這宮裡四面都是牆，沒有把孩子圈在裡面的道理。」賢妃摸了摸蘇清河的頭髮。「好好地跟駙馬過日子，什麼都是虛的，對於一個女人來說，只有相公和孩子才是實在的。」

這是怕她太強勢了。

蘇清河點點頭。不是親娘是不會替她操這份心的。「這都四月了，六月就能去承德避暑，到時候咱們娘兒倆一起住。」今年，賢妃肯定會伴駕的。

賢妃這才樂呵呵地應了。

要帶走的，不光有兩孩子收到的見面禮，還有這些年賢妃給他們攢下的東西。看著一箱一箱的衣裳和鞋襪，蘇清河心裡有些酸澀，心疼娘親這些年來所受的苦。

母女倆正在拾掇，梅嬤嬤突然急匆匆地進來道：「娘娘，坤寧宮來人了，說要請公主過去一趟。」

高皇后？她想做什麼？

賢妃的臉瞬間就黑了下來。「讓人先去乾元殿問問……」

「娘。」蘇清河攔住賢妃。「讓女兒去吧，也好順便看看這個皇后到底是怎樣的人？」

「妳見她做什麼？」賢妃一臉嫌棄地道。

蘇清河小聲道：「二十年前發生的事，高皇后當真什麼都不知道嗎？女兒打算試探她一下。」

賢妃搖搖頭。「這些事不是妳該插手的，妳別管，妳父皇心裡有數呢。」

蘇清河十分驚訝。以賢妃如此篤定的態度，肯定是知道一些別人不知道的事。

「名正言順的正宮皇后有請一位公主，女兒哪裡能夠推三阻四？」蘇清河安撫賢妃。「沒事，一會兒就回來。」

說著，便看了梅嬤嬤一眼。梅嬤嬤對宮裡熟悉，所以最近一直是她跟在蘇清河的身邊。

蘇清河換了身衣裳，使整個人看上去清雅有餘，而攻擊力不足，然後便跟著梅嬤嬤，來到了坤寧宮。

高皇后的姿色並無過人之處，最多只能算是端莊，但蘇清河卻不敢小瞧了她。這是個夠聰明的女人，占著后位卻從不主動出頭，低調得讓人幾乎要忘了她的存在，對什麼事彷彿都是漠不關心的。

蘇清河福了福身，沒有跪拜，而高皇后臉上也沒有露出絲毫不悅的神色。

高皇后看著蘇清河，沒有過分的熱情，也不顯得冷淡。「在宮裡住了這些日子，可還習慣？」

「勞皇后娘娘記掛。」蘇清河的笑意有些靦覥。「回家了，自然覺得哪裡都是順心如意的。」

高皇后點頭。「那就好。這些日子，我怕打攪妳們母女團聚，也沒有找妳說說話。突然聽說妳要出宮了，還嚇了一跳，以為本宮是不是哪裡怠慢了妳？」

「皇后娘娘這樣說，可就真是將我當作客人了。」蘇清河挑挑眉。不用把她說得如同作客一般吧。

高皇后微微一笑，就轉移了話題。「早就聽說過清河的名頭，如今一見，真是聞名不如見面。」

清河，如今不是她的名字，而是她的封地。這樣稱呼她不是親暱，反而是比較客套的稱呼。

蘇清河會意一笑。「皇后娘娘聽誰說的？您的姪女高玲瓏嗎？」

高皇后的臉上，僵硬了一瞬。

高玲瓏的存在，顯然是橫亙在兩人之間的溝壑，讓她們很難和平共處。

高皇后的臉上露出幾分遺憾之色。「關於那孩子對妳做的事，本宮很抱歉，也很遺憾。這些日子，本宮一直覺得沒臉見妳。」

一般人聽到這些話，就該回一些客氣話，比如「這些都跟皇后娘娘無關」，或者「事情已經過去了，逝者已矣」之類的。

可蘇清河偏偏不說話，卻微笑著點頭，像是極認可她的話。

高皇后一下子就愣住了。

蘇清河嘆了口氣道：「我也覺得良國公府和皇后娘娘應該對這件事情負責。一個未婚的姑娘，居然去算計別人的夫婿，真是讓人覺得不可思議。良國公府的……」蘇清河頓了一下，好似不好繼續說一些過激的話，但也留下了足夠的想像空間。

良國公府的什麼？是想說家教不好呢，還是想說……家學淵源？這丫頭是想說高玲瓏的做法跟她這個皇后，是一脈相承的？都是算計了別人的夫婿。

高皇后臉上的笑意不變，心裡卻不由得謹慎起來。她好脾氣地笑道：「不管有多少不愉快，如今也算是雨過天晴。就如同妳說的，這個皇宮是妳的家，可它也是許多人的家，大家要好好相處才是。」

蘇清河緩緩地點頭。

到現在她還弄不明白，這位皇后找她過來是為了什麼？難道跟她一樣，是抱著試探對方的心思嗎？她有些拿不準。

兩人就在還算友好和平的氣氛中，結束了談話。

蘇清河將疑惑壓在心底，一路沒有耽擱地回了西寒宮。

「娘。」蘇清河看著賢妃。「您是不是知道些什麼？」

賢妃一直待在西寒宮，卻不聲不響、不吵不鬧，這讓蘇清河不由得不懷疑，賢妃也是為數不多的知情人之一。

「父皇是不是知道幕後之人是誰？」蘇清河小聲地問：「哥哥在戰場上遭遇的那場刺殺，和這幕後之人肯定脫不了干係，如今哥哥依舊在危險當中。」

賢妃看著閨女，試探著道：「若是說先皇沒有死，妳信嗎？」

蘇清河一驚，隨即搖搖頭。「幕後之人行事風格陰暗詭譎，絕不像是一個帝王的行事作風。」

「但是妳父皇好似信了。」賢妃無奈地道。

蘇清河挑挑眉，看著賢妃，等著她將話說完。

「我覺得妳父皇心裡，是極為害怕先帝的。」賢妃低聲又說了一句。

「那麼娘的意思是，更傾向於有人知道父皇的心病，所以一直在裝神弄鬼？」蘇清河不敢置信地看向賢妃。

賢妃搖搖頭。「有可能，不過我也不大確定究竟是誰。」她又輕聲道：「老輔國公、良國公、黃斌，左不過是這三個人吧。可若真是這三個人其中之一，他們勢必不敢輕易在京城動手。但妳的擔心也沒錯，這個人隱在暗處，就像是藏在草叢中的毒蛇，指不定什麼時候就會出來咬咱們一口，萬事還是得小心為上。」賢妃揉了揉閨女的頭。「娘覺得，妳父皇如今隱而不發，就是想等待一個好的時機，從根本上把毒囊都給剔除乾淨，妳可明白？」

蘇清河想了一下，不由得問道：「是什麼讓父皇如此小心謹慎？」

「老輔國公、良國公和黃斌三人，手裡握有先帝給他們的禪位遺詔。」賢妃將先帝留下三份遺詔的事情，說給蘇清河聽。

賢妃的話，讓蘇清河之前想不通的許多事情，有了新想法。比如，輔國公府和良國公府為什麼位極人臣，升無可升了，卻還要冒險摻和進來。此刻她才明白，人家不是升無可升，而是一直在努力，企圖再進一步。

蘇清河沈吟半晌才道：「不過，父皇如今的顧慮，或許是因為遺詔，卻又不完全是因為遺詔。父皇對娘，只怕也有一些隱瞞。」

「這是肯定的。」賢妃點頭。「他告訴我的，永遠都只是能讓我知道的。」

「但至少給了咱們一個方向，知道該防備著誰了。」蘇清河心底隱隱有個猜想。兩個國公府都已先後進入她的視線，因此她反而更懷疑另一個人——黃斌。

既然事情牽扯到先帝，那就不得不說，先帝最信任的人，除了黃斌，不作第二人選。黃斌是被先帝從一個小小的舉人，一步一步提拔到丞相的，能讓先帝如此的信任與看重，可是再也找不出第二個人。

如果先帝還活著，那麼黃斌一定會是那個知情的人。因此，如果幕後之人真的是還活著的先帝，那麼，黃斌一定是和這個幕後之人牽扯最深的人。

可事情偏偏就是這麼奇怪。黃斌看似攪在局裡，卻能讓自己看起來一點嫌疑都沒有。

輔國公府和良國公府，因為沈懷玉和高玲瓏，直接跟密室中被囚禁的男子扯上了關係；輔國公府的江氏，更是跟天龍寺之間有著說不清的關係。

這兩個府邸，都跟這個幕後之人有了瓜葛。

唯獨黃斌沒有。

以如今顯露的消息來看，黃斌除了站在大皇子身後，他還參與了什麼嗎？沒有。

而大皇子是黃斌的外孫，黃斌更是將自己的孫女嫁給了大皇子，可謂是親上加親啊。那麼，他站在大皇子身後有什麼問題嗎？沒有。不過是人之常情。

黃斌的身上，就是這麼乾淨，找不出一點跟幕後之人有關的訊息。

要是幕後之人真的跟先帝有關，黃斌又怎麼會這麼乾淨？黃斌將自己撇得這麼乾淨，又是在隱藏些什麼呢？

蘇清河覺得，黃斌比起沈家和高家，更加可疑。

賢妃嘆了一口氣。「我是真不想讓你們摻和進去。」

「身不由己了。」蘇清河搖搖頭。「從之前針對哥哥而來的各種陰謀可以看出，這個人一定對父皇非常熟悉，他甚至要比太子和皇子們，更瞭解父皇的心思。而且，迄今為止，哥哥一直沒有入對方的圈套，這也讓他感受到了威脅。往後，定會使出更陰險的招數，來對付咱們。」

蘇清河隱隱地勾了勾嘴角。「我倒是真想知道，這幕後之人究竟是誰？」

收拾了兩天的東西，蘇清河帶著孩子，浩浩蕩蕩地從宮裡出來，回到宜園，也就是如今的公主府。

整個宜園，大到不是一、兩天就能逛完的。

蘇清河先回到安置好的起居院，名叫桃李園。

如今正是桃花盛開的時節，一棵棵粗壯的桃樹，姿態各異，繁花似錦。地上鋪著厚厚的一層花瓣，鼻尖縈繞著濃郁的桃花香。

「比想像中的美。」蘇清河讚嘆道。

「一年四季，都有美景。春天住桃李園，夏天住碧荷院。」沈懷孝看著蘇清河。「麟兒安排在牡丹園，琪兒就住芍藥圃吧。這兩個院子離咱們近，如今景色也正好。」

蘇清河心裡暗嘆，還是得有財有勢才好。

兩個孩子早就跑得不見蹤影。別說是孩子，就是大人猛一進來，也止不住想逛一逛的心思。

沈懷孝陪著蘇清河，乾脆也不進屋，就在院子裡的石凳上坐了。他跟蘇清河商量道：「既然都搬進來，正式開了府，就得宴一次客。這十幾天以來，送到家裡的帖子都能把人給埋了。」

「帖子？什麼帖子？」蘇清河問道。

「恭賀的、求見的、拉關係的，不一而足。」沈懷孝伸手，把落在蘇清河髮間的花瓣拿下來，才道：「京城裡的宗室、勛貴、大小官吏和親戚，有關係、沒關係的都帶著禮物上門，鬧得我只能待在衙門，都不敢回家了。」

蘇清河想了想，還真是頭疼。「我還真是不樂意結交那麼多人。」

沈懷孝吁了一口氣。「就該這樣，門檻高一點才好，宜園的門可不是什麼人都能進來的，這樣才顯得妳的尊貴，也更符合身分。」

「那就這麼著吧。」蘇清河點點頭。「該回禮的回禮，該拒絕的也要客氣地拒絕。等到收拾好了，再把一些必須要結交的人家給請來吧。」

兩人正說著話，就聽見兩個孩子跑過來。

「娘。」沈菲琪一臉興奮地進來。「每個園子我都想住。」

「那就換著住唄。」蘇清河給閨女擦擦汗。「瞧妳跑的。」

「娘。」沈飛麟也提出意見道：「我想住青竹院。」牡丹園是個什麼鬼，聽起來騷裡騷氣的。

「夏天你要住在青竹院沒問題，但現在太陰涼了，不成。」蘇清河拉過兒子。「你們大多數時候，還是跟爹娘在一個院子裡住著。分配給你們的院子，就是讓你們想一個人待著的時候所提供的地方，等到了八歲，才能獨立管理院子。」

「所以說，就只有咱們一家四口住這麼大的園子，還是顯得太空蕩了。」沈菲琪皺眉。

人多了這園子還有辦法好好欣賞嗎？真是個傻孩子。沈懷孝失笑道：「不少以前我在京城結交的朋友，最近又來套交情，就是想進來看看這個園子。尤其是一些舞文弄墨之人，想進來看看景、作作詩，都讓我給打發了。」

「要是咱家的別院，開放了也無所謂。但這裡是咱們的家，還是算了。」蘇清河搖搖頭。

正說著話，蘭嬤嬤來報。「殿下，大公主親自來了，如今鳳輦就在門外。」

這大公主也太不講規矩了，怎麼沒提前打聲招呼就過來了？蘇清河本想拒絕，但一想到她是黃家媳婦的身分，倒改變了主意。

「請大公主到迎春閣說話。」

大公主一身水紅的衣衫，顯得嬌媚動人。

「四妹這裡，可以算得上是人間仙境了。」大公主看著外面如瀑布般傾瀉而下的迎春花，羨慕地道。

蘇清河拉了大公主的手，請她落坐。「大姊就是愛開玩笑，哪裡有什麼人間仙境？再好的院子讓我住著，也就變得俗氣了。我一天到晚，忙的也就是柴米油鹽醬醋茶。剛才看見桃花，我還在思量著該怎麼做成吃的好哄哄孩子，或者釀幾罈桃花酒。」

「這才是真正的大俗即大雅。」大公主笑道：「有孩子自然為孩子忙，大姊我沒孩子，又能為什麼而忙呢？」

蘇清河笑容一頓。她剛才拉大公主的手時，順道摸了她的脈，大公主是多次流產傷了身子，如今已經是習慣性流產了。

一個公主有孕，一般都會有太醫和嬤嬤專門看護，怎麼偏偏就流產了呢？

可一直只知道大公主沒有孩子，卻從沒聽說她有懷過孕啊。

有孕了不聲張，或許是未滿三個月的緣故，不願輕易告訴他人。但流產這麼大的事情，她卻也不聲張？除非，這些孩子都是她自己主動流掉的。

可這些話，讓蘇清河怎麼問出口？交淺言深可是大忌啊。

「大姊的身體，妳自己應該最清楚。」蘇清河看著她。「如今不大容易了。」

大公主面色一變。「確定嗎？」

蘇清河點頭。「妳太不把自己的身體當一回事了。」

大公主臉上的憤恨之色一閃而過，神色誠懇地道：「四妹，謝謝妳給了我一句實話。」說著，就又恢復神色。「今兒來得冒昧，就不再打攪了。知道妳剛搬進來還有得忙，大姊我就先告辭了，改天再親自登門。」

蘇清河連開口客氣幾句的機會都沒有，大公主就已經起身離開了。

想起她那一瞬間的神色變化，蘇清河覺得，孩子沒了，或許不是她自己下的手。

會是那個黃家的駙馬嗎？

除了他，別人也沒有動機和理由啊。

大公主如果跟黃家交惡，那麼對她和安親王來說，算不算是一件好事呢？

第七十五章　主動

蘇清河回到院子，飯菜已經上桌了。

「還以為妳要留大公主一起用飯，咱們正打算先吃呢。」沈懷孝遞了筷子過去。

天剛剛熱起來，今兒便吃起了涼麵。

蘇清河只覺得看著涼麵就滿口生津。「大公主說了兩句話就走了。話說，你認識大駙馬嗎？他這人怎麼樣？」

沈懷孝的表情有些奇怪起來，含糊地道：「年輕的時候見過他，算是挺斯文的人。」

「聽說大公主和大駙馬的關係不好？」蘇清河挾了塊皮蛋，放在嘴裡慢慢地嚼著，等著沈懷孝答話。

可蘇清河等了半天，也只看見他點頭。然後就見他看了兩個孩子一眼。

蘇清河恍然。想來有些話，是不好當著孩子的面說吧。

等吃完飯，打發了孩子們到外頭去玩，沈懷孝才道：「大駙馬這個人，長得有幾分女氣，妳懂吧？」

蘇清河搖頭。要是長得不出色，大公主也不會看上他了。

皇家選駙馬，不管你有沒有本事，長相最起碼得上得了檯面吧。

沈懷孝見她真沒明白，又道：「前些年，梨園裡有個白玉公子，據說，跟大駙馬極要好，出則同車，寢則同榻。」
蘇清河不敢置信地抬起頭。「不是說大公主管得緊嗎？大駙馬怎麼跟男的……」
「這件事，也只有勛貴圈子中的人知道。再說了，大戶人家的子弟圈養個男寵，並不是稀罕事，不用這般大驚小怪，京城就是這樣……」
「那……大公主知不知道？」蘇清河疑惑道：「這種事哪裡能忍？」
「大公主想必是知道的，或許他們夫妻各有各的難處也不一定。再說了，大公主的風評也好不到哪裡去。」沈懷孝笑了一下。「照理說，這黃家一向家教嚴謹，偏偏就出了這麼一個異類，還讓大公主給碰上了，也是挺倒楣的。」
蘇清河認真地沈思起來，覺得如今所有的事情都是她推測而來的，沒有半點依據。而且，如同一團亂麻，理不出頭緒。
一直以來，她都是跟著別人透露的線索查找、推測，卻從來沒有一個明確的方向。或許，到了她該主動出擊的時候了！

蘇清河正想找機會告訴安親王自己的想法，沒想到第二天，安親王就帶著萬氏和孩子，來到宜園串門子。
「早就聽過宜園的大名，如今一見，果然名不虛傳。」安親王小聲道：「就連父皇如今在湯山的別院，只怕也比不上這裡。」
蘇清河一臉笑意。「我又不能經常出門，如今能在家裡看看景色，也挺好的。」她又轉向萬氏說：「嫂子要是有空，就帶著孩子常常來玩。」

萬氏跟在安親王身後。「有空一定過來。只怕咱們家的兩個孩子在這裡玩上一天，就不想回去了。」

「我給孩子們留著院子呢，想住就一直住著。孩子們沒有玩伴，也是孤單。」蘇清河笑著回道。

安親王擺擺手。「妳啊，教孩子就像在放羊。你們家那兩個，是不用大人費心；可哥哥家的兩個孩子，沒大人盯著肯定不成。」

「讓娘知道了，又該說你把孩子逼得太緊。」蘇清河笑著搖搖頭。

一行人愜意地逛著園子，所到之處，無不驚嘆連連。

「跟宜園一比，涼州的南苑就顯得平凡許多。」安親王讚道。

沈懷孝點頭道：「據說這個園子前後修了十餘年，才有如今的規模。」

眼前的湖面開闊，水面上不時游過幾隻野鴨子，一見到人，撲騰著翅膀就飛遠了。還有許多不知名的野鳥也在這裡棲息。

另一邊的草叢裡，不時傳來孩子的喊叫聲，肯定是撿到了野鴨子蛋或鳥蛋。

伺候的人都被打發到一邊照看孩子去了，安親王知道蘇清河這是有話要說。

萬氏在蘇清河開口之前，就道：「孩子那邊，我得去盯著。」她有意要避開他們之間的談話。

蘇清河詫異地看了安親王一眼。

她等等要說的，可是與安親王奪嫡之路密切相關之事，所以才沒有支開嫂子，沒想到嫂子倒是自己避開了。夫妻本是一體，難道這個嫂子一點都不摻和這些事情？

就聽安親王道：「每個人的天分不一樣，她不擅長這些事。」

雖然有些難以理解嫂子的想法，但哥哥都這樣說了，她也不好再多說些什麼。

蘇清河輕聲將賢妃所說關於先帝和遺詔一事，都說給安親王聽，畢竟他進後宮也不是十分方便。

安親王聽完後，皺了皺眉，隨即露出一副恍然之色。「我終於知道，父皇在顧忌些什麼了。」

蘇清河一驚。「你知道？」

安親王解釋道：「早些年，軍權幾乎被輔國公和良國公瓜分殆盡，所以，父皇不能動，他怕激化矛盾。再加上還有母妃所說的遺詔存在，因此父皇只能謹慎地一點一點分化侵吞他們在軍中的勢力，而今父皇已做到了哪一步，咱們卻無從得知。」他接著道：「不過，在回京之前，我就讓人查了查諸皇子們各自背後的那三股勢力——輔國公府、良國公府和黃家，這三家的銀錢來源。」

不管想幹什麼，都需要銀子。而這銀子的來去，就離不了票號，只要能細查下去，總能查到一些蛛絲馬跡。

「可是查到了什麼？」蘇清河問道。

「沒有，什麼都沒查到。」安親王笑得別有深意。「咱們懷疑的這三家，收支都十分正常。」

蘇清河一聽就明白了，這份正常，才是最不正常的。這三家都是赫赫揚揚的大家族，肯定不只明面上的收益，可那些暗處的收益去哪兒了？竟然一點也查不到。大筆銀錢去向不明，這就有些意思了。

就聽安親王又道：「從往來的人員上看，似乎跟海運有關。」

沈懷孝突然道：「前兩年，沿海各州府都有奏摺上書朝廷。據說，百姓朝海外移民的情況時常發生，每次規模都不小，也不知道跟這件事有沒有關係？畢竟，輔國公府的水師就在沿海，若是真有什麼……輔國公府只怕也是在給某些人打掩護。」

蘇清河的腦子裡突然就冒出一個詞——基地。

「錢不知去向，人大量地移民，根本就是想在海上建造一個基地啊！」蘇清河嚷道。

安親王一愣。這就對了！蘇清河沒說，他還無法將這些線索串連起來。

沿海水師是老輔國公建起來的，若有一支精銳海軍，從沿海登陸，聯合駐守在當地的水師……整個江南危矣。

若是選擇從塘沽口上岸，那麼，離京城也就兩日的路程。

安親王和沈懷孝對視一眼，後背都有些發寒。

蘇清河仔細想了想，又道：「如今，還有一個查找的方向，那就是兵器，或者該說是鐵礦一類的東西。海島上幾乎是沒有礦產的，必須從內陸想辦法，可鐵器和礦山都屬於朝廷管轄，若想要拿到手，必然會留下線索。咱們可以順著這條線，再試著查一查。」

安親王點頭。「看來，也只能如此了。」

「南邊的事情，交給我來辦吧。」沈懷孝接過話。「關於沿海水師，我爹應該會知道一些情報，可他是否參與，我就不確定了。不過，看家裡最近的情況，祖父對父親想來並不信任，我父親參與的可能性不大。」

蘇清河擔心地看了沈懷孝一眼。這可相當於朝自家下手了。

沈懷孝微微一笑。「我可不能讓咱們家的孩子，成了反賊之後啊。」

蘇清河感激地朝他笑了笑，安親王也點點頭，叮囑他道：「別勉強自己啊。」

沈懷孝應了一聲，表示知道了。

蘇清河的心瞬間踏實下來。只要有了方向，這些瑣碎的事就能慢慢地串在一起，到時候，離真相就不遠了。

放下心事，蘇清河拉了萬氏一起在湖邊釣魚。

這湖裡還真是沒有觀賞用的魚，都是能吃的。不知道多久沒人來打撈過了，蘇清河險些被魚給拽進湖裡。後來她們釣上了好幾條足有一米長，三、四十斤重的大紅鯉魚，孩子們瞧見都興奮了。

蘇清河安排廚房做了全魚宴，一魚多吃。

她特意讓人撈了兩條鯉魚給宮裡送去，想了想，又叫人撈了兩條，一條給了白坤，一條送去了沈家。

沈懷孝要查的事，還得借助沈家的這個身分，而她適當地示好，是有好處的。

輔國公府

如今當家理事的是沈懷忠的妻子方氏。作為世子夫人，當家理事名正言順。

快晌午了，管家急匆匆地進來稟道：「世子夫人，宜園的公主殿下讓人送了自家湖裡釣的魚過來，人就在門外。」

方氏一下子站了起來。

公公和相公曾多次透過小叔子，要向這位護國公主示好，卻一直沒有得到回應。沒想到公主昨兒剛出宮，今兒就送禮來了。

別管送的是什麼，關鍵就在於一份心意、一個態度。何況還是自家產的，就更顯得親近了。

「快把東西接了，打賞最大的紅封給送禮來的人。再去打聽打聽，看公主府還給哪家送了禮？」方氏吩咐道。

不一會兒，就有人高興地回來稟報道：「打聽清楚了，只有宮裡得了兩條，白家的白坤白大人得了一條，再來就是咱們家了。」

方氏吁了一口氣。送的都不是外人。

午飯的時候，沈中璣看著一桌子的魚料理，還納悶了。「魚買多了嗎？」買多了就放到池子裡養著嘛，哪有這樣吃的。

沈懷忠笑道：「這是公主府送來的，好幾十斤的大鯉魚呢，看來二弟還是惦記著爹的。」

再大的魚，對沈家來說，也不是稀罕東西，吃的就是個心意。

沈中璣果然很高興。「想來公主對於跟咱們來往，也是不排斥的。你今兒再下個帖子，就說想去拜訪，看什麼時候方便。」

沈懷忠趕緊應了。

等送走了安親王一家，宜園就接到了輔國公府的拜帖。

沈懷孝看著蘇清河笑道：「要不然明天，讓他們來見見？」

蘇清河上前抱了抱沈懷孝。「哪有不讓你認爹的道理？這裡雖然是公主府，但你又不是作不了主，不用事事都問我。」她在他耳邊輕聲道：「我是你的，我的這些東西不也是你的？」她感覺到他抱著自己的手臂緊了緊，就道：「一起過日子，哪要這麼客氣？」

沈懷孝輕輕地「嗯」了一聲，心中緩緩流過一股暖意。

第七十六章 表態

第二天，蘇清河特意囑咐兩個孩子，來的人是他們的祖父、大伯、大伯娘和兩個堂姊，千萬不能擺出拒人於千里之外的樣子。

尤其是沈菲琪，蘇清河見她確實沒有排斥的樣子，心裡鬆了一口氣。想來這幾個人在前一世裡，對她還是不錯的。

即便是輔國公，見了蘇清河也要先行國禮，然後蘇清河又對他們行了家禮，他們也都避開了，不敢受。

等雙方都落坐了，兩個孩子才對著輔國公和世子、世子夫人行禮。

沈中璣看見兩個孩子，眼裡就有了淚花。這兩個孩子來得著實不容易。「祖父給你們準備了好東西，拿去玩吧。」

又是兩個匣子，不用看都知道裡面裝的定是珍寶。這兩個孩子如今對這些東西都有些免疫了，但還是高興地接下來。

蘇清河則給了芳姊兒和明姊兒一人一匣子內造的首飾，才讓孩子們去一邊玩了。

蘇清河領了方氏去瞧園子，讓他們父子三人說說話。

「家裡收拾了大院子，就盼著公主帶著孩子回去住幾天呢。」方氏輕聲道。

去沈家住嗎？蘇清河從沒想過。倒不是嫌棄沈家人，就是覺得有別的女人頂著沈懷孝的妻子名頭住進去過，心裡有些疙瘩在。

她想了想，還是笑道：「就不給嫂子添麻煩了。妳當家理事，這其中的煩雜，我也是知道的。我這一住過去，抬腿動步都是規矩，要是按照我的規矩來，到時候鬧得一家子不得安寧，那又何苦呢？如今咱們離得又不遠，妳常來走動就是了，琪姊兒正好孤單得很，沒有姊妹作伴。我瞧著明姊兒和芳姊兒都是好孩子，妳有空帶過來玩便是。」

方氏雖然遺憾沒有將公主請回去，但見公主確實沒有排斥他們的意思，又極喜歡兩個孩子，便高興地笑起來，不由道：「那就聽公主的。」

蘇清河點點頭，又問道：「如今府裡住著好幾房人，只怕管起家來也不輕鬆吧？」

方氏苦笑道：「前段日子，祖母想叫四嬸管家，公公沒同意。後來又鬧了一場，公公說，不行咱們就分家，反正各位叔叔都已經是當祖父的人了，沒有還跟著兄長過日子的道理，才把事情壓了下去。不過平時也是不得消停，不是為這一房多了一盤子點心，就是為了那一房又多了一道湯羹，瑣碎的事情就是這樣磨人。一大家子就那點產業，如今都使勁地往自己懷裡揣呢。」

蘇清河聽到產業二字，不由得上了心。

方氏見蘇清河沒有說話，有些不好意思地道：「瞧瞧，我這都說了些什麼。」

「不，挺好的。」蘇清河接過話。「過日子可不就是這些家長裡短嗎？說到產業，難道不是世子在打理？」

方氏搖搖頭。「庶務一直是四叔管著呢，這事也不能太較真，家家有本難唸的經啊。別的事還能講道理，可家事就講不清楚了。」

「家本來就不是個講理的地方。」蘇清河見她走累了，就拉了她在亭子裡坐下，讓丫鬟上了果子和茶，才道：「看來，老爺子在承爵的事情上，原本是更屬意四叔吧？才會一直到現在，還讓不是當家的四叔管著家中的產業。」

方氏點點頭，眸子一黯。「這也正是咱們在府裡過得艱難的緣由。公公承爵後，一個人在外撐著，婆婆……不說也罷。咱們到底是小輩，在家裡，許多事情插不上話。自從太子妃出事以後……大房的日子就不大好過了。」

蘇清河笑道：「大房又不是只有世子這個兒子，駙馬不也是大房的兒子？有咱們在後面撐著，妳怕什麼？」

方氏眼睛一亮，瞬間眼圈就紅了。「有公主這句話，我心裡就踏實多了。」

晌午的時候，蘇清河留下他們一塊兒吃了午飯。都是御廚精心烹製的，又都是用最新鮮的食材，自然人人都吃得滿意。

臨走時，又給兩個姊兒帶了不少宮裡的點心和鮮果，也算是賓主盡歡了。

都說春睏秋乏，送走了客人，不光兩個孩子昏昏欲睡，蘇清河和沈懷孝也撐不住眼皮打架，躺在床上瞇著眼睛打盹。

蘇清河都快睡著的時候，聽見沈懷孝說了一句。「看來父親和祖父之間的裂痕很深，可之前兩個人都挺會演戲的，連我也沒發現。大哥發現的時候，整個人都懵了，他整天跟他們在一塊兒，以前居然也沒瞧出什麼端倪。哎，真不知道是為了什麼要搞成這樣？」

看來他喝了點酒，又開始感慨了。

「別想了，快睡吧。」蘇清河拿毯子往他往身上蓋了蓋，剛要轉身，就被他一把抱住了。

「孩子他娘，妳說孩子多一點好？還是孩子少一點好？」沈懷孝悶悶地問了這麼一句。

「各有各的好。」蘇清河道。「孩子少，大人的負擔輕，給每個孩子分散的精力也都多一些。要是孩子多呢，就有顧不上的時候了，但相對也熱鬧些。怎地這麼問？」

「沒什麼，就是覺得兄弟多了，要掙得頭破血流的；兄弟少了，又覺得孤單，獨木不成林啊。」沈懷孝嘀咕了一句。

蘇清河有點會過意來了。「你這是在替麟兒、琪兒擔心吧？」

沈懷孝悶悶地笑，把手放在她的肚子上。「不想再生一個？」

這話讓蘇清河不知道該怎麼回答。

自從兩人在一塊兒，蘇清河一直在避孕。

沈懷孝正年輕，有時候房事不知節制，雖然不至於夜夜求歡，但鬧起來也是沒完沒了的。

他自己可能也感覺到了。在他這麼折騰之下，她居然還沒懷上孩子，而她又從沒告訴過他自己不想有孕的理由，難免會讓他多心。

蘇清河往他懷裡靠了靠。「兩個孩子還小，要是再生一個，根本就管不過來啊。而且生他們的時候，因為是雙胞胎，受了不少罪，我想多養兩年再生。再說了，如今正是多事之秋，懷著孩子，我精力就更不足了。」

「我當妳不樂意給我生孩子呢。」沈懷孝翻身壓到蘇清河身上，眼睛閃亮亮的。

「大白天的，讓人知道該笑話了。」蘇清河知道他的企圖，面帶嬌羞地伸手推了推他。

「孩子他娘，我是被其他幾個駙馬的待遇，鬧得心裡不安寧啊。」沈懷孝默默解了解領口的盤扣。

想來是沈家父子在他面前說了什麼吧？皇家公主向來是隨心所欲的，她上面那三個公主的私生活，也確實都有些為人詬病的地方，在京城中傳得沸沸揚揚。

蘇清河覺得有些好笑。「孩子他爹，要是你心裡不踏實，我就不當這個公主了。咱們找個地方隱居去，或是回遼東那個小院，成不成？」

沈懷孝把蘇清河摟在懷裡。「那還是算了……咱們好好過日子就行了。」

「不折騰、不鬧騰，就是好日子。」蘇清河用牙解了他衣裳上的扣子。「這樣……好不好……」

兩人沈浸在歡愉中，直到太陽西斜。

蘇清河坐在鏡子前，打理著頭髮。「今兒你是受了什麼刺激？」

沈懷孝趴在床上笑道：「我不說得可憐一些，妳能乖乖讓我吃了？」

蘇清河把手裡的梳子扔過去。「你嚇死我了，還當你怎麼了。」

「白天看得清楚，我就是想看看……」沈懷孝話還沒說完，一個瑪瑙做的脂粉盒子就朝他扔過去。

「還敢說？」這人，忒不要臉。

「你都兩天沒去衙門了，真不用去了？」蘇清河問道。

「我不去，下面才好幹活啊。」沈懷孝呵呵笑。「這當官，有時候跟當家是一個道理。不聾不啞，不做家翁，只要大事上不出岔子就成了。」

「我可不懂你那套官場上的手段。」蘇清河打理好自己，就聽見外面傳來閨女的聲音。

「爹、娘，還沒睡起來嗎？」

「起來了，進來吧。」蘇清河揚聲道。

沈菲琪連蹦帶跳地進來。「弟弟帶著幾個小子去湖邊用網子網野鴨去了。娘，妳也不管管他。」

「沒事，隨他鬧去。」蘇清河搖搖頭。

跟著沈飛麟的都是親信，他自己又不是真的孩子了，而且又會游泳，隨身帶著的荷包裡還都是各種毒藥，誰能把他怎麼著？

晚飯的時候，果然有一道烤鴨子。比飼養的鴨子小，但肉質更有勁道。

「逮了兩籠子的野鴨，在廚房養著呢。」沈飛麟難得玩得這般痛快。「明兒再用鴨子熬湯，下麵條吃。」他說得好似野鴨子能吃出別樣的滋味似的。

蘇清河和沈懷孝對視一眼，極捧場地表示野鴨子肉就是最好吃的肉。

「都被你禍害完了，湖上還有啥景可看啊？」沈菲琪瞪眼道。

「別人家都是養著天鵝，就咱們家養著野鴨子，妳還當有多美呢？」沈飛麟撇嘴。

「那是自然之趣、自然之美。你懂什麼？嚇得鴨子再也不敢來了。」沈菲琪不滿地道。

「圈在四方牆裡，哪裡來的自然之美？自然之美，不光有自由飛翔的野鴨子，還有遍地的鴨屎，妳見到園子裡有鴨屎了嗎？就是咱們昨兒找的鴨蛋，都被清理得乾乾淨淨的。就這樣還敢說自然，矯情！」沈飛麟反駁道。

沈懷孝和蘇清河對視一眼。兩個孩子的話都有理。

「別吵了。」蘇清河進行鎮壓。「咱們以後儘量保持園子裡的自然之態，行了吧？」

沈飛麟也不接話，直接對沈懷孝道：「爹，我想逛街。」

蘇清河眼睛睜大了。她怎麼忘了還有這麼一項活動呢？

沈懷孝點頭。本來在涼州就打算帶他們出去的，可當時他們不方便露面，也就拖下來了；如今到了京城，要是還把孩子圈在家中，就真要圈傻了。

「明兒，咱到外面吃。」沈懷孝想也沒想就同意了。「嚐嚐京城的特色菜。」

第二天，天還沒亮透，兩個孩子就起來了。他們按照以前的運動量，鍛鍊完身子後，就嚷著說要趕緊吃早飯。

蘇清河知道這兩個孩子是惦記著逛街呢。「都少吃點，一會兒看外面有什麼小吃，再買來嚐嚐。」御廚的大菜固然好，但外面的小吃也別有一番風味。

賴嬤嬤一臉的不贊同。「外面的吃食不乾淨。」

沈懷孝笑道：「好一些酒樓就有賣小吃，味道也地道，還算乾淨。要是早知道妳喜歡吃小吃，就讓人給妳買回來了。」

「有些東西，在外面吃才有滋味。」蘇清河笑道。

後來，兩個孩子都只吃了半碗餛飩、幾個蝦餃填填肚子，就停下筷子。

因為想著要出去吃早點，一家人早早地就出發了。

宜園離正陽大街還有些遠，他們搖搖晃晃地走了小半個時辰，等到了地方，肚子裡的那一點東西，也都消化得差不多了。

兩人帶著孩子，後頭只跟著兩個嬤嬤和沈大、沈三，一行人慢慢地在大街上走著。整個大街上，都飄著食物的香味。

他們在臨街的一家茶樓坐了，才打發人去買小吃，每樣都買了一些回來。

沈菲琪對炸糖糕情有獨鍾，沈飛麟則對驢肉火燒更為偏愛；蘇清河是來者不拒，除了豆汁實在是吃不慣，別的吃著都覺得不錯。

第七十七章　看戲

「以後，隔三差五的出來吃一回。」沈懷孝見蘇清河真的喜歡，就建議道。

蘇清河假裝沒看到賴嬤嬤已經沈下來的臉色，點點頭。

此時，從門外進來一個三十歲上下，有些發福的男子，見到已經有一桌客人，表情明顯覺得意外。「我還以為我是最早到的，沒想到還有比我早的。」他隨意地一瞥，又收回視線，朝小二喊道：「小二，老樣子來一份。」

說完，自顧自地坐下了。一看就知道是熟客。

沈懷孝抬眼一瞧，就愣住了，小聲地對蘇清河道：「是恒親王。」

恒親王是明啟帝的弟弟，如今掌管著宗室，算是自己的叔叔了。

蘇清河揚聲道：「原來九叔也好這一味啊。」

恒親王一愣。這是在跟自己說話嗎？聲音有些陌生啊。不過，他是排行老九沒錯……平日裡聽人叫皇叔聽慣了，覺著九叔這個稱呼，還真是讓人新奇。

他扭過身，就看到蘇清河笑盈盈的臉。

得！他知道這是誰了，可不就是皇上的四公主，清河公主。雖然一直沒機會見一見，但就憑這張臉，他可不會認錯了。

「是清河啊？」恒親王看了一旁的沈懷孝和孩子們。「妳是帶著孩子出來嚐一嚐新鮮的吧。」

沈懷孝趕緊行禮，兩個孩子則口稱「外叔公」。

恒親王把手上的扳指和玉珮摘下來，給兩個孩子做見面禮。畢竟也沒想到會在這裡遇上，只能拿著身上既有的東西送了。

既然遇上了，自然要坐在一桌。

「沒想到九叔也喜歡這些小吃。」蘇清河看著恒親王面前的豆腐腦，笑道。

「家裡不像外面。這外面的饅頭，說饅頭人家就是饅頭，可家裡想吃個饅頭，能給你擺一桌子，什麼奶味饅頭、豆麵饅頭，亂七八糟的一大堆。把一個饅頭給你折騰得個個都跟朵花兒似的，不像外面的饅頭這般實在。」恒親王吐槽道。

蘇清河笑開來，這是實話。如今，她想吃麵條，廚房也都得準備十多種。「有時候選擇多了，反而看著不香甜了。」

恒親王一拍大腿。「是啊。」他指了指外面。「再說了，坐在這裡看著別人吃得香甜，自己也跟著吃得有滋味。」

外面的百姓過日子，都是偶爾才會到街上花兩個銅板解解饞，自然吃什麼都香，讓看的人都覺得香。

「外叔公一定對京城很熟，今兒咱們打算去逛逛，外叔公知道哪裡好玩嗎？」沈菲琪仰著笑臉問。

「哎喲，小丫頭可是問對人了。」恒親王看著蘇清河和沈懷孝笑道：「今兒暢音閣排了一齣新戲，說是裡面的小生啊，很有幾分白玉公子的風采，人稱小白玉。要不要一同去看看熱鬧？」

白玉公子，不就是和大駙馬有些瓜葛的人嗎？那麼這個小白玉……

蘇清河瞧著恒親王一臉今兒有好戲看的樣子，就知道此戲非彼戲。她看了沈懷孝一眼，見他點頭，才笑道：「好啊，等會兒一定到。」

又聊了一會兒，蘇清河和沈懷孝打算去大街上逛一逛，便帶著孩子先離開了，留下恒親王一個人瞇著眼享受他的美食。

跟在恒親王後面的隨從，這才小聲地道：「王爺，這樣好嗎？」

恒親王優雅地拿著勺子。「本來也沒打算找她一起去的，可這不是碰上了嗎？天意如此。既然本王無意間發現了不該發現的，就別想置身事外；但要想不出頭，最好的辦法就是找個個子高的頂著。」

「四公主就是您找來頂事的？」隨從用半開玩笑的語氣道。

「蠢材！」恒親王放下勺子，摸出帕子擦了擦嘴。「別四公主、四公主的叫，那可是護國公主，護國公主可比本王這個親王尊貴多了。」

蘇清河帶著孩子隨意在街上邊走邊看，她問沈懷孝：「依你看，九叔是有意還是無意？」

「大公主不久前才來過咱們府邸，今兒恒親王就說有什麼小白玉。哪來那麼多巧合？」

沈懷孝輕聲道。

沈飛麟聽了暗暗地皺眉。年紀小就是這點不好，什麼話都是避開他說的，所以不管什麼事，他都聽個一知半解，完全弄不懂是什麼意思？

蘇清河點點頭，兩人有默契的不再說這個話題。畢竟在大街上，要是不小心洩漏出去一、兩句就不好了。

一家子開始專心地逛起了大街。

外面小攤上賣的東西，都粗糙得很，不過孩子看著新奇，也就買了一些。也就是一個草編的蚱蜢、泥捏的小人和藤條編的小籃子。

不過，他們就算穿得再低調，也顯然跟普通的百姓很不一樣。頂著眾人打量又畏懼的目光逛街，並不是一件舒服的事。

沈懷孝護著母子三個，走到了一旁人較少的巷子裡。

「要是還想逛，就去琉璃廠吧。」沈懷孝看著喧譁的大街，人來人往的，就怕母子三人不小心被衝撞了。

蘇清河點點頭。既然帶著孩子，還是別人擠人的好。

他們在琉璃廠消磨了不少時候，還買了一些雅致的玩意兒，才起身去了暢音閣。

暢音閣，在正陽大街的最繁華處，占著五間大小的門臉。上下共三層，外面的琉璃瓦熠熠生輝，只看著外觀裝修，就知道這家店的生意有多好。

蘇清河一家子一進門，掌櫃的就帶著小二熱情地迎上來。「貴人這邊請，二樓雅間給您留著呢。」

不用想也知道是恒親王提前打過招呼的。不過這掌櫃的也有一雙識人的利眼，只消這麼一打照面，就認出了眼前貴人的身分。

他們沿著鋪了紅毯的臺階，扶梯而上，掌櫃的則殷勤地跟在旁邊引路。

一樓聚集了不少人，坐得滿滿當當。有人好奇地問：「瞧何掌櫃這般殷勤，這又是哪位真龍下凡了？」

旁邊的漢子笑了笑，伸出四根手指頭。

「安親王啊。」那人點點頭，還真是位真龍。

「這位是真鳳。」那漢子神秘地笑道。

「護國……」那人趕緊噤聲。皇家的事，還是少說為妙。

見過安親王的人不少，見過沈懷孝的更多。這京城說小不小，但說大也沒大到哪裡去。只要是上檔次的地方，來的都不是一般人，自然多少也都相互打過照面。

雅間很寬大，連休息的床榻都有。桌子上擺著蜜餞、點心和茶水，連這個時節不易得的果子，也擺了兩盤。可見這暢音閣，是有幾分背景的。

兩孩子都有些睏倦，便讓嬷嬷帶著去榻上睡了。

蘇清河先用熱水淨了淨手和臉，才坐下來喝茶。

雅間面朝戲臺的一面，只用柵欄隔著，兩側還貼心地掛著簾子。若是想阻隔對面的視線，可以將簾子半拉起來。雅間的後方，則放置了屏風。

跟蘇清河遙遙相對的，正是恒親王的雅間。此時他一個人悠哉悠哉地嗑著瓜子，品著茶水。

蘇清河一點也看不明白，恒親王特意引她到此的目的，究竟是什麼。

樓下越來越嘈雜，沒有座位的人寧願站著，就連上樓的臺階上，也坐滿了看戲的人。

蘇清河並不喜歡聽戲。說實在的，聽也聽不懂。

「你以前常來？」蘇清河問沈懷孝。

「年少的時候，跟幾個狐朋狗友來過。」沈懷孝有些懷念地道：「那時候，這暢音閣好似沒現在這般紅火。」

「那如今為什麼火了起來？」蘇清河說著，就挑了兩個果子在手裡，一個自己吃，一個餵沈懷孝吃。

沈懷孝就著她的手咬了一口。「捧紅了幾個名角，受人追捧是理所當然的。」

蘇清河就明白了，跟追星是一樣的。

沈懷孝示意蘇清河向斜對面看去，就見大公主赫然在座，也不知道是什麼時候到的。

大公主此刻緊靠著最外側的欄杆坐著，歪著身子，顯出婀娜的曲線，有些嫵媚多情的風姿。

這讓蘇清河狠狠地皺了皺眉。這個公主當得也太不顧形象了。

大公主也看見了蘇清河，招招手，點頭致意。

蘇清河回以微笑，然後身子向後面側了側，吩咐沈大道：「把簾子半拉起來。」她可沒有被人圍觀的愛好。

沈大應了一聲，便去拉了簾子。

她嚥下嘴裡的果子，又問道：「知道這暢音閣，是哪家出的資本嗎？」

「早些年不知道。不過聽說，為了那個白玉公子，大駙馬將整個暢音閣盤了下來。自那之後，白玉公子就再沒登過台。」沈懷孝小聲道。他一邊看著外面，一邊注意睡著的兩個孩子。手也沒閒著，正在給蘇清河剝松子吃。

蘇清河自己吃一個，又餵沈懷孝吃了一個，了然地點點頭。「看大公主的樣子，不會是來砸場子吧？」

「聽說大公主一直在搜羅長得與白玉公子相像的男子入公主府，只怕是為了這個小白玉而來。」沈懷孝瞥了大公主一眼道。

蘇清河無奈地道：「這是成心跟大駙馬過不去呢。」你捧在心尖上的人，我偏偏要這麼作踐，養在府裡當個樂子瞧。也不知道這樣的做法到底是傷了誰？「如今這位白玉公子身在何處？」

「據說是被大駙馬金屋藏嬌，好幾年都沒有露面了。」沈懷孝給她續上茶水，再把她面前的瓜子盤默默地拿開。上火就不要吃這些。

蘇清河像是沒發現他的小動作般，低聲道：「這也不對啊。要是大駙馬跟那個白玉真的……大公主懷過的孩子從何而來？大公主雖然養著那些戲子，但也不過是跟大駙馬較勁，還不至於自甘輕賤，跟那些個戲子有了什麼瓜葛。」

沈懷孝梗了一下。這些污穢事，他都不想讓她髒了耳朵，只能道：「哪有不娶妻生子、傳宗接代的道理？」

這就是男女通吃了。

蘇清河的嘴一下子就張開了，半天都沒有合上。讓沈懷孝都不由得尷尬起來。

這麼聽著，大公主也是夠可憐的。人家都是跟女人爭丈夫，她倒好，得跟男人爭。

外面的絲竹聲，暫時打斷了兩人的談話。

沈懷孝暗暗鬆了一口氣。

幸虧她沒再問下去，要是再說下去，他自己都要犯噁心了。

第七十八章 假的

蘇清河還是第一次看這個年代的戲曲。

從扮相上看，大同小異，都差不多。可要是想從那一張張被白粉塗得看不出長相的臉上瞧出美醜來，也不是件容易的事。在她看來，全都是千人一面，哪裡能看得出誰俊誰醜啊？

曲子哀婉纏綿，嗓音也圓潤飽滿，隨著一陣陣叫好之聲，戲臺上被扔得四處都是金銀錁子和珠寶首飾。

蘇清河這才反應過來，聽戲是要給打賞的。

扔在戲臺上的都是一樓的人，二樓都是有身分的人，哪能這般粗俗？不一會兒，就有個小廝前來，端著一個盤子，說了滿嘴的吉祥話。

該怎麼打賞，打賞多少，蘇清河完全沒有概念。怕多給了，讓人生出許多聯想來；又怕少給了，顯得吝嗇。她的身分明擺著呢，可不能丟人。

還好沈懷孝是個中老手，就連沈大也是個可靠的，根本不用主子吩咐，就處理得妥妥當當。

「給了多少？」蘇清河問道。

「八兩金子。」沈懷孝解釋道：「恒親王打賞了十兩，咱們是晚輩，不好多了。」

那就是十八兩金子，都夠小戶人家花用幾年了。這場戲也忒貴。

兩人還說著話，忽然聽見外面傳來一陣吸氣聲。蘇清河轉頭一看，就見大公主那邊打賞了一整塊的白玉。

我的親大姊啊，妳不心疼嗎？這得值多少銀子？把那個小白玉買下來都夠了。

緊接著，就聽見跟在大公主身後的太監喊道：「白玉一塊，還請小白玉上來一敘。」

蘇清河不明白這是什麼道理，便問道：「難道出價高的，還能讓戲子親自作陪？」

沈懷孝回道：「沒錯，看來好戲來了。」

蘇清河看著對面，恒親王隔壁的簾子拉開了，欄杆處站著一個穿著一身紅袍的年輕人。

這是個男人，很漂亮的男人。膚白貌美，唇紅齒白。

蘇清河不由讚道：「瞧瞧人家，那才是真正的『貌若好女』。」

沈懷孝酸道：「娘裡娘氣的，哪裡好了？」

蘇清河不由露出幾分笑意，看著沈懷孝吃醋的臉。

對面的正是大駙馬，他感覺到了蘇清河的視線，也感覺到了她對自己那一瞬間的驚豔。但也只是欣賞，就像是看到了一幅好畫，看過就罷了。

剛才，他在簾子後面都瞧見了，這位四公主和駙馬的感情很好。

沈懷孝一直在給四公主剝著松子皮，四公主則時不時地將吃的、喝的餵到沈懷孝的嘴裡，而身邊的下人也是一副見怪不怪的樣子，就知道人家平時在家，就是這麼過日子的。

他轉頭看向自己的妻子，眼裡閃過一絲複雜，也有些疲憊。

大公主挑釁地看著大駙馬。「怎麼？價錢不夠？」

大駙馬臉上沒有一絲表情，像是看著陌生人一般，平靜地道：「今晚，小白玉已經被人包了，大公主晚到一步。」

「哦？」大公主站在包廂的圍欄邊上，笑問道：「不知道今晚是哪位敢和本公主爭？」

二樓是整個圍起來的圓，想要看見對方，並不難。

而大公主的一番話，讓雅間裡的人都從欄杆處露出腦袋，可能是想看看，還有誰比大公主的勢力大。

沈大也探頭出去看了看，他最先注意到的，是被簾子全遮住的一個雅間。其他雅間頂多是半拉起簾子，坐在裡面的人還能看看戲。

於是，他找來掌櫃的問了問，才知道那是誠親王固定包下來的雅間。

沈大回稟了方才探得的消息。「大千歲的包間，是有人的。」

蘇清河點點頭。心中明白大千歲的包間有人，但未必就一定是誠親王本人來了。她示意沈大繼續說。

沈大又接著道：「在二樓的都是一些皇家宗室，除了殿下您，還有大公主、恒親王和豫親王，剩下的大多都是宗親。」

那就是只要自己不搶，便沒人敢跟大公主較勁了。

她突然心裡一動，吩咐沈大道：「將從家裡帶出來的蛋糕裝上幾盤子，給恒親王、豫親王和大公主送去。你再特意去大千歲的包間說一聲，說我就不過去請安了，問大哥安好。」

沈大知道，公主是想讓他去看看誠親王的包廂裡，坐的到底是誰？

不一時，就見豫親王在另一側朝蘇清河招招手，蘇清河也欠了欠身算是回禮。她一開始確實沒注意到這位十叔。

大公主也知道了蘇清河的意思，肯定不會出來給她攪局的。

等沈大帶著幾碟子回禮回來的時候，蘇清河問道：「看到了嗎？」

「回殿下，不是誠親王，是一位公子，小的看著面生。」沈大道：「不過長得極好。」敢用誠親王的包間，除了誠親王之外，恐怕只有黃家人了。

「黃家的幾位年輕公子，你都認識嗎？」蘇清河問道。

「這個自然。跟著主子在外面，最要緊的就是認人了。」沈大肯定地道：「這人絕不是黃家的人。」

「包廂裡只有一個人？」蘇清河不由皺眉。

「小的不確定，中間還隔著屏風。但從呼吸聲判斷，裡頭至少有四個人。有一個奴僕守門，是個練家子，功夫只怕還在小的之上；另外三人，小的只瞧見那位公子，另外兩個像是刻意屏住呼吸，但小的絕不會聽錯。」沈大道。

這怎麼鬧得跟秘密接頭似的。

越是喧鬧的地方，越是安全，才更能談一些見不得人的事。而且，這戲園子出入人員複雜，要是真出了事，也不容易暴露。

蘇清河覺得其中必定有什麼問題。

沈懷孝吩咐沈大。「給咱們的人傳信，等會兒那個包間的人出去後，不要想著盯人，只要看清對方的容貌就好。記住，別靠得太近，免得打草驚蛇。」

沈大應了一聲，就要出去。

蘇清河叫住沈大。「要是有人問你，就說要去給兩個孩子買吃的。」

另一邊，大公主和大駙馬正鬧得不可開交，兩人互不相讓。

大駙馬道：「總得讓小白玉將這齣戲唱完吧。」

大公主冷笑一聲。「好，等唱完了，看你還能說什麼？」

「大公主要是為了氣大駙馬，這般爭執已經很丟臉了，何必對小白玉這般執著？」蘇清河看著沈懷孝，問道。

「我會讓人查查這個小白玉的身分。既然恒親王特意引了咱們來，必然是有原因的，只是如今還看不明白罷了。」沈懷孝看著大公主。「或許，她可能知道些什麼。」

蘇清河皺眉道：「但是她會說嗎？看她的樣子不像是來捉姦的，倒像是跟駙馬有仇。」

「大公主買過許多肖似白玉公子的戲子，但也沒見大駙馬這般在意過。」沈懷孝呵呵一笑。「確實有些意思。」

「有時候，瞭解自己最多的不是朋友，也不是敵人，恰恰就是自己的枕邊人。這兩人到底是夫妻，大公主對大駙馬的瞭解，肯定也不少。」蘇清河瞇著眼睛看向大公主，不知道在想些什麼。

沈懷孝點頭。「大駙馬唯一被世人所知的，就是白玉公子和暢音閣。至於性情、愛好、朋友、敵人，完全沒有這些方面的消息，甚至無從查找。如今想來，其實挺神秘的。」

兩口子正說著話，就見孩子醒了。

蘇清河看著兩個孩子皺著眉頭過來，便遞了水過去。「可是沒睡好？」

「睡不踏實。」沈飛麟皺眉聽著外面的動靜。「吵死人了。」

「說了先送你們回家，你們自己不願意的。」蘇清河說著，便把點心遞過去。「先墊墊肚子。」

沈菲琪看了戲臺一眼，頓時就怔住了，緊接著臉色大變。這個人她見過！

沈懷孝一直注意著閨女，見她變了臉色，就馬上問：「這是怎麼了？」

蘇清河看到女兒眼中的震驚，她心裡一動，趕緊將閨女抱過來。「怕是被戲臺上的扮相給嚇住了。一張張煞白的臉，可不嚇人？」

沈懷孝伸手摸了摸閨女的額頭，這才稍微放下心來。「別怕，沒事。有爹爹在呢。」

沈菲琪比以前沈穩許多，她壓下情緒，點點頭，往蘇清河的懷裡湊了湊。

她在蘇清河耳邊小聲道：「我在夢裡見過，戲臺上的人，是那個女人的丫鬟。」

丫鬟?!可那明明是個男人。

蘇清河拍了拍閨女的後背，再看看在戲臺上扮作女子、身材婀娜纖細的小白玉，頓時有幾分明悟。上輩子小白玉能偽裝成丫鬟跟在高玲瓏身邊，就代表其身分絕對不簡單。而大駙馬一方面非常看重這個小白玉，一方面又大造聲勢，將小白玉推到人前，究竟是何用意？

高家和黃家之間，好似有一條線，就這麼串了起來。那麼，似乎也該好好查一查江氏是不是跟黃家有什麼聯繫了？

如今沒有高玲瓏，這個小白玉又會何去何從呢？

蘇清河拍了拍閨女的背。「別怕，有爹和娘在，不會有事的。」

沈菲琪靠在蘇清河懷裡，拿了軟和的棗糕，就著茶吃了半塊。

沈飛麟則若有所思地看了娘和姊姊一眼，吃了兩塊芝麻糕，又拿了果子嚐一嚐。

沈懷孝忙著給孩子端茶倒水，哪還有心思聽外面的動靜？直到絲竹聲歇，沈懷孝和蘇清河才抬起頭看向外面。

蘇清河如今倒是不急了。大駙馬費心費力，調教出這樣一個人來，也不知道這個魚餌放下後，到底是想釣哪條魚？不過，顯然大公主就是來攪局的。

就是不知道在這樣的境況下，高家還會不會出手？

此時，就聽見外頭傳來大公主的聲音。「駙馬不肯割愛嗎？你我是夫妻，你的就是我的，何必分得這般清楚？要不然將小白玉請去公主府，如此一來駙馬想聽戲也方便呢。」

大駙馬面色就更冷了兩分。「公主，妳何必強人所難？我是暢音閣的東家，公主又何必壞了我的生意？正如公主所言，妳我夫妻，本是一體，妳若要聽戲，何時聽不得，非得今天聽？若是小白玉沒有被訂下也就罷了，可如今早已訂給他人，總不能讓我失信於人吧。」說著，他躬身行禮道：「殿下，請不要為難微臣了。」

先前還如同夫妻拌嘴一般地吵架，忽地就以君臣之禮相待。這大駙馬還真是能屈能伸，也捨得下臉面。

大公主看著執君臣之禮的大駙馬，嘴角僵了一瞬，沈默了半晌才道：「那麼敢問駙馬，訂下這小白玉的是何人？本宮可以和買主相商，這不算為難你了吧？」

大駙馬愣了一下，貌似無意地抬頭看了一眼。

沈懷孝立即吩咐沈三。「看看今晚三樓是不是也待客了？都是哪些人？」

是啊，這裡是二樓，上面還有三樓。大駙馬這一眼不知道是有意還是無意，但這第三層樓裡，肯定有讓人意想不到的人。

蘇清河也吩咐道：「看看有沒有跟良國公府有牽扯的人？」

沈三應了，趕緊出去查看。

沈懷孝沒來得及問為什麼蘇清河會想到高家，就聽大公主道：「怎麼？不能說嗎？」

大駙馬似乎往蘇清河這邊看了一眼，無奈地道：「與其這樣，倒不如直接把小白玉給大公主殿下吧。」

蘇清河眼睛一瞇。不清楚這大駙馬怎麼好端端的說放手就放手？

就連大公主也詫異地看了他兩眼，一時拿不準他是什麼意思。

轉眼間，小白玉就被領了出來，往大公主那邊而去。依舊是一身戲服，妝容也都還在。眼看小白玉馬上就要走到拐角，突然一道稚嫩的聲音傳出來。「這根本就不是剛才的小白玉。」

說話的正是沈飛麟，他跑到欄杆處，對著大公主喊道：「大姨，姨丈跟妳鬧著玩呢，這人根本就不是小白玉。小白玉看著高，可穿的是木屐鞋底，這個人卻穿了軟緞的鞋底，還能跟小白玉一般高。人怎麼可能長得那般快？我每天吃的飯可多了，但都不長高，他沒吃飯就長個子了。騙人！」
不光蘇清河和沈懷孝愣住了，就是默默看戲的眾人也都傻住了。再一看那不由自主縮腳的「小白玉」，還有什麼不明白的？
一時間眾人都朝蘇清河這邊看過來。就見那小娃娃還沒有欄杆的一半高，半點也沒有怯場，盯著大駙馬道：「大姨丈，你不乖喔。」
大駙馬眼睛一瞇，看向領著「小白玉」的隨從道：「怎麼回事？」
那隨從好似有些不知所措。「小的進去的時候，就見到小白玉坐在那裡啊。」他轉身看向跟在身後的人。「你究竟是誰？小白玉呢？」
就見那「小白玉」渾身猛地抽搐，嘴角溢出血來。沈懷孝從愣怔中回過神來，趕緊一跨步竄了過去，把兒子抱在懷裡，不讓他看到外面的景象。
這一驚非同小可，整個暢音閣頓時就亂了起來。
蘇清河吩咐沈大道：「快去看看大千歲的包廂還有沒有人？」
不一會兒，沈大回來，面色凝重地道：「沒有，茶已經涼了，想來走了不短的時間。」
沈三回來道：「可在大亂之前，前門和後門都沒人進出過。如今亂了起來，誰也不知道人是什麼時候離開的？又或許……這裡有密道或者密室。」他頓了頓，接著道：「殿下讓小的查三樓，但實在無能為力。三樓根本就上不去。」
蘇清河點點頭，看向站在那裡的大駙馬。這個人的手段還真是不一般。
要不是大公主攪局，誰會注意到小白玉和他呢？如今他卻倒打一耙，像是懷疑這些賓客裡，有人換走了真的小白玉。

她收回視線，就見沈懷孝盯著兒子訓斥道：「再不許這麼冒冒失失的。」

沈飛麟雖點頭應「是」，但看樣子也沒有真的往心裡去。

蘇清河也驚訝於兒子的觀察力。說實在的，她就沒看出什麼不同來。

大公主並沒多糾纏，好似順勢就偃旗息鼓了。但到底讓下人將那塊白玉送過來給了沈飛麟，多謝他出言，才沒有讓她被矇騙。

蘇清河看了一眼，就替兒子收下了。她還不至於跟錢過不去。

乾元殿

「怎麼樣了？」明啟帝問道。

「大公主攪和了一通，沒成。」福順小聲地將詳情一一稟報。

明啟帝挑眉，詫異地道：「沒想到，朕的小外孫倒是個心明眼亮的。」

福順低頭稱是。「還沒有半點怯場。」

明啟帝笑了笑，那就得好好賞賞了。

第七十九章　身分

蘇清河和沈懷孝沒有在外面停留，早早地回了家。

突然，宮裡來了兩道聖旨。一道是封沈菲琪為長樂郡主，一道是封沈飛麟為長平侯。

如此突如其來，怎能不讓兩口子莫名驚詫？

今天發生的事情他們還沒有時間細細思量，就得先帶著孩子進宮謝恩。

謝恩回來之後，就見公主府門前熱鬧非凡。這麼大的喜事，恭賀之人絡繹不絕。

沈中璣更是直接帶著沈懷忠和方氏趕過來，看著兩個孩子，眼裡滿是笑意。

「瑾瑜，該帶著孩子祭祖了。沈家又得一個爵位，還是一品侯爵，再不慶賀慶賀，就是對皇家恩典的怠慢了。」沈中璣看著沈懷孝道。

沈懷孝點點頭。只要姓沈，這一步就是免不了要走的，他看了蘇清河一眼，沒有推辭。

「父親儘管準備吧，等選好日子，再通知我一聲，我會帶著兩個孩子過去。」閨女如今是郡主，有資格進祠堂了。

得到了沈懷孝的同意，沈中璣難掩欣慰之色。將兩個孩子看了又看，才告辭出門。

「你和公主今兒帶著孩子去了暢音閣？」沈中璣邊走，邊對送他出門的沈懷孝問道，語氣似乎很隨意。

「是。」沈懷孝眉頭一皺。誰也不喜歡自己的行蹤處處被人關注，卻還是微微一笑。

「孩子們從來沒出過門，就是帶出去瞧瞧熱鬧。」

沈中璣帶著笑意，點點頭。「見見世面也好。」他看著沈懷孝的眼睛，笑道：「只有見的世面多了，才不容易被誘惑。」

沈懷孝點頭，總覺得父親的話意有所指。

沈中璣繼續往前走，語氣一轉，突然道：「當然，這也不能一概而論。比如先皇在世時，到了晚年，便迷戀上一個梨園出身的女子，好像還生了一個孩子。」

沈懷孝停下腳步，驚愕地看著沈中璣，好像從來都沒認識過自己的父親一般。

沈中璣拍了拍沈懷孝的肩膀。「真當你爹這些年的世子是白當的？傻小子。」

沈懷孝看著兩鬢已經染上霜色的父親，心裡五味雜陳。

「哦，對了，那個孩子一出生，他的生母便在一場大火中喪生了。那時候，正是諸王蠢蠢欲動的時候，那個女子死得十分蹊蹺。不知道先帝當時出於什麼原因，那個皇子沒有記錄在宗室的族譜中，他被放逐到冷宮。在先帝駕崩的那一年，失蹤了。」沈中璣的聲音很低。「有人說，那個孩子早就死了；也有人說，是先帝放他出宮了，並且帶走了先帝的遺詔和暗衛營；還有人說，他被人秘密帶走了。眾說紛紜，但如今早已事過境遷，誰又能說得清楚呢？」

「可是按年齡來算，此人也該有三十歲了。」沈懷孝皺眉道：「可那小白玉，也不過十三、四歲的樣子。」

「傻小子，你十六、七歲就當了爹，而我有你大哥的時候，也才十六歲。」沈中璣拍了拍兒子的肩膀，笑了笑，快走幾步，扶著沈懷忠的手上了馬車。「回去吧，定好日子，我再叫人通知你。」

沈懷孝點頭，躬身送父兄離開。

桃李園

「爹爹，我是郡主啦。」沈菲琪極其興奮。她就是再蠢，也知道身分帶來的便利。

「是啊，爹爹的長樂郡主。」他揉了揉閨女的頭，對蘇清河笑道：「皇上給的封號，真是給到我心上了，我就盼著她高興快樂，無憂無慮一輩子。」

沈菲琪迅速地垂下頭。沒有人能無憂無慮，但她會努力讓自己快樂一輩子。

蘇清河看到閨女的反應，還是有些欣慰。學會隱藏自己的情緒，這本身就是一種進步。她轉頭看向兒子，道：「長平也好，平平安安是福氣。」

沈飛麟抬頭笑了笑。這個爵位來得太簡單，他還懵著呢。

「平安快樂，皇上是金口玉言，一定會準的。」沈懷孝看了兩個孩子一眼，給蘇清河使了個眼色。「孩子他娘，妳進來一下，我換身衣裳，得去一趟安親王府。」

蘇清河就知道這是有事了。

兩人起身去了內室，沈懷孝才把聽到的事情說給蘇清河聽。

這讓蘇清河皺了皺眉。如果真是這樣，高家會出手就不奇怪了。

就算是在上輩子，這個人放在高玲瓏身邊也是最適合的，就相當於高家和沈家同時掌控著這個人。

「妳當時在暢音閣，怎麼會認為樓上的人可能跟高家有關？」沈懷孝問道。

能說是因為你閨女的提醒嗎？蘇清河淡定地道：「沈家陷得比高家深多了。我覺得，藏在背後的如果是黃家人，那麼，他就會繼續在暗處操控高家。」

「大駙馬的舉動很奇怪，他既然這麼看重小白玉，就不會輕易讓他亮相。」蘇清河失笑。「既然高家都能查到的事，沒道理黃家把人握到手裡，反倒不清楚這個人的根底。」

「如今，被大公主一鬧，高家也該察覺到這件事的蹊蹺了。」沈懷孝道。「只怕已經疑心到黃家身上了。」

「那麼黃家會如何呢？」蘇清河看著沈懷孝。「你還是悄悄地去一趟安親王府，看看哥哥怎麼說。」

良國公府

良國公看著世子高長天，滿臉的恨鐵不成鋼。「我早說過了，別動，千萬別動！你就是不聽，真是被豬油糊了心。你一個武夫的腦子，怎麼可能算計得到黃斌那滿腦子仁義道德的偽君子身上？」

「還好，沒有釀成大禍。」高長天擦擦頭上的汗，慶幸地道。

「暢音閣今兒那麼多貴人，你把人家當傻子？」良國公瞪著兒子。「你看著恒親王每天走街串巷的，就真當人家是糊塗王爺？你看著豫親王管著內務府，一天計較個三、五十兩銀子，就覺得人家是個貪小財的？皇家的人要都是白癡、傻子，你老子我至於這些年如此清靜無為，只在自己家的池子裡釣魚玩嗎？

「什麼叫做精明？人家這才叫做精明。你不知道還有一種手段叫做『自污』吧？他們要是沒一些缺點，皇上敢讓他們管事嗎？這叫做小節有損，但大事上絕不糊塗。你看看，京城一出現異動，恒親王和豫親王就偏巧出現在暢音閣。你就不想想怎麼會這麼巧？

「現在倒好，那個小白玉還失蹤了；你說誰最可疑？是你還是黃家？我看半斤八兩，都差不多。可能是黃家把人又藏起來了，鬧了個故弄玄虛；也可能是你把人偷出來了，因為你有這個動機。

「如今，黃泥爛到褲襠裡，說不清楚了。」良國公無奈地道。

「黃斌這個老匹夫。」高長天恨聲道。

「別怪人家奸詐，只能怪自己太蠢；不過是個來歷不明的戲子，就讓你亂了陣腳。就算那個小白玉是真的，又能翻起多大的浪？」良國公看著兒子，滿眼失望。「我以前總是嘲笑老沈家，沒想到沈鶴年那個匹夫，不聲不響地養了個好兒子。」

這是說沈中璣。同樣得到消息的沈中璣，就沒有任何動作。

「父親，如今該怎麼辦？」高長天問道。

「不是咱們想怎麼辦，而是人家會怎麼辦。」良國公嘆了一口氣。「你忘了？暢音閣裡，今天還有一位護國公主，你覺得，她只為了看熱鬧才去的嗎？」

「安親王在京城，沒有多大的勢力可用。」高長天一愣，才解釋道。

「那要是皇上樂意將自己的力量給安親王用呢？」良國公看了兒子一眼。「而且，你覺得黃家露出馬腳以後，黃斌會做的第一件事是什麼？」

「當然是撇清嫌疑。」高長天道。「即便全天下的人都在心裡懷疑他，他也會想辦法把自己弄得乾乾淨淨。」

「沒錯。」良國公笑道：「如今就看怎麼才能把黃家逼出來！」

安親王府

「殿下，駙馬來了。」白遠進了書房，小聲回稟道：「是悄悄來的。」

安親王一愣。「肯定是為了今天暢音閣的事，快請進來。」

沈懷孝進了書房，也不客氣，坐下來趕緊將事情原原本本地說了一遍，又將沈中璣的話說給安親王聽。

安親王皺了皺眉。「你跟清河的意思是，黃家在釣魚？」

「這個小白玉是真是假無關緊要，問題是黃家拉高家下水，究竟在謀劃什麼？」沈懷孝低聲道。

安親王的手指敲打著桌面，發出有韻律的敲擊聲，良久才道：「查！咱們光明正大地查。」

五城兵馬司也分管治安，不管怎麼樣，暢音閣莫名其妙地死了一個人，同時還有一個戲子失蹤了。

作為兵馬司的指揮使，沈懷孝還真有查一查的資格。要是別人，恐怕看在黃家和大駙馬的面上，走走形式就行了，但沈懷孝完全不必顧忌這一點。論家世，沈家比黃家強；雖同為駙馬，但自己的媳婦的身分更有作用，他完全可以不賣任何人面子。

沈懷孝知道，這次的搜查不是要查出真相，只是變相地逼迫黃家，看他們會有怎樣的反應？

沈懷孝回道：「知道了，我馬上辦。」

說完正事，安親王心神放鬆，笑道：「父皇的封賞下來了，看來十分看好麟兒那小子。」

「小孩子家家的，就愛瞎鬧騰。」沈懷孝謙虛地笑了笑。

「該宴一次客了。一來你們初回京城，可以多認認人；二來進了新居，也算是一喜；三來也給孩子慶祝慶祝。該高調的時候，還是要高調的。」安親王建議道。

沈懷孝明白地點點頭。安親王不宜高調，但蘇清河就要高調，好提醒那些觀望的人，安親王一脈還是很得寵的。

回到府裡，蘇清河還沒有睡，她靠在臨窗的榻上，翻著手裡的醫書。這是從宮裡找來的絕版。

「回來了？」蘇清河起身。「要不要吃點東西？」

沈懷孝點頭。「隨便上點什麼都好。」說著，他便先進去洗漱。

蘇清河見他心情尚可，想來是問題不大，也就沒再多問。

大公主府

大公主和大駙馬相對而坐，一個冷淡，一個陰沈。

大公主笑看著大駙馬。「今兒倒是奇了，駙馬不在駙馬府待著，怎麼跑到本宮這裡來了？著實是稀客啊。」

「能不能好好說話？」大駙馬陰沈著臉。「這麼鬧下去有意思嗎？」

「有意思啊！」大公主淡淡地抬起眼。「不這麼鬧還能幹什麼？日子可是很無聊的。本宮也想相夫教子啊！可夫在哪兒？子又在哪兒？」

「駙馬府就在隔壁，能有多遠？殿下若是傳召，哪一次我沒過來？」大駙馬的臉色和緩了幾分。「至於孩子，總會有的，妳不要這麼著急。」

大公主臉上閃過一絲猙獰，猛地將桌上的陳設全都拂到地上去。

她的聲音帶著尖利與淒涼。「還想騙我？我今生都沒有機會做母親了，你還敢大言不慚的說什麼會有孩子！我真想看看你的心是什麼做的。」

大駙馬看著大公主，眼裡竟然帶著一絲愕然。「妳說什麼？」

大公主淒然一笑。「還挺會裝的。怎麼？又想說不關你的事？」

大駙馬盯著大公主。「是誰說妳不能生了？前幾天太醫不是才剛診過脈，說是身子已經養好了，這是又聽了誰的胡言亂語？」

「本宮的四妹，堂堂的護國公主，神醫韓素的閉門弟子，她有什麼理由跟我說謊？養好了？誰知道太醫是誰的傳聲筒？如果太醫敢當著護國公主的面，說出之前的診斷結果，你猜猜，那個敢開膛破肚的護國公主會怎麼收拾他？據說我這位四妹，對大夫的醫德操行，尤其看重呢。」大公主的眼裡滿是諷刺。

當初，自己對他的迷戀有多深，如今，對他的痛恨就有多深。

大駙馬慢慢地收起臉上多餘的表情。「那又如何？妳沒有孩子，就是我沒有孩子。妳對我使性子，又有什麼用？」

大公主看著大駙馬的眼神，透著寒意。

「不想讓本宮生下你的孩子，你可以不進公主府，你可以不上本宮的床，甚至可以提前告訴本宮，本宮自會服下避子湯藥。」大公主身子向前傾，瞪著大駙馬。「本宮知道，自己身上也有黃家的血。但你們也別忘了，本宮的生母出身黃家不假，但本宮也是皇室的公主，是粟家的血脈。粟家人的骨子裡，從來都是驕傲的，不是你情我願，本宮還真不稀罕。只要從本宮肚子裡出來的孩子，不管他是不是黃家的種，都會被粟家承認。孩子的尊貴，從來是因為本宮，而不是你。」

大公主語氣頓了頓，向後一仰。「別靠著那點情分，就想操縱本宮。本宮能在皇家長大，你就該知道，我不是什麼菟絲花。皇家公主從來就沒有菟絲花。」

「那麼公主殿下，是不是您以前對微臣的喜歡，都是假的？」大駙馬抬頭，問了一句。

這一句話，倒讓大公主笑了起來。「君既無情我便休，懂了嗎？」

大駙馬面色一變。「妳要如何？」

「和離。」大公主輕聲道。「你給本宮聽著，本宮要和離。天下的男人，長相俊美者不知凡幾，你也不過爾爾。本宮膩了，換一個也就是了。」

「妳敢嗎？」大駙馬呵呵冷笑。「沒有黃家在背後撐腰，妳能有如今的風光？」

「黃家在謀劃什麼，你以為別人不知道嗎？」大公主好整以暇地笑著。「連本宮都知道，你覺得還會是秘密嗎？誠親王的王妃為什麼只生了兩個女兒，近幾年就再也懷不上孩子了？以為再送一個黃家女，誠親王就會讓她懷孕產子？你們也太自大了。

「你們用這樣的手段對付我，但同樣也有人用相同的手段對付你們。想把大千歲當傀儡，你們也太瞧得起自己了。」大公主冷笑。

皇長子要是沒點心機手段，父皇就不會扶他起來對抗太子。黃家有黃家的打算，焉知誠親王就沒有自己的打算。

大駙馬的眼神越發危險起來。「說到底，粟家的人都是冷酷無情的。」

這話讓大公主聽了覺得格外可笑。「這話也不算錯，要不然，能坐穩這江山嗎？」

「自問黃家對得起妳和誠親王了，而如今看來，你們不過都是沒心沒肺的白眼狼。」大駙馬的眼裡閃過一絲厲色。

大公主臉色一變，驀地抽出自己腰上的鞭子朝大駙馬甩去。「你給本宮放尊重點。若是再敢不敬，信不信本宮要了你的命！」

大駙馬受不住疼，呻吟了一聲，臉上脹得通紅。沒想到自己竟被一個女人給打了。

「記住了，如果本宮願意，那麼你我就是夫妻，榮辱共擔；如果本宮不願意，我就是主，你就是奴。若不是你長了一副好皮囊跟了本宮，成了駙馬，你以為黃家會看重你？黃家子孫眾多，你以為你比別人強在哪兒？學識還是能力？你是能文還是能武？你要弄清楚，黃斌之所以重用你，是因為你身分得用，而你的身分，是由本宮給你的。

「可你這個蠢貨，居然害怕將來你們黃家成事了，我的公主身分，或者在你眼裡應該成了前朝公主的身分，會是你上進的絆腳石，不惜數次朝自己的孩子下手。本宮倒要看看，沒有本宮，黃家會如何待你？你猜猜，黃斌會不會讓你用男色去賄賂拉攏那些將領？」大公主笑得十分惡劣，看著大駙馬，很有幾分洋洋得意。

大駙馬臉上數次變色。祖父會嗎？如果有需要，他會的。

祖父不是表面上那個永遠慈祥的老者，而是個惡鬼。他面貌生得好，從小就被祖父安排人教導著，可沒人知道祖父派人教了他些什麼。祖父讓人教他用各種方法取悅女人，也包括男人。

想想那些過往，他就覺得噁心。黃家的子孫，每個人都有自己的定位，有人學文，有人習武，有人經商。而像他這樣長相特別出眾的男子，能娶到公主，已經是最好的結局了。

「公主真要和離嗎？」大駙馬的聲音低了下來，眼底黑沈沈的，讓人看不清。

大公主扭過頭，好似猶豫不決，有些不捨的樣子，但眼裡全是諷刺和嘲諷。半晌，才垂著眼瞼，轉過頭來。「是又如何？不是又如何？」

「公主希望我怎麼做？」大駙馬看著大公主道。

大公主有些詫異地抬起頭。「你這次倒是不以情動人了？」

大駙馬看著大公主。「公主對微臣，心裡再沒半點情誼。情打動不了公主了。」

「駙馬聰明。」大公主有些可惜地看著大駙馬。「以你的長相和智力，咱們的孩子，該是怎樣的聰明漂亮……」

大駙馬盯著大公主。「是我對公主不起，公主打算如何？」

「你害我今生無子，所以你今生也不可能有孩子。咱們扯平了。」大公主彷彿在說一件普通到不能再普通的事。

大駙馬卻臉色白了起來。「妳說什麼？」

「聽不懂嗎？」大公主一字一頓地道：「本宮今生無子，你今生也一樣。」

大駙馬知道這話是什麼意思，想必大公主也在他身上動了手腳。如果他沒有子嗣，那麼就算祖父謀劃成了，對他也並無好處。他如今已經貴為駙馬，即便黃家成事，他也不過是個郡王，能好多少？更何況造反，是得冒著風險的。

他沒有權力指責大公主，因為是他出手在先，而且三番兩次。大公主未嘗沒有察覺，但因為對自己尚有餘情，又明白自己在黃家的處境，所以一直沒鬧出來，只當作渾然不覺。

他從來不知道，女人的感情濃的時候，能膩死人，但一旦收回，會變得這般冷酷無情。不能動之以情，只能誘之以利。

「公主想從我這裡得到什麼？」大駙馬沈聲問道。他現在還不能失去駙馬爺的身分。

大公主這才笑道：「果然是聰明人。本宮需要你去辦一件事……」

第八十章　情斷

不管暗地裡如何風起雲湧，都被京城裡的一件大事擋住了風頭。

護國公主府即將要大宴賓客了。

不用說都知道這是怎樣的一件盛事，大半個京城都動了起來。

不一定能拿到帖子的人家，都已經開始走動關係，希望找人遞話過去，討要一張邀請帖。這可是積攢人脈的大好機會。

陳士誠就屬於忐忑不安的一類人。從涼州回京後，他還沒有任何差事，就這麼被晾了起來，也不知道哪裡出了問題。

他去了安親王府幾次，雖然沒有見到安親王，但是白遠對自己一直非常客氣有禮，一點也不像是有嫌隙的樣子。他也知道安親王回京時日尚淺，又事務繁多，暫時沒能顧得上，但心中還是有些淡淡的不安。

沈懷孝出任五城兵馬司的指揮使，這讓他很意外。據他瞭解，如今五城兵馬司還有個副指揮使的缺，如果這個位置謀求不到，不管東西南北哪個城區，擔任個指揮使也是可以的。

想求沈懷孝，但是公主府的門不是好登的，等閒進不去。這次的宴會，倒是個不錯的機會，他還真不能錯過。

沈懷孝在衙門見到前來拜訪的陳士誠，很是詫異。

「士誠兄怎麼來了？快坐。」沈懷孝顯得很親熱。「沈大，上茶。」

不一時，屋裡茶香裊裊。

「還是瑾瑜老弟會享受啊！」陳士誠聞了聞杯中的茶水。「極品，難得的極品。」

沈懷孝謙虛地笑笑。「在家裡，公主不愛這些。女人家喝的不是果子露就是蜜水，弄點好茶葉，她也跟花啊、果子的煮在一起，看得我心疼，順手就把這茶葉拿出來了，在家裡也就是被糟蹋的分兒。」

陳士誠哈哈一笑。「天之驕女，本就該隨心所欲的。」

沈懷孝無奈地搖頭，轉移話題道：「你老兄是無事不登三寶殿，今日親自前來，是有什麼事？」

陳士誠笑道：「本想上你家裡去拜訪，可你老弟如今貴為駙馬，卻沒有另開駙馬府，這想拜佛還找不見廟門啊。」

沈懷孝愣然了一瞬。「士誠兄也太見外，你打發人給公主府遞帖子就是了。再說哪需要什麼駙馬府啊，一家人分開住，不累嗎？」

這也得駙馬跟公主感情好，才有底氣說這樣的話。

正說著話，沈大提著食盒過來，裡頭裝了一些點心，是公主府打發人送來的。點心做得四四方方，沒有一絲多餘的花紋，顯然是特意為他做的。

「公主對老弟真是上心啊！」陳士誠笑著誇讚，心裡對沈懷孝卻更看重兩分。原以為駙馬不掌權，沒想到沈懷孝會是個特例。

他瞭解沈懷孝，知道他不是個喜歡繞彎子的人，就直言道：「聽說老弟手下還空著一個副指揮使。」

沈懷孝面上不動聲色，心裡卻已經明白此人的來意，想起在涼州的情景，他的心裡就無法對陳士誠毫無芥蒂。他低聲道：「這事，老兄先別急。」他得先安撫好眼前這個人，於是臉色越發嚴肅道：「京城裡最近不安穩，老弟我能坐穩這個位置，說到底還是有公主在後面撐著。」

陳士誠面上十分驚愕。「多虧老弟提醒，要不然我一頭撞上去，還不得頭破血流。」

沈懷孝呵呵地笑。「咱倆又不是外人，真要是個好位置，早就主動給老兄留著了。」

陳士誠點點頭。「那以後還望老弟伸把手，多多提攜一下啊。」

「咱們之間，說這些就多餘了。」沈懷孝擺擺手。

陳士誠見沈懷孝這般爽快，就放下了心，笑道：「你嫂子還想著，哪天要親自登門，給公主請安呢。」

沈懷孝笑道：「家裡要宴客，公主也很忙，到時候讓嫂子接到帖子，過去玩就是了。」

這意思就是肯定會給他們帖子，這讓他更加安心了。

誠親王府

誠親王看著眼前的大公主，眉頭都皺起來了。「聽說，妳又把駙馬給打了。」

大公主呵呵一笑。「打就打了，既然他不願意當主子，那就繼續做他的奴才吧。」

誠親王皺眉。「怎麼說話呢？讓人聽見像什麼樣子。」

大公主眉頭一挑。「我怕誰聽見啊？」她看著誠親王似笑非笑。「大哥，我打駙馬的事，是大嫂說的吧？」

誠親王瞪了她一眼。「妳大嫂也姓黃，駙馬也是她的兄弟。」

大公主不以為然，冷笑一聲。「看來她對娘家的兄弟還是比對婆家的小姑子親啊。」

這話就有點挑撥離間的意思了，就差沒明說王妃偏向娘家。

「行了。」誠親王將茶盞重重地撂在茶桌上。「本王可沒工夫聽妳在這裡說妳嫂子的不是。」

大公主恥笑一聲，也不再糾纏，小聲道：「暢音閣的事情，大哥可知道了？」

誠親王點頭，問道：「妳想說什麼？」

「黃家那點心思，如今還有誰看不出來？大哥真的甘願這樣被牽制？」大公主低聲道。

誠親王猛地抬頭。「慎言。」

「天知、地知、你知、我知。雖然咱們都是黃家女所出，但絕不能成為黃家的傀儡，粟家人可不是那麼好算計的。」大公主的眼裡顯出幾分厲色。

誠親王煩躁地拿起茶盞，抿了一口茶。

他如何不知道黃家的野心。他一方面想利用黃家，一方面又必須防著黃家，如同在走鋼絲、在刀尖上跳舞，要步步小心，處處謹慎。

如今，黃家露出了馬腳，他該怎麼辦？如果他沒有展現出一個明確的態度，依舊模稜兩可，第一個放棄他的必然是父皇。

他看了大公主一眼。「皇妹想如何？」

「太子經過假太子這場風波，已經翻不起浪了，如今只剩下老四和老六是心腹之患。而老四回京時日尚淺，還不足以構成威脅，但老六卻不同。占著嫡子的位置，其實比大哥離那個位置更近；何況，良國公府高家，更是樹大根深。

「大哥，黃家對你是七分利用三分協助；而高家對老六，至少有七分是協助。誰的勢力更大，已經是明擺著了。況且此次高家露頭，咱們想要證明黃家根本沒有和高家苟合的心思，就要先把高家拋出去，剷除高家的勢力，就相當於廢了老六。

「黃家無法跟高家合作，那麼它的勢力就會受到限制，只有被限制了，黃家才算是真的離不開大哥了。如今咱們是以黃家為主，過後，黃家就不得不以咱們為主了。主次一顛倒，黃家的勢力就得聽從大哥的指揮，黃家對大哥的用處，肯定比現在大多了，大哥也不用事事都向丞相大人稟報再決定。既不怕黃家坐大，又能更好地利用黃家，何樂而不為呢？」

大公主抿了口水。「有時候，也要狠心修剪修剪自身的枯枝爛葉，這樣，才能長成自己希望的樣子。您說呢？」

誠親王看著一臉笑意的大公主，微微一笑。「還真是小看皇妹了。」他將茶盞放下。「直說吧，皇妹想要什麼？」

大公主呵呵一笑。「等將來事成之後，我要一個鎮國公主的封號。」

這等於是跟護國公主較上勁了。

「成交。」誠親王笑了笑，看著大公主。「那一切就看皇妹的安排了，需要協助的時候，儘管說話。」

大公主點頭，起身告辭。「跟大嫂說一聲，我就不見她了，省得她看見我就生氣。」

誠親王看著大公主離去的背影，眼睛瞇了瞇。

她的這個主意，不可謂不好。削弱了黃家，不一定就是削弱了自己，反而恰恰相反。當黃家失去依仗的時候，只有自己才能成為他們的救命稻草。

而且，對於父皇那裡，也算是表明了態度。畢竟，他的所作所為看上去是在破壞黃家的計劃，有自斷臂膀的嫌疑。如此一來，不僅會得到父皇的認可，更展現了他的胸襟氣魄。不管境況如何，他都是以粟家江山為重的，沒有因為自身的利益，而縱容黃家。相信這一點，會讓父皇滿意的。

他往後靠了靠，不由得感嘆，女人要是狠起來，還真是讓人脊背發涼啊。

宜園

這幾天沈懷孝都忙得腳不沾地，回來得非常晚。然而，今天倒是個特例，晌午一過就回來了。

蘇清河正帶著閨女，在新闢的菜園子裡澆澆水、拔拔雜草，望著滿地嫩綠的小菜苗，覺得渾身都舒坦了。

「得讓人去街上瞧瞧，看還有什麼海外來的種子，都買一些回來，試著種一種。」蘇清河揉了揉閨女的腦袋，說道。

「我再讓人去找找。」沈懷孝笑道。

「不過是給孩子玩的，你忙你的吧。」蘇清河拉了沈懷孝的手，往回走。

「妳和孩子的事，都是大事。」沈懷孝捏了捏她的手。

「嘴上抹蜜了吧。」蘇清河看著沈懷孝，一個勁兒地笑。「是不是有什麼事需要我出面？直說就是。」

沈懷孝瞪了蘇清河一眼。「胡說八道，我是那麼功利的人嗎？」

蘇清河拉著他在湖邊坐了。「真沒事啊？」

沈懷孝一噎。「還真有事。」

說完，自己也忍不住笑了。

蘇清河給了他一個白眼，一臉「我就知道」的表情。

「是沈家的事。沈家的女眷除了江氏，估計這次都會跟著大嫂過來，到時候……」沈懷孝一臉「妳懂」的表情。「這些人都有些難纏，不過輔國公府太亂，對我們也沒有任何好處。」

「我會幫著世子夫人的。」蘇清河笑道。「這是後宅的事，不用你操心。我提前將世子夫人請過來幫著待客，就已經是表明態度了。」

「還有陳士誠的事，我有些拿不準。」沈懷孝皺了眉頭。「妳再從他夫人身上下手，看能不能問出一些什麼來？」

「你懷疑他？」蘇清河問道。

「涼州兵器的事情，一直是個疑案。若是京城裡出手的是黃家，很多事情就說得通了。黃斌是丞相，想在六部做這些手腳，輕而易舉；但是在涼州若沒有人配合，是絕對不可能的。這個配合的人身分不能低，且還必須是大家都信任的人，範圍就更小了；而陳士誠在和談的時候，表現也非常奇怪……」

蘇清河聽了沈懷孝的陳述，瞬間也皺起了眉頭。

「黃斌任丞相多年，門生和故交到處都是。有些人不一定是真的投靠黃斌，但手裡鬆一鬆、賣他面子的，卻大有人在。偶爾為丞相辦幾件事的人，也是有的。」沈懷孝肅著一張臉，表情凝重。

「這個陳士誠，倒像是把權利看得特別重的人。」蘇清河想了想。「你說的我都知道了，我會注意苗氏的。」

兩人一邊說著話，一邊牽著手往屋裡走，商量著發請帖的事。

「白家那邊，妳打算怎麼辦？」沈懷孝側頭，看著蘇清河。「文遠侯畢竟還活著，要真是倚老賣老，鬧出什麼事情來，就不好看了。」

蘇清河知道，肯定是文遠侯府有人求到沈懷孝跟前了，但她可沒打算遷就那個老人渣。「那些人是沒臉皮的，正因為他們不顧臉面，而大家都是要臉的人，所以才沒人願意跟他們一般見識。但我可不慣他們的臭毛病。」

沈懷孝見了蘇清河的態度，就點點頭。要是實在不行，他就讓人把白家的人都絆住不就得了。

第二天一早，蘇清河就帶著孩子進了宮。

賢妃見了他們自然高興，沒有孩子在身邊，做什麼都不起勁。「兩個孩子就跟我住幾天，過兩天我再給妳送回去。」

蘇清河揉了揉兩個孩子的腦袋。「成。正好這兩天女兒準備宴客，忙得顧不過來，就讓他們在宮裡待著吧。等到了宴客那天，再來接他們回去，該見的人總得見見。」

賢妃點點頭，拉了閨女坐下。

「應該的。妳剛回來，要跟宗室裡的長輩們好好相處。」

說著，她把瑪瑙碟子裡的櫻桃往蘇清河那邊推了推。

蘇清河見兩個孩子都已經吃上了，才拈了一顆在手裡。「這點女兒知道。這次進宮來也是想問問娘，這些年您在宮裡，跟宮外也斷了聯繫，若是還有故交需要照顧，告訴我一聲就好。咱們現在有能力了，您也不必顧忌什麼。」

賢妃愣了一下，眼圈就紅了。她良久才道：「別的人倒也罷了。只有一個人，妳無論如何都要替我找到，他對我和妳舅舅，有大恩。」

蘇清河挑眉，心裡不由納悶。既然有大恩，還讓賢妃念念不忘，那為什麼這些年白坤沒有想著找人？

賢妃似乎是看出了蘇清河的疑惑，又道：「妳舅舅也是不知情的。那時候他還小，根本就不知道，等到他大了，我也進宮了，沒機會說起這些舊事。」

「娘儘管說，只要這人還活著，女兒必定給您找來。」蘇清河拍拍賢妃的手，輕聲道。

「這個人是我的小舅舅，李勛。」賢妃低聲道。

第八十一章 李家

娘親的舅舅？蘇清河有些愕然。

她從沒聽人說起過賢妃的母家，如今想來，也著實奇怪。能嫁給文遠侯這樣的勛貴，那麼這個原配必然出身不低，必然不是無名之輩。

文遠侯寵妾滅妻，更沒有善待原配子女，為什麼原配的娘家卻無人出面呢？如今看來，也是有諸多的隱情。

「我的母親，出身廣寧侯府。」賢妃解釋道。「如今已經沒有廣寧侯府了，妳不知道也不奇怪。我母親的姊姊，我的親姨媽，就是先皇的皇后，也是先端慧太子的生母。」

蘇清河吃了一驚。原來，廣寧侯府曾經如此顯赫過。

「當年，隨著端慧太子的逝去，李家也被牽連，全族皆被處決。而我的小舅舅李勛，那年不過是十幾歲的少年，他喜好遊歷，時常四處遊蕩，不在府中，這才倖免於難。後來，他聽到家裡的消息，乾脆導了一齣意外，讓人以為李勛遇難了。那時正是多事之秋，也沒人揪著一個不大的孩子仔細辨認，小舅舅就這樣活了下來。

「當時是我的母親派了自己的奶嬤嬤去收屍。那奶嬤嬤是李家的家生子，一直跟在母親身邊，對李家的孩子自然是熟悉的。她回來稟報說，那死去的人並不是家裡的小少爺。我記得母親當時慶幸極了。李家也總算留下了一條根。

「後來，母親莫名其妙的就病死了。」賢妃冷笑一聲。「如今想來，這病，可不就蹊蹺得很？」

蘇清河一愣，才道：「娘是懷疑，外婆的死跟文遠侯有關？」

賢妃點頭。「也是這些年我一個人在宮裡沒事，琢磨出來的。那雪姨娘幾個孩子的出生，無不是隨著端慧太子的起落而來。」

蘇清河思索道：「若是這樣的話，這文遠侯還真是……」為了不讓文遠侯府受到牽扯，他也算是費盡心機了。

賢妃不願意說關於文遠侯的事，又接著道：「母親死後，我跟妳舅舅的日子格外艱難，吃的是冷飯、穿的是舊衣，這些我都能忍。可眼看妳舅舅也該到了進學的年紀了，卻毫無門路和辦法。

「我常常自己帶著丫鬟繡一些繡品拿出去賣，換成銀子回來攢著。不過那時候我才多大，手藝更是稚嫩得很，可還是回回都能換來銀子，時間一長，我就察覺出了不對勁。後來，我讓母親的奶嬤嬤去打聽，才知道，想辦法貼補咱們的是小舅舅。他沒辦法露面，也才十幾歲大，每天靠給人扛活換點散碎銀子，卻全貼補給咱們姊弟了。

「後來，他又匿名給文遠侯送了一封信，不知道寫了什麼。不過之後，咱們姊弟的日子就稍微好過了點，妳舅舅也能出門讀書了。可等我再想讓人找他的時候，卻已經找不到他的蹤影。」

蘇清河點頭。這個李勛按年紀算，應該也快五十了。「娘放心，女兒一定會找到他的。」

「先別讓妳舅舅知道，這裡面牽扯到妳外婆的死因，我怕他那個急脾氣一衝動起來，會鬧得不可收拾。再怎麼說，文遠侯是咱們倆的生身父親，忤逆弒父這樣的罪名，他可不能擔啊。沒必要為了那個畜生，毀了自己的名聲。」賢妃叮囑道。

蘇清河答應了一聲。「娘，您放心，女兒知道怎麼做。」

蘇清河在西寒宮吃了一頓飯，扔下兩個可憐巴巴的孩子，一身輕鬆地回了家。家裡沒有孩子，終於可以過過兩人世界了。

沈懷孝回來，就見蘇清河歡喜地撲過來，屋裡也沒留伺候的人。他不禁有些奇怪，問道：「這是怎麼了？」一邊問著話，他的雙手卻自然而然地攬住了蘇清河的腰。

「我把孩子們送去宮裡了，他們要在宮裡小住兩天，家裡就剩咱們了。」蘇清河掛在沈懷孝的脖子上。「就咱們兩人，好不好？」

沈懷孝笑了起來。「妳是想幹什麼？居然會覺得孩子礙事了。」

蘇清河瞋了沈懷孝一眼。「不幹什麼，就是想兩個人待著，不行啊？」

沈懷孝笑道：「我先去換身衣裳，咱倆去個好地方。」

蘇清河看著他迅速地梳洗完，然後換了家常的衣裳，拉著她就走。

沒想到，沈懷孝竟帶著她到了船上。

宜園的湖水引的是活水，也能行得了兩層的樓船。划著船往湖心而去，月光灑在湖面上，別有一番意趣。

晚上，兩人就歇在船上。

夜風吹來，帶著一絲涼意。朦朧的月光下是微微搖擺的船，船上男女粗重的喘息聲，一直到半夜才止住。

沈懷孝看著蘇清河在月光下淌著汗水的臉，心不由得又火熱起來。難得有這麼放縱的時候。

「好點了嗎？」沈懷孝撥開蘇清河的頭髮。「最近，妳心裡的弦繃得太緊了。」

所以，他就用這種方式讓她放鬆嗎？其實她原本只是想拉著他的手，一起踏著月色、賞賞花而已。

她張口想說些什麼，但嘴裡乾澀得厲害。剛才好似被他喚起了最原始的慾望，渾身酣暢淋漓，弄得嗓子也叫啞了。

她點點頭，沒有說話，又指了指茶杯。

沈懷孝起身拿一旁的茶杯倒了些水，餵蘇清河喝了，自己才又躺過去。

蘇清河將被子往上拉了拉。「讓人聽見可怎麼得了。」

「就咱們倆，怕什麼，叫破天也沒人聽見。」沈懷孝給蘇清河理了理頭髮，笑道。

「我最近是挺緊張的，也就你看出來了。」蘇清河嘆了口氣。「這公主還真不是好當的啊，在外人面前可不能露出一絲膽怯。」

「我知道，我都知道。」沈懷孝把人往懷裡一摟。「慢慢習慣就好。」他轉移話題。「剛才那樣，喜歡嗎？」

蘇清河的眼睛亮了一下，隨即不自在地扭過頭沒說話。

沈懷孝勾起嘴角，低低地笑了起來。

蘇清河伸出手捶了他一下。「不鬧了，跟你說點正事。」

沈懷孝「嗯」了一聲。「妳說，我聽著呢。」

蘇清河就跟他說起廣寧侯府的事。「這都是幾十年前的舊人了，找起來也不容易。」

沈懷孝驚訝了一瞬，才道：「沒想到廣寧侯府還有人活著。」

「怎麼？你知道廣寧侯府？」蘇清河詫異地問。

沈懷孝不確定地道：「嗯，小時候恍惚聽誰說過，先端慧太子留下了一筆寶藏不知所蹤，據說握在其母族的手裡。過去曾有人試圖找過廣寧侯的後人，也不知道找到沒有？我會讓人在暗處打探打探。」

蘇清河的心就跟著突了一下。要真是這樣，事情就不是報恩這麼簡單了。

沈懷孝撫著她的背。「妳先別多想，等找到了人再說。」

李家的事情交給沈懷孝之後，蘇清河暫時沒精力過問。

護國公主府宴客的帖子已經發出去了，她也開始忙碌起來。

就算有蘭嬤嬤和賴嬤嬤幫著張羅，可她自己也輕省不了，許多事情，還是一樣得親力親為。

蘇清河還特意請了安親王妃來，詢問一些她不知道的忌諱。比如哪家跟哪家有嫌隙，那就不能安排在一桌上，省得彼此尷尬。哪家跟哪家是親戚，或者關係甚好的世交，那麼安排在一起，至少不會出錯。

蘇清河聽著這些錯綜複雜的人脈關係，覺得獲益匪淺，甚至從裡面隱隱看出了一些朝堂的勢力劃分。

她收攏心思，又聽著萬氏講了一些宗室長輩們的飲食忌諱，這些也都是要格外注意的地方。

「多虧嫂子，要不然我還不知道該從何著手呢。」蘇清河笑道：「到了宴客那天，再麻煩嫂子早點過來，宗室這邊，還得嫂子幫著待客。」

要是讓才來京城不久的她，一個人處理這些事，那麼在不清楚許多細節的情況下，難免會得罪不少人，讓別人覺得她不夠用心。

萬氏拍了拍蘇清河的手。「這點妳放心，都交給我了。」

她其實也鬆了一口氣。這個小姑子著實不是個難相處的人，想起娘家遞來的消息，她就笑道：「我那兄弟，如今不過是一個小小的秀才，倒是煩勞妳這個堂堂的護國公主下了帖子給他，我那弟妹接到帖子，可是惶恐極了。」

萬家在京城中只有這一個子弟，是萬氏的堂兄。

「這位大舅爺年紀輕輕就考上了秀才，前程自不在話下。萬家的子弟，人品學識我還是信得過的。」蘇清河語氣誠懇，誇讚道。

萬氏笑得越發真誠。雖然只是個堂弟，但在京城，那也是唯一一個娘家人，給萬家面子，就等於是給她這個嫂子長臉。

她拍了拍蘇清河的手。「嫂子不跟妳見外，妳也別跟嫂子見外才好。」又問她其他的人家要怎麼招待。

蘇清河扳著手指道：「除了宗室，再就是勛貴。勛貴人家，我請了輔國公府的世子夫人方氏前來待客。」

萬氏點點頭。這個安排，是極為妥當的。不說方氏主持中饋，在京城頗有些好名聲。單就她考慮到給駙馬面子，要照顧沈家人這一點，就值得誇讚。

蘇清河又道：「至於招待那些官家夫人，我請了舅母前來幫襯。」

萬氏點頭。又是親近的人家。盡心不說，招待官家夫人，身分也足夠了。她提醒道：「駙馬如今在五城兵馬司，他的下屬怕是有一些小吏要來磕頭，可有妥當的人招待？」

這些人可能都是小門小戶，磕頭也都是在院子外面，蘇清河是不會見的。但要是不招待卻又失了禮數。本來，派個得臉的嬤嬤去接待也是可以的。

蘇清河笑道：「公主府的護衛統領，以前在軍中也是百戶。他的媳婦，出身小戶之家，為人老實本分，我讓她出面陪客。」

這說的是葛大壯的媳婦范氏。

萬氏笑了笑。這確實比讓嬤嬤出來陪客還要體面。

見蘇清河心裡自有算計，萬氏也就告辭了。

這邊蘇清河正忙著定宴客的菜單，沈懷孝卻急匆匆地回來了。

「怎麼了？」蘇清河打發了伺候的人，忙問。

「找到李家的人了。」沈懷孝小聲道。

「這麼快?!」蘇清河吃了一驚。

沈懷孝點頭。「也是湊巧了，人就在我的手下。不過，他不是李勛，是李勛的兒子李繼。」

「難道他們就在京城？不僅沒躲，反而入了官場？」蘇清河驚疑不定。

沈懷孝回道：「不過，也算不上什麼了不起的官職。就是南城兵馬司一個不入流的吏目。」

蘇清河想了想，便明白了。五城兵馬司下設東、南、西、北、中五城，而京城的格局是東貴、西富、北貧、南賤，因此南城兵馬司確實算不上什麼好衙門，而吏目這個職位，就更上不得檯面了。

可即便如此，也算了不起的成績，李家人躲躲藏藏之下還能有今日，著實不容易。

「先把人調到你身邊，再看看情況吧。」蘇清河不敢隨意與李家人有所接觸。畢竟都過了好些年，誰知道這些後人，都是些什麼樣的人品呢？她如今更想知道的是，李勛是不是還活著？

沈懷孝知道了蘇清河的想法，馬上下去安排了。

李繼，身形高大粗壯，是個標準的大漢，卻也是個極為心細的人。

大家都知道他出身不高，家裡的父親不過是個鐵匠。雖沒有入匠籍，但也確實是靠手藝吃飯的人家。

因此，他能從一個打雜的小衙役，混到如今這個吏目，可是費了多少心思。

可這傢伙的好運還沒用完。不知道是被哪個貴人瞧上了，竟然調到了總司衙門去做了書吏。別看只是一個小小的書吏，也算是在總司指揮使的眼皮子底下幹活啊，被提拔的機會比別人大了很多。

聽著同僚們的恭賀聲，李繼面上笑容如常，心裡卻「咯噔」一下。自家人知道自家事，他們李家究竟是什麼人家，別人不知道，他當然是最清楚的。

他客氣地寒暄道：「改日一定請大家喝酒。」又去跟南城兵馬司的兩位上司道別，就趕緊往家裡趕。

這些事，還是得跟自家老爹說一聲。

李家在南城最繁華的街道上，前面是李家的鐵匠鋪，後面才是李家的宅院。

家裡只有父母和一個十七歲的弟弟，人口簡單，生活還算過得去。尤其他在衙門混出頭了以後，在這個地區更算得上是有臉面的人家。

老爹早就不親自打鐵了，鋪子裡有學徒看著。

弟弟是個讀書的苗子，才十七歲，便已經是秀才了。

他也知道父親的心事，他期盼著李家能再重新爬起來。所以，他二十多了，尚沒有說親，就是希望能擺脫如今的身分，將來說一門好的親事。

李繼不知道這次是不是李家的機會，但他還是隱隱有些興奮。這總司的指揮使可是駙馬爺，據老爹說，自家跟安親王一系有些不淺的瓜葛，而這位沈駙馬，不就是護國公主的丈夫嗎？

李勛兩鬢灰白，臉上的皺紋深淺交錯，已經有些老態。他剛收起鋪子裡的帳本，就見長子匆匆忙忙地進來了。

「怎麼這個時候回來了？」李勛愣了一下，從壺裡倒了一大碗涼開水遞過去。「解解渴吧。」

李繼一口氣灌下去，連碗都來不及放下，就道：「爹，咱們家的機會，說不定就在眼前了。」

李勛一愣，一下子站了起來。「這話怎麼說？」

李繼放下碗，眼裡的興奮怎麼也掩不住。「我突然被調到總司了。」

「是那位沈……」李勛眼睛一亮，止住話頭，才起身關上門窗。「是那位駙馬爺把你調去的？」

李繼點頭。「除了他，我想不到別的人了。」

「佛祖保佑啊！」李勛似笑非笑，似哭非哭。「真是佛祖保佑、老天有眼，李家要起來了。」

李繼疑惑道：「您這麼肯定？咱們家到底跟安親王是什麼關係？」

「宮裡的賢妃，也就是安親王和護國公主的母親，是我的親外甥女。」李勛抹了一把老淚。

「你說是什麼關係？」

「我的老天爺啊！」李繼嚇了一跳。

他知道自己家的來歷不簡單，但從沒想到會如此顯赫。那麼，賢妃豈不是他的表姊？自己這是比安親王和護國公主都長了一輩吧。

李繼抬手，用雙手搓了一下臉，才清醒一些。「爹和賢妃娘娘的年紀……相差應該不多吧？」他有些不確定地打量自家老爹。

「你爹我是家中老么，本來家裡還有比我年長的姪子，不過……都死了。」他嘆了口氣。「有個只比我小幾歲的外甥女，有什麼好奇怪的？」

李繼思索道：「那這次人家找咱們，究竟是什麼意思？」

李勛感慨地道：「我那苦命的二姊沒嫁個好人家，家裡蒙難以後，她就莫名其妙地死了，留下外甥女和外甥在白家受苦。那時候我也年輕，能幫的不多，更何況還不能拋頭露面，所以也不能為他們討公道，只是暗地裡幫襯了幾個銀錢，沒想到宮裡的賢妃記了這麼多年。這些年，我還以為她也折在宮裡了，沒想到還有翻身的一天。如今她的一雙兒女有出息，她也有能力了，這才想方設法要打聽我吧。」

原來如此！能記得恩情的人，想來也差不到哪裡去。

李繼問道：「那依爹看，明天我該主動去認親嗎？」

李勛搖頭。「你去拜訪一下那位駙馬爺，別的話不用多說，只幫著爹轉交一件東西即可。」

「什麼東西？」李繼問道。

李勛站起身來，從佛龕的下方暗格裡，拿出了一樣東西……

第八十二章　地圖

一大早，沈懷孝進了衙門。才剛坐下，沈大就進來稟報道：「主子，那個李繼來了，要求見您，如今就在門外。」

沈懷孝一愣，居然來得這般快。他點點頭。「請他進來說話。」

沈大見主子這般鄭重，就知道自己該擺出什麼樣的態度。他再次出來，對李繼又客氣了兩分，躬身請李繼進去。

李繼心裡便有數了，知道對方是充滿善意的。

沈懷孝見人進來，起身迎了迎。再不濟，這人也是岳母的表弟，長著他一輩呢。

李繼還是按照尊卑，沒有稱呼「指揮使大人」，而是叫了一聲「駙馬」。他將懷裡的小匣子拿出來。「這是家父讓在下轉交的，還請駙馬收下。」

沈懷孝看了李繼一眼，心裡頓時驚濤駭浪。

這個匣子沈懷孝一點也不陌生。他從京城給安親王帶的密旨，就是用這樣的小匣子裝的，而這樣的匣子自然出自皇家，身分一般的人是不可能會有。如今這樣的東西卻從李家被拿了出來，想來當日傳出有什麼寶藏的話，未必就是空穴來風。

沈懷孝客氣地接過匣子。這樣的東西若留在李家，是禍不是福。

他把匣子收好，請李繼坐下，等沈大上了茶出去，才道：「家裡的老太爺可好？」

按照輩分，叫李勛一聲老太爺，他自然是當得起的。
李繼愣了愣，才反應過來人家問的是他爹，就笑道：「家父身子康健，一切都好。」
沈懷孝點點頭。「家裡其他人都好嗎？」
李繼又點點頭，知道他是想問自己家裡的人口境況。儘管對方可能已經打探得一清二楚了，他還是老實地一一說了。「父母都健在，還有一個弟弟李續，如今正在南山書院讀書。」
沈懷孝點頭。這些事跟他所打聽到的是一致的。
李勛的妻子，也是當年被連累的官家小姐，在機緣巧合下，被李勛救了出來，沒淪落到骯髒的地方去。兩人就湊在一處過起了日子，後來生了兩個兒子，就是李繼和李續。
沈懷孝見對方這般有誠意，也就沒說什麼廢話繞圈子。「宮裡的娘娘這些年一直記掛著你們，無奈不方便打探；而白家的白坤白大人，性子有些魯莽。再加上當年文遠侯夫人死得不明不白，娘娘怕和盤托出反而壞了事，沒想到這一耽擱就是二十多年。如今她託了公主，說是無論如何要找到老太爺，要不然她寢食難安。」
李繼心中有著感動，回道：「家父也常恨當年還年輕，能力有限，沒幫上什麼忙。」
沈懷孝笑一笑，才道：「你先在衙門裡幹著，以後的事情，咱們慢慢安排。公主是個急性子，說不定最近會去家裡拜訪老太爺，希望不會給你添麻煩。」
「哪裡敢？只是家裡簡陋……」李繼有些激動，忙道。
「公主不在意這些。」沈懷孝擺擺手。「你去忙著，我先回去向公主交差。說不定之後安親王也會找你說話，到時你不必緊張，據實以答就好。」
李繼心裡長吁了一口氣，點頭應「是」。
送走了李繼，沈懷孝沒有耽擱，趕緊回家去找蘇清河。
蘇清河翻看著匣子，卻連鎖眼都找不到。「看來，還是得拿給哥哥瞧瞧。」
沈懷孝點頭。他知道皇家肯定有別人不知道的辦法，來傳遞消息和保存東西。
「別帶著這東西來回跑了，要不然讓人去請哥哥來一趟。」蘇清河建議道。
這東西被李家藏了這些年，必然有不為人知的重大秘密，容不得半點閃失。
沈懷孝應了一聲，便打發沈大親自去安親王府請人。
安親王剛送走前來拜訪的軍中將領，才喝了口茶，就見白遠帶著沈大進來。
「何事？」安親王看著沈大問道。
沈大躬身道：「駙馬請王爺務必儘快過去一趟。」
安親王一愣，這還是從來沒有過的事。有什麼事向來都是沈懷孝親自登門的，今兒怎麼這般慎重？他沒有猶豫，起身就走。
等安親王在宜園看到那只匣子，面色微微一變。
「哥哥，快坐。」蘇清河讓安親王坐下。「你看看能不能打開？」
「哪來的？」安親王沒有動手，先問道。
蘇清河將李家之事，簡單地說了一下。
安親王挑眉，他還真沒想到李家竟跟前端慧太子有瓜葛。可如今前端慧太子一脈沒留下一點骨血，他留下的東西，自然就是無主之物。

沈懷孝默默地退出去。匣子的秘密他還是不要知道的好。

安親王見屋裡只有自己和妹妹兩個人，倒是不避諱地從玉珮的機關裡拿出鑰匙，在匣子上扭了幾下，就打開了。

蘇清河不解地道：「難道這鑰匙是萬能的？」只要是這種匣子都能打開？那也沒什麼秘密可言啊。

安親王白了蘇清河一眼。「想得美。我這把是父皇特意給的，才能打開所有的匣子。」

蘇清河這才釋然。不過明啟帝也夠偏心的，將這麼一把鑰匙給了安親王，那其他人在安親王這裡可就沒什麼秘密了。

她收斂神色，就見安親王從裡面拿出一張極薄的皮質捲軸，慢慢地展開放在桌上。

「這不是人皮吧？」蘇清河皺眉道。

「胡說，這是雪蠶皮。」安親王白了蘇清河一眼。「這東西極為難得，據說萬年不腐。」

蘇清河驚奇了一瞬，都不敢用手去碰觸，只是好奇地看著上面的地圖。

上頭畫著山川河流，還有人工開鑿的甬道，都很清晰明瞭。

「這是什麼山？」蘇清河皺眉問道。

安親王的神色越來越肅穆。「清河，叫瑾瑜進來。」

蘇清河點頭，揚聲道：「孩子他爹，進來吧。」

安親王又看了蘇清河一眼，不管聽幾次，這土氣的叫法都無法讓安親王適應。

沈懷孝就守在門外，聽見蘇清河的叫喊，就推門進來。

他看見桌上的匣子已經打開，沒有多問，只把視線落在那白色的皮質地圖上。「這怎麼像是京畿與遼東相接的馬口山？」

安親王抬頭看了沈懷孝一眼。「你也覺得像？」

沈懷孝一愣，點點頭。「我覺得不是像，根本就是。你看這條河的走向，再過去便是入海口。」

「你是說，這條河從馬口山穿過，直接就入了海？」安親王問道。

沈懷孝點頭。「那塊地方十分貧瘠，馬口山又靠近入海口，所以過去的人不多。再說此地臨近遼東，冬季寒冷且漫長，河口都被凍住，無法行船，就更少有人去了；不過，山裡還是有一些山民在。據說山民冬日會在山中捕獵，等河水解凍時就出海捕魚，都是以此為生。我去遼東的時候，在路上聽一些行商說的，我也沒親自去過。」

「這麼個地方，有什麼值得保密的？」安親王看著地圖，百思不得其解。

蘇清河盯著那張地圖，腦中不由得閃現出前世所讀過的礦產區分布圖。這塊地方，不就是個礦區嗎？

山上有礦，山下有河。將礦石裝上船，順著河走，就到了入海口，而海上有基地……那麼這一切就嚴絲合縫了。

「這是礦山，這一定是礦山！」蘇清河失聲道。

安親王和沈懷孝對視一眼，又雙雙把視線落在地圖上。安親王的手指順著河流的方向滑動，果然接到了入海口。他點點頭。沒錯，只有是礦山才說得通。

鐵礦一直都被朝廷嚴格控管，想要得到談何容易。可若是有一處新的礦山還沒被朝廷發現，那就不同了；何況這座礦山的地理位置如此優越。

「這樣一來，所有的線索就都對上了。」安親王長吁了一口氣。「我得進宮一趟，這件事得讓父皇知道。黃斌應該已經從別的渠道知道了這個地方，因為他家的一個子弟就在馬口山所在的海山縣擔任縣令。」

沈懷孝感嘆道：「還好，老天保佑，如今還不算晚。」

安親王收起地圖。「到時候還得估算一下這些年來，黃斌究竟運了多少礦產出去，就能知道他能武裝多少人。」

沈懷孝頗為認同，他站起身來。「此事要緊，我親自送王爺進宮。」

安親王點頭。此時出不得半點差池。

福順腳步匆匆地進到乾元殿。「皇上，四殿下求見。」

明啟帝一愣。「老四來啦？這小子向來是無事不登三寶殿，快讓他進來吧。」

福順聽出了皇上的好心情，笑咪咪地出去迎了安親王。

安親王進了大殿，便道：「父皇，兒臣有要事稟報。」

明啟帝示意福順退出去，才道：「過來說吧。」

安親王急得頭上都冒火了，他趕緊把地圖遞過去。

明啟帝看著手裡的地圖，聽安親王說著來龍去脈，眉頭越皺越緊，良久，才恍然道：「原來如此。」他看著安親王的眼神帶著欣慰之色。「多虧有你，否則，朕還真是有許多地方想不通。」

安親王搖頭。「都是妹妹機靈，這些風馬牛不相及的東西，被她一串起來，竟然十分合情合理。這份本事，兒臣可是沒有的。」

明啟帝欣慰地道：「你們兄妹感情好，你願意相信她，她願意為你出力，這是你們彼此的福分，要珍惜才是。」

安親王點點頭。「兒臣謹記父皇教誨。」

明啟帝擺擺手。「咱們父子說一會兒私房話，不用這麼拘謹。」他搖了搖手裡的地圖。「這個老匹夫啊！這些年名聲極好。都說他是處事公正，心無雜念，耿耿忠直之臣。」明啟帝嘴角勾起幾分嘲諷的笑意。「當年，你那些伯父們，確實留下了不少人，如今看來，都被這老匹夫收為己用了。就不知道他從什麼時候起，生出了這樣的心思。或者說，是你祖父……」

安親王搖搖頭。「母妃告訴了清河一些事，清河也沒瞞著兒臣。咱們兄妹琢磨著，或許這就是個騙局。」安親王說得極為謹慎。「清河從一個大夫的角度，仔細地研究了祖父當時的病症，她說祖父他老人家活到現在的可能性不大；而且兒子從手段來看，也認為不像是祖父所為。祖父晚年被藥物所累，可能荒唐過，卻當得起是一代明君，兒子更傾向於是黃斌裝神弄鬼，或者脅迫了祖父。」

明啟帝一愣，看著安親王。「你是這樣認為的嗎？」

安親王點頭。「一個做了幾十年皇帝的人，怎麼可能忍得了在暗處行事？依祖父的性子，若是真活著，以他在朝臣和百姓心中的威望，一聲號令，跟隨者眾多，何必使這些陰暗算的伎倆？」

明啟帝眼神有些迷茫。「真是這樣嗎？」

安親王小聲道：「父皇，您心裡還是希望祖父活著，盼著能得到祖父的認同吧？」

明啟帝搖搖頭。「那幾年，咱們父子形同水火，情分早就耗盡了。」

安親王眼神一閃，斟酌道：「黃斌那時候可是祖父的心腹大臣，兒臣總覺得，或許您和祖父的事，少不了他居中挑撥離間。如若他早就有了不臣之心，那或許在祖父晚年，許多決定都不是祖父自己的意思。」

明啟帝眼裡閃過愕然，這種情形，他從來沒有想過。自從知道遺詔一事之後，他心中的理智早已被恨意取代，如今想來，真的沒有這種可能嗎？有，太有了！

先帝當時依靠著藥物，很多時候都控制不了自己，根本沒有理智；而他的宮殿，只有黃斌父子能夠隨意進出，當時的禁軍統領，正是黃斌的兒子。

明啟帝猛地站起身，就像是一頭暴怒的困獸。「這個老匹夫！」沒想到自己竟然被這個老匹夫愚弄了這麼多年。

安親王看了看明啟帝的樣子，心中沒有任何後悔。這件事，他也是臨時起意挑破的。

在他看來，不管先祖父有沒有死，都得當成已經死了來處理。

父皇對祖父是有些懼怕，但這些年來的畏手畏腳，未嘗沒有一點情分在裡面。或許父皇覺得，他如今已經坐上了龍椅，也坐穩了，不如就讓那可能還沒死的祖父壽終正寢吧。再耗上幾年，祖父年紀大了，也就死了，既全了父子情分，又不必背著弒父的罪名。

可這點情分，卻被黃斌給利用了，只要皇上不動手，黃斌才有時間從容布局。事到如今，如果不捅破黃斌的陰謀，父皇還是會顧念著祖父，以溫和的手段處理此事，那就會錯失了良機。

安親王在心裡是有些敬佩黃斌的。這個野心家就如同螞蟻搬家一般，緩緩地建造他的城堡。還好，一切都為時未晚，只要從根本上斷了黃斌的依仗就行了。若是沒有了武器，他要拿什麼造反？以他現有的力量，還不足以翻出大浪來。

「父皇，請您息怒。」安親王上前，拉了明啟帝的手。「黃斌這個人，善於玩弄人心，他連兩榜進士都不是，可區區一個舉人，就能被祖父破格提拔、委以重任，可見其手段之厲害。您一直覺得，黃斌是效忠祖父的，卻從沒想過他會有不臣之心，您不相信祖父會看錯了人，您寧願相信黃斌掣肘您，只是因為他太忠於祖父了，對嗎？」

明啟帝拍拍安親王的手。「兒子，這世上最講不清楚的，就是這情分二字。」他閉了閉眼睛。「朕恨你祖父，但也敬你祖父。朕沒辦法逼死他，因為他是朕的父親。」

安親王體會著這份複雜的父子之情，他點點頭。「父皇，兒臣理解。」他攙扶明啟帝坐下，才轉移話題。「依您看，這件事該怎麼辦？」

明啟帝皺了皺眉。「你不能離開京城，讓沈懷孝去吧。這個礦山不能留了，但也絕不能讓對方發現是咱們的人動的手腳，要防著他狗急跳牆；等水師那邊也處理乾淨，就可以動手了。眼下，還得防著沈鶴年和黃斌聯手。」

安親王沈吟道：「父皇當初可是答應了清河，不讓駙馬再去戰場的。這次雖不是戰場，但也是極為凶險。」

明啟帝一愣。「那算了，朕再另外派人吧。」

「父皇若是沒有適合的人選，想必妹妹也不會攔著。在大事上，她一向分得清楚。」安親王補充道。

明啟帝看著安親王，笑了笑。或許有些事，也該讓他知道了。

明啟帝安撫地拍了拍兒子的胳膊，才揚聲道：「出來吧。」

安親王一愣。父皇這是在叫誰呢？

緊接著，從暗影閃出一個人來。安親王馬上擋在明啟帝之前，滿身的戒備。

明啟帝呵呵笑了兩聲。「老四，別緊張，這是龍鱗。」

龍鱗？安親王上下打量著眼前的黑衣人。這個黑衣人從上到下只露出一雙眼睛，身材高大。他回頭不解地看向明啟帝。「父皇，這人是誰？」

「就是龍鱗。」明啟帝笑了笑。「也是你的小叔叔。」

「什麼？」安親王愣在當場。

第八十三章　龍鱗

「外頭不是盛傳著小白玉是失蹤先帝遺孤的子嗣嗎？」明啟帝呵呵一笑。「都是放屁！你小叔叔一直就在宮裡。他確實也有兒子，就是小七和小八。」

「什麼?!」安親王嚇得差點跳起來。

明啟帝拉過安親王。「好了，兒子，別一驚一乍的。」他朝黑衣人笑道：「老么，讓這孩子認一下你的臉。」

那黑衣人果然解下頭罩，露出一張俊朗的臉。

安親王一瞧那雙丹鳳眼，就知道這是粟家的人，他恭敬地行禮問安道：「小叔安好。」

黑衣人點點頭，又將頭套戴上，轉身閃進了暗影裡。

安親王看著明啟帝。「父皇，這是怎麼回事？」

「皇家每一代，都會有一個這樣的人，掌控皇家在暗處的力量。不管對外他是什麼身分，在這裡，就只有一個稱呼，叫做龍鱗。」明啟帝解釋道。

安親王懂了，這就是清河說過的，萬事都要留後手。他驚疑不定地道：「那小七和小八，他們……」

「都是你小叔的兒子。」明啟帝笑道：「同為皇家子嗣，你小叔犧牲良多，一輩子活在影子裡，但是他的孩子，卻應該堂堂正正地活著。將來，朕再給他們兩個親王的爵位，也算是對你小叔的補償了。」
安親王理解地點頭。這是應該的，但若是這些孩子生了異心呢？
明啟帝像是看出了安親王的顧慮。「族譜之上，已經將他們分作另外一支了。」
安親王這才點頭。如此，就失去了爭奪皇位的機會。
「礦山一事，父皇是打算讓龍鱗出手？」安親王問道。
明啟帝點頭。「這些你就不用管了。今兒提到龍鱗，就是想要徵求一下你的意見。你小叔已經三十了，也該培養新一任龍鱗了。你小叔看上了一個孩子，不知道你意下如何？」
「誰？」安親王疑惑地問。
「麟兒。」明啟帝笑道。
安親王睜大眼睛。「那可不行，妹妹不會答應的。再說了，麟兒姓沈，不是粟家的孩子啊。」
「這孩子跟粟家比跟沈家親。」明啟帝嘆道。
「妹妹不會捨得的。」安親王連連擺手。「不但見不到孩子，還要讓孩子一輩子生活在暗處，別說妹妹了，連我都捨不得。」
「誰說不能見孩子，又非得一輩子生活在影子裡了？」明啟帝哭笑不得。他解釋道：「你小叔這樣，是他自己的選擇。他其實也可以一邊當王爺，一邊做龍鱗，只要不被人發現就成了。」
安親王一愣。「如果是這樣，那也得跟妹妹說一聲。要是偷偷摸摸的派人去教導孩子，一旦被她知道了，她能把天給您捅破嘍。」

明啟帝呵呵一笑。「朕這不是跟你說了，好讓你去跟凝兒說一聲嗎？」

父皇還真是打的一手如意算盤，想讓他去妹妹那兒打前鋒是吧？

安親王都不知道自己究竟是怎樣出宮的，今兒的衝擊實在太大了。

父皇讓他接班的意思已經非常明顯，這讓他既興奮又焦慮。前路依舊茫茫，不到最後，誰又能知道結果呢？

安親王沒有回府，他憋了一肚子的話，可是能跟誰說呢？

母妃在宮裡，說不成；萬氏麼，她會嚇壞的；掏心掏肺的兄弟，他一個也沒有；朋友的話，對於他們這樣的身分來說，就是一種奢望。

還是去宜園吧，也只有妹妹能聽他嘮叨一下了。

蘇清河覺得安親王像是踏著雲彩來的，整個人都輕飄飄的，有些恍惚。

春光正好，又是午飯時候。蘇清河什麼都沒問，便將他安置在薔薇架下，一起用飯。

飯菜一一端上桌，菜色甚是粗野。

野菜糰子、槐花飯，全是裝在盆裡往上端。

「妳這也忒不講究了。」安親王的心瞬間就踏實下來。這頓飯菜也太實在了些。「在這麼一個雅致的地方，就吃這個？瞧妳這日子過的。」

「都是園子裡的野物，自己採摘的。」蘇清河指了指盤子裡的鴨蛋，笑道：「這也是湖邊撿的。」

不一時，又上了一道泥鰍燉豆腐，還有一道煎魚也被端了上來。

沈懷孝看著安親王大快朵頤，心裡暗笑。這些東西，也就是不常吃的人才會當作寶貝。

一頓一點也不家常的飯塞進肚子，安親王的理智總算又回來了。

沈懷孝早看出安親王有話對自己媳婦說，他就藉口衙門裡有事，避出去了。

安親王這才對蘇清河提了那個小白玉事件，根本就是無中生有，還將龍鱗的存在告訴了蘇清河。

「原來如此。」蘇清河恍然。她就說嘛，外面風起雲湧的，宮裡卻一點動靜都沒有，原來是這麼一回事啊。「黃家和高家，這是一起掉到了父皇挖的坑裡吧。」

「當年也是小叔自己的選擇，算不上是挖坑，只是有人想用此事興風作浪，不想踢到了鐵板，反把自己給暴露了。」安親王搖頭。「如今就看黃家會怎麼做了。」

蘇清河嘆了口氣。「總有一種山雨欲來的感覺。」

安親王笑道：「父皇似乎沒有讓我插手的意思，只怕是心中早有安排。」

蘇清河想了想，開口問道：「哥哥剛才進宮，我就想著礦山的事。你說能不能不大動干戈，只在馬口山的上游將河道堵住，讓這條河改道？」

安親王搖頭。「工程太浩大，如此興師動眾，會打草驚蛇的。」

「哥哥可知道煉丹道士經常炸毀藥鼎一事？」蘇清河扭頭問道。

「時有耳聞。」安親王點點頭。

「我若是能配出這樣的東西，只要量大，是不是一樣可以炸毀一座山？」蘇清河蘸著水在桌上畫了地形圖。「從這裡炸開，河水改道會繞過這片區域，此地離馬口山少說也有一天左右的路程，只要在炸毀後，清掉火藥的痕跡，完全能瞞天過海。到時候礦石運不出去，他們占著馬口山也毫無作用。」

安親王眼睛一亮。「若真有這樣的好東西，攻城掠地豈不是易如反掌？」

蘇清河點點頭。「但這東西不易保存，也不易控制，不到萬不得已，不可擅用。我實驗成功之後，會將配方給哥哥，切記保密。這東西一旦洩漏出去，就是一把雙刃劍，傷人也傷己。」

安親王連忙答應。「妳放心吧。」頓了一下，他欲言又止地道：「龍鱗看上了鱗兒，想要……」

蘇清河睜大眼睛，沒有半點猶豫地搖頭。「這不行，絕對不行。」

安親王笑了一下。他就知道會是這樣的結果。「我知道了，沒人會強求妳的。」

蘇清河送走安親王後，還有些心神不寧，卻不知道問題出在哪裡。

西寒宮

沈飛麟坐在園子邊的石階上，看著沈菲琪又在那裡找什麼見鬼的草藥，真是有夠無聊的。皇宮裡就這點地方能自由活動，哪有自己家裡的園子好啊，他到現在還沒把園子逛完一遍呢。家裡還有一群小子，可以一起打鬧，在這宮裡卻閒得都要長蘑菇了。

風從耳邊吹過，似乎有什麼東西閃過眼前，沈飛麟瞬間汗毛就豎了起來。他的視線落在不遠處的雜草叢上，那裡沒有腳印，但是草卻微微有些歪斜。

有人！他心裡馬上有了這樣的判斷。這裡是皇宮，普通人是進不來的，可見此人武藝高強，若是想出手，早就對他出手了。那麼他可以猜測此人應該沒有惡意，只是在觀察他。

原來昨晚的不安，並不是空穴來風，是真的有人盯著他。

他一個孩子，盯著他幹什麼？難道自己在什麼地方露出了馬腳？不可能！除了在娘面前肆無忌憚、從無掩飾以外，有他人在的情況下，他都非常謹慎。

「你是誰？盯著我幹什麼？」沈飛麟還是決定主動提問。他剛才渾身戒備，對方肯定已經感覺到了，若是再裝著若無其事，對於一個孩子來說，心機未免太重了些。

「你竟然能感覺得到我？」角落裡有這麼一個陰沈的聲音傳來。

果然有人！沈飛麟遮擋了眼裡的神色。「你老盯著我，我怎麼會不知道？你在躲貓貓嗎？放心，我不會告訴別人，你好好躲著吧。」說著，他站起身來，準備離開。

「慢著。」角落裡的聲音喊了一聲。

「還有事？」沈飛麟扭過頭，歪著腦袋問。

「你願意跟我學本事嗎？」那人又問。

「拜師？不行的。」沈飛麟搖搖頭。「我娘說拜師不僅要知道對方的本事，更要看對方的人品，還要看他為人處世的態度。我都不知道你是誰，怎麼能亂認師父？」

「我的本事你知道了，而我的人品如何自有人擔保，這個你就不用擔心。等學好了，你也能跟我一樣，躲起來沒人找得著。」那人的聲音柔和了一些。

這讓沈飛麟鬆了一口氣。「我沒學本事，不一樣能找到你？也沒什麼了不起的。」他朝角落的方向撇撇嘴。「再說了，誰能擔保你的人品啊？都說知人知面不知心，還有一句話叫做『無事獻殷勤，非奸即盜』。」

說完他做了個鬼臉，就朝正殿跑去。他大概知道這人的來歷了，肯定是皇上身邊的人。天下沒有白吃的午餐，人家這麼費心費力的要教他本事，肯定也是需要他用等價的東西交換。如今，那個在暗處之人不亮出底牌，他也不知道自己給不給得起回報啊，還是離遠一些好。

嬤嬤們就守在不遠處的園子口，看見沈飛麟跑過來，趕緊扶住他。「哥兒怎麼了？」

「我渴了，我要喝蜜水，再拿點果子來。」沈飛麟朝角落的方向瞥了一眼，又向沈菲琪喊道：「姊姊，吃果子了。」

沈菲琪拎著她的小籃子走過來，覺得宮裡實在很無趣，沒什麼草藥好挖的。

兩人在宮裡一向是裝作非常相親相愛的樣子，甜甜蜜蜜地吃喝了一頓。

站在一旁的萬嬤嬤和汪嬤嬤，是一直跟在這兩位小主子身邊的，自然知道他們平時都是什麼德行。

在自己家裡，這兩位小主子可是恨不得吵翻了天，完全是王不見王的架勢。

乾元殿

「怎麼，又去瞧麟兒了？」明啟帝不用抬頭，都知道暗處的人又回來了。

「嗯，很機警，也很聰明。」龍鱗如是道。

明啟帝嘆了一口氣，才斟酌道：「整個宗室這麼多孩子，就真的再也挑不出一個讓你滿意的？」

「以前或許還能湊合，可見到這個，就真的沒法湊合了。他真是難得的良材。」龍鱗感嘆道。

「你也是觀察過清河的，你覺得清河那丫頭是怎麼樣的一個人？你要是真敢強逼著麟兒入了你的行當，她也能想辦法把你的老巢給掀了。」明啟帝揉了揉額角。龍鱗還是頭一次這般固執。

龍鱗沈默了，他知道明啟帝說的是實話。光是蘇清河用毒的手段，就讓他心裡極為戒備。他們這些暗衛的手段是很高明，但也都是人，是人就有弱點，就有害怕的東西。比如，那無孔不入的毒藥。

那個梅香如今是他們手裡的試驗品，她身上的毒太奇怪。

而且，那若有似無的梅花香氣，好似也是被動過手腳的。這種東西，可是追蹤用的絕品香料，像他們這樣的人，一旦被人下了類似這類的藥物，就相當於廢了。還不等人靠近，自己就暴露了行蹤。

「如果實在無法說服四公主，我希望能從公主那裡得到一些毒藥。」龍鱗輕聲道：「不過，那個孩子，我還是不會放棄的。等他再大幾歲，自己能作主的時候，我還是會再試試看說服他。」

明啟帝呵呵一笑。「這個容易。」

宜園

蘇清河感念李家的不貪婪，打發葛大壯去送禮，送的都是些實在又實用，卻一點也不打眼的東西。她又將一封信交給他。「把這封信轉交給李老爺子，就說如今我不方便登門拜訪，請他千萬別見怪。」

葛大壯點頭應下，他知道公主這是不打算鬧得人盡皆知。「小的會低調處理。」

蘇清河點頭。「你辦事，我放心。」

等她又將火藥的配方交給安親王後，宜園宴客的日子也到了。

昨晚已經將兩個孩子接回來，今兒一大早，他們就被打扮成一對金童玉女，跟在蘇清河身邊。

以她護國公主的身分，除了幾個宗室長輩她必須親自迎接以外，其他人還真不用她出面。

蘇清河高坐堂上，跟著每個前來作客的人寒暄著，她笑得臉都快僵了。

誠親王妃是個很纖巧的婦人，性子卻火爆得很。她看著大公主時，不時露出幾分冷硬的笑意，讓蘇清河頗為詫異。

二公主看起來有些清高的氣質，只是一說話，就有些不對味兒。「四妹可知道大嫂為什麼看不上大姊嗎？」
蘇清河搖搖頭，一臉求解地看向二公主。「二姊知道嗎？」
二公主優雅地給了她一個白眼。「妳也別整天圍著相公和孩子轉，護國公主就該有護國公主的樣子，也該多關心關心旁的事。」
蘇清河心道，我忙的哪件不是大事？這會子倒被教訓成不務正業了。她客氣地笑了笑。「二姊說得是。」跟這種假清高的人，還真是有理說不清。
「大姊又教訓了大姊夫一頓。」二公主的語氣有些幸災樂禍。
蘇清河臉上露出幾分吃驚之色，心中卻暗道：人家兩口子關起門來做的事，妳知道得倒是清楚。
「這次動鞭子了，可大姊夫還是乖乖地受著。」二公主笑了一聲。
蘇清河這下真瞪圓了眼睛。不是吃驚大公主會動鞭子，而是驚訝大駙馬那樣一個敢跟大公主較勁的人，竟然沒有反抗。
就聽二公主笑道：「我早就說過，漂亮的男人靠不住，早打一頓就好了。」
蘇清河不由得替二駙馬難受。聽這口氣，二駙馬不會被二公主長期家暴吧？二公主看起來如此仙氣的人，怎會這麼粗暴呢？果然，皇家人都是兩張臉。
「這駙馬也是馬，是馬就得好好地馴服。四妹，妳說呢？」二公主朝蘇清河微微一笑。
這不會是要讓她也打沈懷孝一頓吧？
蘇清河搖搖頭，趕緊轉移話題道：「大嫂就為這個惱了大姊？」

「好歹是娘家兄弟，面子下不來也是有的。」二公主笑道：「大嫂一向自視甚高，覺得自己的出身是榮耀，咱們這些皇家的公主在她看來，也不過爾爾。」

黃家的姑娘，確實有些自傲的本錢。蘇清河在心中默默地吐槽。

三公主聽了半天，這會子用帕子擦了擦嘴，才笑道：「四妹，妳可別聽二姊的。二姊夫沒少挨打，還不是一樣想偷吃就偷吃。記吃不記打，說的就是二姊夫那樣子。」

二公主冷笑一聲。「妳倒好，駙馬府裡的鶯鶯燕燕也不管一管，駙馬的女兒都不知道幾歲了吧？」

三公主一笑。「他過他的，我過我的，他沒占便宜，我也沒吃虧。」

蘇清河算是長了見識，她有些慶幸自己沒在宮裡長大。這些公主全被養歪了吧？她有些不耐煩，不想再聽她們說這些閒話，就問道：「大嫂對大姊的態度，可不像是只因為一件事而造成的，看來大姊跟駙馬的關係……」

三公主像是聽不出來這話裡試探的意思，笑道：「大姊是看黃家不順眼，自然就看黃家的人和東西都不順眼，而大嫂哪裡容得下旁人這般看待黃家？一來二去，就成了現在這樣子，兩人一碰面，連話都不說。」

二公主漫不經心地道：「我敢保證，前幾天大姊去大哥府上，肯定只見了大哥，壓根兒就沒拜見大嫂。」

蘇清河的心突了一下，不由得正視這兩位公主。她們是想告訴她什麼？

大公主看黃家不順眼，那麼依照大公主的性子，要是逮住了什麼把柄，還不狠狠地收拾黃家一頓。

想來大公主前幾天去拜見誠親王，是打算找幫手，順便尋求聯盟吧？

蘇清河認真地看向兩人，就見二公主站起身來。「早聽說這宜園乃天下第一園，正好可以逛一逛。三妹，妳呢？」

「我陪著二姊吧。」三公主也站起身來。「聽說宜園最美的就是湖了，最是一派沒有雕琢過的自然風光。」

蘇清河看著兩人連袂離開，眼神也幽暗起來。

不知道自己又有多少事情，已被這些人暗暗地盯著？她緩緩地攥緊拳頭，只覺得在皇家混，若沒有足夠的智商，真心會死得很難看。

第八十四章　心冷

「四妹看來跟兩位皇妹很投契啊。」黃鶯兒早就看見三個公主在一起嘀嘀咕咕，她還是頭一次見到這位護國公主，覺得有必要和她打打交道。

「原來是大嫂啊。」蘇清河回過神，露出笑意。「今兒怎麼沒帶孩子過來？我這兒有兩個淘氣包，孩子們正好能玩在一塊兒呢。」

「兩個丫頭臉上起了疹子，她們愛美得不得了，哪裡肯出來見人？」黃鶯兒一提到孩子，表情就柔和了些。

蘇清河問道：「兩個孩子可是一到春日，就會起疹子？」

黃鶯兒點點頭。「可不是，時好時壞的，急死人了。」

「院子裡別種一些花花草草的，自然也就好了。」蘇清河請了黃鶯兒坐下。反正又不是要命的毛病，只不過是花粉過敏罷了，她才不主動看診送藥呢。

黃鶯兒點點頭，心想跟太醫說的差不多。她笑道：「聽說前些日子，大公主來找妳看診，她的身子可還好？」

蘇清河心裡就驚醒了幾分。「倒是沒有認真地看診。只是我見大姊的氣色不錯，應該是身子康健，吃得好，睡得香。」至於大公主不能生一事，屬於隱私，她是不會隨意說出口的。

黃鶯兒看了蘇清河一眼，好似想看看她是不是真的沒聽懂自己話裡的意思。

蘇清河還是一臉無辜，笑得極其真誠。

黃鶯兒道：「大公主這幾年為了求子，可是沒少燒香拜佛，不知道花了多少銀錢，要是四妹給她治好了，可千萬別少要了醫藥錢。」說完就呵呵地笑起來，彷彿只是在說笑般。

蘇清河對這個誠親王妃有些不喜。手段不高明，心眼兒倒是不少。

她決定裝傻充愣到底，於是假裝疑惑地道：「大姊求子？我沒聽說過啊。大姊和姊夫都年輕，有孩子是早晚的事，何必著急呢？我瞧著大姊身子還不錯啊。」

黃鶯兒愣了一下，又道：「妳才來京城，恐怕也是不知道的。大駙馬雖說娶了大公主，但到底是黃家的子孫，將來生了孩子，也是姓黃的。因此家裡的長輩別提多心急了，又不好催促，我這個嫂子，難免就替家裡問問。」

蘇清河的笑意瞬間收了。「公主的子嗣，自有宗室長輩過問。大嫂還是該勸一勸黃丞相，別操心太多才好。」

黃鶯兒愕然地看著蘇清河。她不敢相信，竟然有人說翻臉就翻臉，還將話直接甩在她臉上了，她頓時面色鐵青。「今日，我還真是領教護國公主的威風了。」

蘇清河半點不懼，回道：「大嫂過獎了。看來，有些話我也該找大哥聊聊了，大嫂的手未免伸得太長了一些。」

一個嫂子罷了，竟敢對著公主挑三揀四起來，她還真忘了她家族的榮耀是從哪兒來的，黃家把她寵得都不知道自己的斤兩了。

打探大公主的身子好壞，這根本是犯了忌諱；皇家子嗣的脈案，更是不允許隨意透露的。

黃鶯兒眯著眼睛打量了蘇清河一番，便甩袖而去。

眾目睽睽之下，黃鶯兒這番動作，不就表明了要跟護國公主翻臉嗎？可她怎麼就忘了護國公主是安親王一系，正是大皇子千方百計想要拉攏的人。

「怎麼，把人氣走了？」身後傳來大公主的聲音。

「妳不是都聽到了？還問。」蘇清河轉過頭瞪著她。「我是為了誰啊？妳居然還這麼不領情。」

大公主呵呵一笑。「自從她嫁給大哥，每次見了我，就好似我仰仗了黃家多少似的。我可是公主，黃家因為我，還出了一個駙馬。若是我有幸生下孩子，父皇還會給孩子一個爵位，雖然不像你們家小子那般直接給個侯爵，但要庇蔭幾代人還是可以的。他們要真是為了子孫後代好，何必還處處使心機？」說著，聲音漸漸地低了下去。

蘇清河眼睛閃了一下，卻像是什麼也沒聽到一般。「今兒她敢對著妳指手畫腳，明兒就敢用下巴看我了。都說皇家的女兒不如皇家的兒媳尊貴，我就鬧一回試試，看看父皇還能說我什麼了？」

兩人如今彷彿站在同一陣線上，這讓大公主的心裡，頓時複雜了起來。

「放心吧，她得意不了幾天。」大公主拍了拍蘇清河的手。「可有她難受的時候。」

蘇清河心裡一跳。大公主一定是在謀劃些什麼，而這個計劃，誠親王知道，黃鶯兒作為王妃，卻是不知道的。

她不由得往黃鶯兒離開的方向看了看。嫁給皇家的男人，究竟是幸還是不幸呢？

「大姊，不管妳想幹什麼，別牽扯上我就行了。」蘇清河回頭道：「我有孩子，禁不起折騰啊。」

大公主哈哈大笑了起來。「在皇家想過清靜日子，哪裡就那麼容易？不過，這次跟妳真的沒關係。就衝著妳今天對大姊的維護，大姊給妳句實話，這次的事，還真牽扯不上妳和四弟，放心吧。」

因為黃鶯兒和大公主的事，蘇清河暫時沒有應付其他人的心思。因此，當陳士誠的夫人苗氏前來拜見，她也只是簡單地寒暄了幾句。

誠親王妃的甩袖而去，在眾人眼中看來，是給了蘇清河一個很大的難堪。

萬氏走過來，臉色不大好地跟蘇清河道：「皇妹何必在這樣的日子跟誠親王妃起衝突呢？」

雖然是關心的話，但到底讓蘇清河心裡微微有些不舒服。

她是護國公主，位比親王，又有著穿杏黃色禮服的特權，那可是比親王要尊貴一些的。黃鶯兒不過是個親王妃，她怎麼就得罪不起了？

再說當時她已經感覺到身後站著人，從脂粉的氣味中判斷出是大公主在她身後，若是想從大公主嘴裡套話，總得付出點代價吧？讓自己跟大公主站在同一陣營，是最好的法子。

即便自己真得罪了黃鶯兒，難道還怕了她不成？她第一次這麼清晰地感覺到，她雖然是護國公主，可這些人裡面，卻沒有一個真的把她當作護國公主來看待。

若是連她自己都不能認真看待自己，又能指望別人什麼？今兒的事，不管怎麼說，她也是占著理的。

而萬氏的態度，也讓她瞬間驚醒。

哥哥是親的，可嫂子不是親的；哥哥能縱容她，但嫂子不會。

那麼將來，若是姪兒上位，又會怎麼對待她這個護國公主的後人呢？

一時之間，她想了很多，就像是瞬間打通了任督二脈。這些日子藏在心裡的緊張、徬徨和不知所措，統統都不見了蹤影。

找回公主的身分，並不是終點。

當日的館陶公主，不也是還在世，就眼看著自己的女兒幽閉長門宮？那可是血淋淋的例子啊。

蘇清河看著萬氏，輕輕地笑了笑。「嫂子多慮了。我堂堂護國公主，還怕她一個親王妃不成？」

萬氏不知道是不是自己多心，總覺得小姑子好似話裡有話。但想到小姑子向來都沒有架子，也就暫時把這一絲懷疑放在了一邊。

大公主在一旁瞧見了，則在心裡暗笑。她這個妹子，總算醒過神來了。

乾元殿

「皇上，宜園出了點事。」福順小聲地回稟明啟帝。

「清河今兒不是宴客嗎？能有什麼事？難道還有哪個不長眼的，敢去惹她不痛快？」明啟帝笑道。

「誠親王妃甩袖而去，不知道是為了什麼。」福順低聲稟報。

明啟帝的臉一下子就拉了下來。「這是不給誰臉面呢？老大是怎麼教媳婦的？」

福順躬身道：「誠親王還在宜園，想必此時已經知道了。」

「去問問皇后。內命婦都是她的責任，她是怎麼管的？未免也太不懂規矩了。該下旨申斥的就要申斥，她要是管不好，自然有人能管好。」明啟帝冷笑道。

福順知道，這是皇上作為公公，不好申斥兒媳婦，就打發皇后出面。皇后肯定是樂意的，讓黃貴妃沒面子的事，她不會拒絕。

「等老大從宜園出來，給朕把他宣進來。」明啟帝眼裡滿是冷意。

坤寧宮

高皇后聽了福順轉達的話，點點頭。「知道了。」

送走福公公，高皇后心裡不免冷笑。她跟皇上兩人說是一對夫妻，還不如說是一對陌路人。

一年之中除了宮宴這樣必須見面的場合，他們是從來不見面的，有事都是由宮人們轉達。

原以為他早就冷心、冷情了，沒想到對賢妃倒是一如既往的好。一日三餐相陪，夜夜宿在西寒宮。賢妃都已經是當祖母的人了，又能美到哪裡去呢？

說到底，不過是情分二字。

這些年，賢妃在西寒宮被護得滴水不漏，如今，連賢妃的兒女，也成了心肝寶貝，誰也碰不得、惹不得了。

不就是讓她訓斥黃家的人嗎？

她嘴角牽起，就是不知道黃貴妃此時作何感想。

宜園，玉竹院

玉竹院是專門招待男客的地方。

誠親王的隨從找到正在跟豫親王寒暄的主子，小聲道：「王妃請您回府。」

誠親王眉頭皺了皺。還沒開宴，這時候走了，豈不是不給主人家面子？若要這般得罪人，還不如當初就找個藉口不來呢。

「可知道家裡出了什麼事？」誠親王問道。要提前離席，總得有個藉口吧。

「小的不知。」隨從說完，又更低聲地道：「王妃好似跟護國公主發生了口角。」

誠親王的臉色瞬間難看起來。到主人家作客，卻跟主人發生口角，這多沒品啊。「知道為了什麼事嗎？」

「打探大公主身子的事。」隨從的聲音更小了。

誠親王的手握著杯子，越攥越緊，指節都有些發白。

到底是誰給了他的王妃那麼大的自信，讓她敢對皇家公主們如此不敬！

「你先回去吧。」誠親王吩咐道。他要是此刻真走了，就要壞事了。

而安親王這邊，自然也得了萬氏傳來的消息。

聽萬氏的意思，是讓他多安撫安撫大千歲，這讓他微微有些不悅。看來在萬氏的心裡，並不看好他，否則她不會這般想著求全。

他見誠親王打發了隨從，又坐在那裡沒動，坦然自若地說著話，心裡就大概有了譜。從誠親王的態度上可以看出，清河是占著理的，要不然誠親王早掀桌子了。

宴席準備得很完美，菜色精緻，酒醇茶香。

等送走了客人，天色已經晚了下來。

安親王是最後走的，他看著蘇清河問道：「可是誠親王妃欺負妳了？」

萬氏看了安親王一眼，不由得皺眉。在她看來，客人來了卻沒招待好，是主人家失禮了，這會子不想辦法趕緊修補關係，怎地越發縱容起自己的妹妹來了。

蘇清河像是沒有發現萬氏的臉色，搖搖頭，道：「哥哥，我是護國公主。」這句話說得鄭重無比。

安親王愣怔了半晌，才點頭道：「妳說得對。」他此刻也意識到了蘇清河的變化。

萬氏看著兄妹二人，欲言又止，但終究什麼話也沒說。

安親王看著萬氏的眼神，變得深邃起來。

每個人的看法，可能永遠也無法一致，但想法有分歧並不可怕，可怕的是在衡量了利弊之後，才決定要不要開口坦承自己的想法。若是這樣的心機用在別人身上，也就罷了，但他們可是一家人……

看來，要讓萬氏改變是不可能了。這個女人的心思太重、想法太多，不管說多少次，她總是有她的道理，而且固執地堅守著自己認為對的行為準則。

他帶著萬氏上了馬車，一上車就閉起了眼睛。

他是真的想對她好，掏心掏肺的好，就算要他只守著她一個人也可以。

而他想要的，也不過是希望她能拿出真心對待自己的母妃和妹妹。可如今呢？哪怕是對他這個丈夫，她可曾有過真心？或許是有的吧……不過這份真心，要放在不危害她利益的前提之下。

當年，他遠走西北，是可以帶走家眷的，可他憐惜她不習慣西北的生活，所以沒有帶她去。那時候，她也沒有反駁，乖巧地就應下了，可實際上，她並不是個乖巧的女人。一個這麼有主意的女人，突然聽話起來，只能說明自己的提議和她的想法不謀而合罷了。

人不為己天誅地滅，她為她自己著想，並不算過錯，只不過，他已經有些心灰意冷了。

馬車停下來，安親王沒有下車，他主動問道：「今天到底是怎麼回事？」

萬氏看了安親王一眼，笑道：「也沒什麼大事。妾身當時在屋裡待客，也沒注意到究竟發生了什麼？」

她這是先把自己給撇清了，想告訴他不管發生什麼事，都與她無關。

她是個聰明且懂得自保的女人，可是，卻少了一分擔當。

萬氏見安親王臉上沒有不悅之色，才接著道：「後來就見到大皇嫂怒氣沖沖地走了，而皇妹跟大公主站在一起，或許，今兒的衝突是因大公主而起也不一定。大皇嫂與大公主向來是不和的，皇妹實在沒有必要摻和到那對姑嫂的紛爭裡。」

安親王點頭，不動聲色地道：「妳沒跟皇妹說一下這個道理？」

萬氏低下頭，有些赧然。「我就是說了一聲，讓她別跟大皇嫂起衝突，畢竟來者是客嘛。」

安親王的心一點一點的涼了下來，又問道：「那妳說，我現在要不要去一趟誠親王府，相互解釋一下？」

萬氏皺了皺眉，旋即又抿嘴笑道：「王爺拿主意就好。」

要是他如今去了誠親王府，不就等於是承認了今天發生的事是清河的錯？她明知道這樣的做法並不妥當，可她還是什麼都不說。

或許父皇是對的，這個女子是個賢內助，卻不是個好妻子。她能執行他的決定，從不會多話干擾他的思路、影響他的想法。但想讓她做個一心一意為自己好、為自己著想的妻子，還真是太難為她了。

安親王沈默了良久，才道：「妳先回去吧，我還有點事。早點歇了吧，不用等我了。」

萬氏以為他還是要去誠親王府，於是看著安親王沈默了許久，才起身下了馬車。

看著萬氏進了門，安親王長長地嘆了一口氣，吩咐白遠道：「進宮一趟。」

萬氏回到房裡，總覺得安親王今兒怪怪的，但又說不上來是哪裡怪。

白嬤嬤見王妃似乎有什麼心事，就一邊伺候她更衣，一邊問：「王妃今兒在宜園不順利嗎？」

萬氏笑了笑。「也沒什麼，就是公主和誠親王妃鬧了點不愉快，誠親王妃先走了。」

白嬤嬤心裡一跳，看王妃的神情，似乎沒往心上去。

她不是王妃的陪嫁嬤嬤，原本是伺候王爺的，後來才被分到王妃身邊，因此她對王爺的瞭解很深，只是這些年她陪著王妃，倒也有了些情誼。可如今看著王妃這樣子，恐怕這夫妻二人，只能越走越遠了。

白嬤嬤謹慎地提醒道：「您沒勸慰一下公主？」

萬氏一愣。「公主殿下行事自有分寸，哪裡需要我多嘴。」

白嬤嬤在心裡嘆了口氣，就退了下去。即便再說什麼，王妃也聽不進去，她一直是個固執的人。

乾元殿

誠親王跪在下面，上面的明啟帝面沈如水。

「朕知道，你們都大了，人大了，心也大了。人人都稱你是大千歲，身為長兄，你到底有沒有盡到責任？朕還沒死，你就那麼待你妹子。大丫頭跟你媳婦之間的不愉快，不是一次、兩次了，你早幹什麼去了？大丫頭可是養在你母妃宮裡，跟在你屁股後頭長大的，你就那麼忍心她受欺負？

「平日裡，朕還想著大丫頭和你媳婦認真算起來，還是表姊妹，即便有什麼不愉快，也不打緊。不承想，她倒是好大的威風，竟然指摘起公主來了。不但嫌棄大丫頭沒有生養子嗣，還替黃家的長輩打探大丫頭的身子狀況。公主們的孩子，有哪個是夫家在養的？他們有什麼資格過問？真是好大的臉面。」

誠親王還真不知道這個蠢女人居然把黃家給搬了出來，這不是找死嗎？

「父皇息怒，都是兒臣的不是，是兒臣沒有教導好自家的媳婦。」

福順縮在角落裡，看著誠親王直嘆氣。皇上處處拿大公主說話，不過是不想為四公主無故樹敵罷了，這會子誠親王再怎麼認錯，皇上若不把這邪火發完，這件事就不算完。

明啟帝冷笑一聲。「能知道是你自己的不是，還算有救。你媳婦敢如此，焉知不是你平日裡驕縱太過的緣故？連你自己都不把你的妹子們放在心上，還指望別人善待她們？你可真是令朕失望。」

誠親王頭上的汗一點一點地往下掉。他真是冤枉極了，對這些兄弟姊妹，他雖沒有十分用心，可至少也有六成的用心啊，從沒想過要刻意作踐誰。

「滾回去吧。」明啟帝擺擺手。「明兒會給你賜兩個側妃下去，老大不小的人了，也該有子嗣了。」

父皇這是不希望他的兒子，是從黃家女人肚子裡蹦出來的吧？

誠親王領會了這層意思，恭敬地退了下去。

第八十五章　敵人

誠親王府

黃鶯兒跪在地上，看著離去的坤寧宮太監，還有些茫然。竟然被斥責了嗎？真是豈有此理！

她站起身來，第一個想法就是進宮去找姑母，好一起去坤寧宮評評理。接下來，她還要回娘家一趟，她要找祖父給她撐腰。

她滿臉的恨意，讓恰好回來的誠親王看見，心裡一震。就算是普通人家的媳婦，也常有被婆婆訓斥的，可哪個敢因此而記恨？

黃鶯兒看著誠親王進來，馬上撲了過去。「表哥，坤寧宮那個女人竟然敢斥責我！看來咱們應該給老六一些教訓了。」

誠親王看著她。「坤寧宮住的是國母，也是我的嫡母，更是妳名正言順的婆婆。妳為人媳婦的本分都去哪兒了？」

黃鶯兒用像是不認識誠親王一般的眼神看著他，恥笑道：「表哥，你別逗了。什麼婆婆，我姑母才應當是名正言順的皇后……」

「住口！」誠親王簡直不敢相信自己的耳朵，他小聲道：「這些話也是妳能隨意說出口的嗎？若是有一句半句傳了出去，一個覬覦后位的罪名，就能讓母妃萬劫不復。求求妳用用腦子吧。」

「萬劫不復？」黃鶯兒恥笑一聲。「只要祖父在，誰敢為難姑母？」

誠親王慢慢地站直身子。原來，她竟是這樣認為的。黃家在她的心裡，還真是無所不能，就連皇后之位，也只有想要與不想要的區別。

他突然有些慶幸，幸好沒有讓她生下兒子，要不然，日後還真是為難呢。他是需要依仗黃家沒錯，但也僅僅是依仗。

「妳準備一下，明兒可能會賜下側妃，收拾兩個寬敞的院子出來吧。」誠親王看了黃鶯兒一眼，便起身離開。

「什麼？」黃鶯兒愣在當場，頭腦瞬間清醒了過來。

側妃？兩個院子？表哥居然一次要納兩位側妃……

黃鶯兒的臉色隨即蒼白起來，這是從沒發生過的事。以往納側妃一事都被表哥出面擋了，可這次卻沒有。

她的手緊緊地攥在一起，那些以往不敢深想的問題，突然間充斥在腦子裡。

黃家到底是成就了她，還是毀了她？若是黃家不這般強勢，是不是她跟表哥就能相濡以沫、恩愛兩不疑呢？

她搖搖頭，知道這是自己癡心妄想了。沒有黃家的權勢，表哥自然會娶別的家族女子為妻，她又算什麼呢？

乾元殿

明啟帝看著眼前的兒子，無力地嘆了一口氣。

見安親王一臉的沮喪與失意，心裡有些不忍。

「怎麼了？跟父皇說說。」明啟帝看著安親王，笑問道。

「父皇，您覺得母妃待您是真心的嗎？」安親王抬起頭，有些迷茫。

明啟帝有些哭笑不得。沒想到他這看著精明幹練的兒子，卻在感情事上犯了糊塗，他越發笑了開來。

「朕剛認識你母妃的時候，你母妃還是個十三歲的毛丫頭。穿著半舊的衣衫，料子還不錯，就是有些陳舊和老氣，而且裙子有些短，都露出腳面了。那裙襬下面還續了一截不同花色的布，有些不倫不類。可她腰板挺得筆直，一點也沒有自卑態，於是朕就記住了她。

「當初，朕的心是真的，而你母妃的心也是真的。不過後來她進了宮，卻只能成為一個妃子，而不是正妻。朕那些年跟別的女人一個一個的生孩子，想必她心中是受了極大委屈的。

「不管有再多的理由，是朕對不起她在前。她的脾氣本就有些潑辣，在那段日子裡就更是暴躁，經常抓得朕後背都是血印子。」

明啟帝見安親王一臉「你在開玩笑，我母妃絕不是這樣的人」的表情時，笑得更加開懷了。

「你不敢相信，但這一切確實是真的。那時候，朕相信她是真心的，她的喜怒哀樂，都是真實的。她一次次的發洩，就因為感情是真的，所以才痛苦、才無助。也正因為她知道朕對她的感情也是真的，所以才敢如此的肆無忌憚。感情就是包容，她確信朕會包容她。

「後來，有了你們，可隨即又失去了你們，朕仍舊跟你們的母妃相互蹉跎了二十多年。這都已經二十多年了，朕和她，早已不是會風花雪月的年紀，咱們都已經是當祖父、祖母的人了，但是你母妃照樣會揍朕。」

安親王愕然地看著明啟帝，滿臉都是「求您別逗我」的神情。

明啟帝心裡有些酸澀。這孩子從來沒有見過父母相處的情形，所以，在與王妃的相處上，就出了問題。

他耐心地解釋道：「父皇說的是真的，你母妃如今還動不動就拿枕頭往朕身上砸著出氣呢。你或許會覺得驚詫，覺得她怎麼敢？那都是因為她從朕的身上感受到關愛和包容。你明白了嗎？」

明啟帝看著兒子，遺憾地道：「朕也希望你的妻子，能與你彼此傾心相待，可世事哪裡能盡如人意呢？朕只能挑選一個最適合當妻子的人選給你，希望她能當家理事，讓你無後顧之憂。」

「父皇是想說，兒臣給予的還不夠多，所以兒臣的王妃並沒從兒臣身上感覺到踏實與安心？」安親王疑惑地問。

「傻孩子，這世上最說不清楚的就是男女之間的這點子事。感情的事勉強不來，但不管在什麼時候，別忘了自己的責任就好。多一分寬容，或許會好一些。」

安親王點頭。他見過蘇清河與沈懷孝兩人之間的相處，跟他和王妃是不一樣的。「就這樣吧，不是所有人都有那種好運氣。」那種娶到心儀女子的運氣……

他沈默良久才道：「兒臣永遠都不會忘記要做個盡責任的丈夫。」

明啟帝這才吁了一口氣。他就怕這孩子將來真的遇到合心意的人，會惹出別的事端來。男人有時候，也是極容易昏頭的。

不過，只要他能時刻記得自己的責任，就不會出多大的岔子。

讓福順親自送安親王出宮，明啟帝則帶人去了西寒宮，這件事，他有必要跟孩子的娘說說。

宴客是一件累人的差事，蘇清河第二天早上沒能按時起來，就連沈懷孝也賴在床上不想動彈。

沈懷孝即便起得晚了，還是拿起劍出去晨練，順便把沈飛麟挖起來，一起帶去操練。而閨女是嬌寶貝，他捨不得呢。

沈飛麟眯著眼睛，抱著木劍坐在地上打盹，看得沈懷孝頭上直冒火。「起來，蹲馬步。」

沈飛麟看著爹爹的閻王臉，心裡就納悶了，這兒子和閨女的差別怎就那麼大呢？

晚一步到的蘇清河慢跑了兩圈，就回去梳洗了。

對於沈懷孝如何管教兒子，她是不輕易插手的，這個時代有這個時代的行為準則，偏離了對孩子來說未必就是好事。

天已經慢慢地熱起來，就算只穿著單衣，早上也不會覺得涼。

蘇清河從浴室出來後，穿著一身白綾的襖兒，嫩綠的裙上一點多餘的花色也沒有；頭上插著一支白玉簪，耳墜也只是兩顆不大的珍珠，顯得素雅極了。

沈懷孝進來，順手就從邊上的花盆裡折了一枝火紅的薔薇，給她簪在髮髻上。心裡想著，一會兒出去，就上趟首飾鋪子，挑幾件輕巧別致的首飾給她。他看出來了，蘇清河嫌首飾累贅。

早飯多了一道荷葉粥，蘇清河才恍惚道：「難道這兩天的時間，湖裡的荷葉已經出水了？」

沈飛麟點點頭。「昨兒在湖邊玩，湖上已鋪了一層荷葉。」

蘇清河馬上丟下吃食的問題，叮囑兒子。「以後有別的小客人來，別老帶往湖邊去，萬一掉下去怎麼辦？」

沈飛麟暗地裡翻了個白眼。那湖邊根本就靠近不了。

當初設計園子的人心思也是巧妙，湖邊設計成臺階的樣子，每一臺階都有好幾尺，上面種植著密密麻麻的藤蔓。從他們玩耍的平地到水邊，層層阻隔之下，還有幾十尺的距離。這得多缺心眼兒才能掉下去？

不過他還是點點頭。「咱們只是打湖邊路過，娘妳放心。石山那一區我也不讓人去，萬一不小心摔下去就不好了。」

蘇清河這才順手給兒子挾了一個蝦餃。「你做得對，還是娘的兒子懂事。」

沈懷孝看著兒子賣乖，心裡卻暗笑這小子黏上毛就是猴，還真是精到家了，最知道見什麼人該說什麼話。

蘭嬤嬤急匆匆地進來，稟報道：「殿下，宮裡來的消息，說皇上下旨給誠親王賜了兩個側妃。」

蘇清河拿著筷子的手一頓。這是怎麼回事？昨晚已經申斥過了，今兒又這般行事，這不是打黃家的臉嗎？她從這裡面嗅出不一樣的氣息。

父皇對黃家，越來越沒有耐心了。

她點點頭，重新挾了一個翡翠燒賣，問道：「知道是哪兩家的姑娘嗎？」

蘭嬤嬤抬頭看了沈懷孝一眼，低聲道：「一個是沈家的，一個是高家的。」

蘇清河手裡的筷子瞬間落地。父皇這不是瞎攪和嗎？

如今，這一潭池水，瞬間就渾濁了起來。

沈家和高家會怎麼做？他們該扶持哪個皇子？如果不論是誰上位，他們都不吃虧，那還摻和個什麼勁？

沈懷孝重新遞了一雙筷子過去。「快吃飯，咱們的日子該怎麼過，就怎麼過吧，別人家的閒事不必理。」

蘇清河穩了穩心神。這下子，只怕誠親王不好做了。

丞相府

大駙馬跪在一個老者面前，頭垂得低低的。「為今之計，只能先把高家拋出去，沒有高家，咱們謀劃的事只是慢了一步。而暢音閣的事，沈懷孝一直在追查，當時高長天就在三樓，查出來只怕是遲早的事。如今，皇上對咱們家似乎也起了疑心，且不願意再忍了。」

那老者正是當朝丞相黃斌。看面相，不外是儒雅慈和的一個人。

黃斌的聲音聽不出喜怒。「只是慢了一步？你可知道這慢一步得再等多少年？老夫還有幾個年頭好活？」

大駙馬抖了一抖，彷彿受到驚嚇。「可這卻是如今唯一穩妥的辦法了。即便高家入了咱們的套，是不是真的能按照祖父的謀劃，積極地幫助咱們，這也還是個未知數。」

「你懷疑老夫的手段？」黃斌睜開眼睛，看著眼前的人，絲毫不掩飾眼裡的厭惡。

「不敢。」大駙馬額上的汗一點一點地落下來。「孫兒是一片赤誠之心，還望祖父明鑑。」

「你確實很聰明，先是被大公主逼迫答應了此事，隨後又找了個好時機和好理由，來勸老夫，以達到你的目的。」黃斌呵呵地笑兩聲。「你的聰明，是所有黃家孫輩都沒有的，可惜……」

可惜什麼？黃斌沒有往下說，大駙馬也不敢往深裡問。

就聽黃斌笑道：「如你所願，去吧，按照你想要的去做吧。」他倒要看看，最後能結出一個什麼果來？

只要今年再擴大鐵礦開採的量，高家也不是不可替代的。再說了，皇上這般打臉，他要是不做點什麼，倒顯得心虛了。

大駙馬整個人像是虛脫了似的，緩緩站起身來，恭敬地退了下去。

誠親王府

此刻的誠親王沒有時間應付已經在崩潰邊緣的王妃黃鶯兒。他正坐在書房裡，對面正是一臉不屑的大公主。

「大哥若真因為一個高家的側妃，就打算對高家罷手，那可是讓妹妹失望啊。」大公主把玩著手裡的茶盞，輕聲道。

誠親王揉了揉額角。「妳稍安勿躁。事情來得太快、太突然，我到現在還沒有理清頭緒。如今只是想讓妳給我一點時間，容我考慮清楚再說，此事推遲個兩、三日無礙大局。」

大公主看著誠親王驀地一笑。「大哥果然打的一手好算盤。這是想給高家準備的時間，是嗎？」

誠親王眉頭一皺，他還真是這麼想的。他只要把消息透給高家，讓高家能先備下應對之策，至於最後的結果如何，誰勝誰敗，對他都是沒有壞處的。

此時被大公主揭破，他臉上露出一抹尷尬之色，語氣和緩了一些。「皇妹，我希望妳能明白大哥的難處。總之，只要大哥好了，妳自然就好了。」

大公主臉上露出幾分淒然之色。「我好了又有什麼用呢？我能擁有尊貴的地位、無窮的財富，可是……」可是傳承給誰呢？沒有孩子，就失去了所有的希望。

誠親王不知道大公主的淒涼來自哪裡，只以為是因為大駙馬的緣故，就笑道：「至於大駙馬，以後妳就算是把他綁在府裡，大哥也能跟妳保證，沒有人敢說半個不字。」

大公主眸光一閃，微微一笑。「大哥的打算，只怕黃家的老匹夫不能答應吧？說不定不等大哥轉圜，他就先斷尾求生，將高家給拋出來了。」

誠親王的臉色微變。「我會進宮去跟娘娘說一聲的。」

大哥還指望靠著貴妃娘娘勸阻黃斌？大公主在心裡恥笑。貴妃的心思誰能摸得準呢？再說了，大哥怎麼就忘了，他們不過都是老匹夫手裡的棋子，棋子不聽話，那就是棄子，想必這個道理黃貴妃會明白的。

話不投機半句多，大公主沒有久留，便起身告辭了。

誠親王看著大公主的背影，臉上的神思越發凝重。

大公主可是什麼也沒有回應。既沒有反駁他，亦沒有說要配合他，這讓他心中有些拿不準。

他決定，還是儘快去宮裡一趟，跟母妃好好地說一說。

只要能協調好黃、沈、高三家的關係，調動這三家的力量，那麼，太子就沒有必要再待在東宮了。

而此時正院裡，黃鶯兒正慘白著臉色，一連讓人打探著消息。「表哥如今在哪兒？何時過來？」

等聽說誠親王已經進宮，黃鶯兒便再也撐不住了……她騙不了自己。

她與表哥從小就青梅竹馬，結褵近十載，可一切也不過是鏡中月、水中花。在權勢面前，她這個結髮妻子，實在算不得什麼。

她在丫鬟的攙扶下，躺回床上，只覺得心一點一點地沈下去，那深淵深不見底，似乎永遠沒有盡頭。

皇宮

齊嬤嬤看著相對而坐的母子，將茶水放下，就帶著屋裡的下人退了出去。

誠親王看著母親，輕聲道：「母妃，這對我來說是個機會，幾乎是父皇擺在我面前的機會。只要兒子能讓三家和平共處，父皇就會認可兒子的能力。」

黃貴妃搖頭。這孩子又被皇上給帶到溝裡去了。她認真地看著兒子。「淞兒，那個位置對你來說，真的就那麼重要嗎？」

誠親王一愣。「母妃，兒子是皇長子，繼承皇位不是理所當然的嗎？」

黃貴妃閉了閉眼睛，才道：「你可知道，為什麼你會是皇長子？」

誠親王懵了。這是什麼問題？他是爹娘生下來的，這還得問他們啊！

黃貴妃像是讀懂了兒子臉上的表情，尷尬了一瞬，才道：「你可知道，你外祖父是先皇的心腹。」

誠親王點點頭。

「那你又知不知道，你的出生是你父皇被先帝逼迫的結果？先帝希望有個傀儡太子來架空你父皇，而你，就是被選定的傀儡。」黃貴妃的聲音很輕，但瞬間還是讓誠親王臉上失去了血色。

原來自從生下來，他就注定是父皇的敵人。

第八十六章　勸兒

「母妃。」誠親王低啞地叫了一聲，嗓子卻如同被什麼東西堵住一般，再也說不出半句話來。

黃貴妃牽起嘴角，露出幾分涼薄的笑意，眼眶卻紅了。

「那時候，你父皇剛登基，還是個十幾歲的少年，稚嫩得很呢。他守在你皇祖父的身邊，乖巧地扮演著孝子的角色。豈不知，你皇祖父執掌江山幾十年，什麼樣的人心看不透呢？

「先帝覺得，跟其他幾個活躍的兒子相比，你父皇少了一分君臨天下的氣魄，當時他一味地只想著自保，並不是為君之道；不過，你那些被先帝處死的伯王們，倒讓你父皇學會了狠戾。母妃到現在也不知道，這算不算是先帝對你父皇的另類教導——教導他如何成為一個君主。而事實上，你父皇也就是在先帝的一次次逼迫中，慢慢地成長起來。

「當時，先帝的身體還不大康健，是你的外祖父，也就是我的父親，主動對先帝獻策，將我送進宮裡。先帝並沒有反對，而是默許了。於是，我便進了宮，成為你父皇的妃子。

「我也不知道，當時先帝是出於什麼樣的心態想要立個太子，其實，不過是一個傀儡而已，選誰並沒有太大的區別。恒親王、豫親王當時也都還是剛斷奶的娃娃，他們其實比你更好控制，畢竟你身後還站著黃家。

「你父皇明面上沒有反對，奇怪的是，先帝也並沒有過於強烈地逼迫他要立你為太子。於是，你父皇與先皇后白氏生下的二皇子，被立為太子。

「母妃這些年常常在想，你皇祖父若是真想立你為太子，有的是機會。從白氏懷孕到生產這麼長的一段時間，要立早就立了，可是，先帝偏偏沒有，甚至先皇后一點挫折都沒受，便順利地生下了二皇子，她的兒子還名正言順地被立為太子。

「我總想著，要是先帝早一步立你為太子，我兒就不會這般辛苦了。可琢磨了這麼些年，我總算琢磨出一點眉目了。先帝根本就沒打算立你為太子，他只是想看你父皇會如何應對。先帝在教導他，用一種近乎殘忍的方式，教導你父皇為君之道。

「你父皇幼年不得寵，他在皇宮裡學得最多的就是如何退讓、如何妥協、如何自保，而先帝所做的種種行徑，卻是在一步一步地逼迫著他，讓他露出自己的獠牙。」

黃貴妃的神色有些悵然，又有些解脫。

誠親王看著黃貴妃，不由道：「母妃旁觀者清，看得分明。」

黃貴妃卻搖搖頭，失笑道：「母妃沒那般聰明，這些感悟也是最近才想到的。先帝跟你父皇，當時爭鬥得異常激烈，他們身在局中，又哪裡能看得明白？」

黃貴妃流露出哀傷的神色，又接著道：「你知道先皇后白氏嗎？她是你父皇最厭惡的女人。」

誠親王搖搖頭，露出吃驚的神色。

既然父皇這般厭惡先皇后，又為何要封她的兒子為太子呢？

「你父皇要娶的，一直都是西寒宮的賢妃。」黃貴妃拍拍兒子的手，安撫道。

「老四！」誠親王愕然地睜大眼睛。

原來父皇心裡，真正在意的人是老四。

可是，老四從小過的是什麼樣的日子，他可是親眼所見，如果父皇的愛是如此冷酷無情，那他寧可不要。

「賢妃一直都是你父皇放在心尖上的人。二十多年前，賢妃生產時發生了什麼事，其實，母妃真的一點也不知道。

「直到那位四公主在遼東出現，母妃才恍然大悟。先帝一定是施加了什麼壓力，逼得你父皇不得不透過這樣的手段，來保全他心愛的女人和孩子。

「一個帝王，不能被一個女人的感情所左右，唯有捨下這份情，你父皇才能真正成為君主，這大概是先帝為你父皇上的最後一課。打從這之後，據說先帝的身子就每況愈下，再也沒有精力給你父皇添亂了。」

誠親王皺了皺眉。「那麼，黃家……」

黃貴妃的臉色越發難看起來。「你皇祖父真當得起一代明君之稱，在生命的最後，更是捨棄了名聲，寧願承擔昏聵的罪名，也要將你父皇教導成君王。但只要是人，就會犯錯，而先帝所犯下最大的錯，就是錯認了你外祖父……錯把奸臣當忠臣了。你外祖父在先帝和你父皇之間，扮演了一個極不光彩的角色，為的是什麼，你現下也知道了。如今，先帝沒有將你變成傀儡，我兒卻要自己成為傀儡嗎？」

誠親王揉了揉臉。他從來都不知道，原來背後竟有這麼多的曲折。「母妃，為什麼不早點告訴我？」

「注定的，就躲不掉。當你的心裡滋生了野心，不用人引誘，你也會踏進這個圈套。若是安親王沒有從西北脫身，母妃是不會提起這件事的，因為，你確實還有一爭的機會。可如今，不管你再怎麼掙扎，也無濟於事。你父皇的心思，從來都沒有變過。」黃貴妃有些悵然地安慰兒子。

誠親王只覺得自己的腦子快要不夠用了。「母妃，兒子想問問，何以您對外祖父似乎如此的……厭惡？」

黃貴妃臉上露出幾分淒然的笑意。「當年，黃斌還只是個小小的舉人，得蒙恩師看重，將自己的女兒下嫁於他，並且為他上下打點，謀得一個知縣的實缺。」

即便是兩榜進士，想要謀個實缺也不是件容易的事，更何況只是個小小的舉人，還是寒門出身。他沒有財力，更沒有人脈啊。

誠親王點頭。這些往事他是不知道的，因為黃斌的經歷，眾所周知是由縣令開始的。而在這之前，誰扶了他一把，卻沒人知道。

「他的恩師，就是母妃的外公。」黃貴妃神情空洞，望著遠方。

誠親王瞪大眼睛。「您不是外婆……不對，您不是黃夫人生的嗎？」

黃貴妃搖搖頭。「如今的黃夫人只是繼室，真正的原配是我娘，可她早就死了。這位黃夫人出身大家，自然不是我的外家——那個小小的鄉紳之家，能比的。」

樣。

她又接著道：「當時，我的外祖父為了黃斌，動用了家裡所有的人脈，甚至變賣了不少家產，才湊足打點官職的銀錢。卻沒想到，黃斌在之後遇到了這位黃夫人，一切就都變了樣。

「我那時才三歲，坐在炕上，看著小產的母親痛苦地喊著疼，而我的父親只是冷漠地看著我的母親，慢慢死去。他沒有叫大夫，甚至沒有上前查看，就那麼無情地看著她，一直到死。」黃貴妃的聲音裡，透著刻骨的寒意與憎恨。

「我太瞭解黃斌了，所以在沒能力反抗的時候，我就是他最乖巧的女兒。可自那時起，我就發誓，總有一天，我會親手毀了他。」

誠親王看著母妃猙獰的臉色，不覺得可怕，只感到萬分心疼。這些年，看著他跟黃斌綁在一起，她心裡一定是極其痛苦的吧。

他扳開黃貴妃的手，看見掌心裡全是鮮血，忙拿了一條帕子，將母妃的手包起來。

黃貴妃看著誠親王。「兒啊，答應母妃，儘早抽身。」

他看著黃貴妃焦急的臉色，慢慢地點頭。

誠親王迷迷糊糊地出了宮。他答應了母妃，一定會抽身，但是，自己就真的甘心嗎？

母妃所忌諱的、擔心的，無非是他與黃家有所牽扯，將來被黃家利用了。可若是他跟黃家決裂了，或者黃家徹底倒了，他是不是還有機會能再爭一爭太子之位？

一路上，他坐在馬車裡，不斷思考著往後該怎麼辦才好？

剛進家門，就有嬤嬤前來相請。「王爺，王妃有些不好了。」

誠親王一聽這話，急匆匆地來到了黃鶯兒的屋子裡。只見黃鶯兒躺在床上，臉色慘白如紙。

她被皇后申斥時，也只是憤怒，可見到自己被賞賜了女人，整個人卻彷彿被抽空了。這個女人，是真的把他放在心上。

他們夫妻十載，還生育了兩個孩子，說不在乎，那都是假話。畢竟，不是誰都跟黃斌一般冷血。

如今對他而言，什麼都是假的，只有情分才是真的。

誠親王坐在她身邊，拉著她的手道：「表妹，咱們倆以後，好好地過日子，不管誰被送進來，咱們都一樣過日子，好不好？過一陣子，我再去求求四皇妹，讓她給妳瞧瞧身子。咱們要是能再生個兒子，我就別無所求了。」

只要自己不覬覦皇位，如若黃家真的倒了，他也能護著自己的妻子一世太平。就算是黃家女所生的孩子，也沒什麼關係了。

黃鶯兒轉頭看著誠親王。「不能不要那兩個女人嗎？」

誠親王愣然了一瞬，沈默良久才道：「若此時去求父皇，就是抗旨了，這件事先拖著，事緩則圓。只要人不接進來，就還有轉圜的餘地，妳只管安心。」

黃鶯兒這才扯著誠親王的袖子，大聲地哭了起來。

誠親王撫著她的背，安慰道：「哭吧，把委屈都哭出來，哭出來就好了。」

他說的這些話，也不全是在安慰她。

只要能掀了黃家，父皇不會因為區區兩個女人為難他的。到時候再替這兩個女人重新賜婚，給個體面人家也就是了。

安親王府

萬氏剛得知大皇子妃受到中宮的訓斥，就有些惴惴不安。皇后沒有皇上的允許，是不會這麼不給大皇子妃面子的。

她從來不知道，原來皇子妃的臉面也是不值錢的，人家說不給就不給，這讓她有些惶惶然。

白嬤嬤從外面進來，稟報道：「娘娘，宮中給誠親王賜了兩個側妃。」

萬氏愣了一下，不在意地擺擺手。「誠親王不過是被賜了幾個女人，又不是什麼大事，要緊的是那皇后的申斥。這可讓大皇嫂以後怎麼見人啊？」

白嬤嬤一愣，有些不能理解萬氏的想法。怎麼多了兩個側妃是小事，面子才是要緊的呢？

以前王爺不在，她還感覺不出什麼不對勁的地方，可如今王爺回來了，許多問題便顯現出來。她以前怎麼從沒發現萬氏是這麼想的。

她所做的一切，究竟是為了別人讚一聲她這個王妃當得好，還是真心實意的為王爺著想？白嬤嬤有些看不明白了。

白嬤嬤覺得自己肯定是誤會了，就笑道：「王妃可別這麼說。誠親王妃現在指不定還因為誠親王得了兩個側妃，正傷心著呢。」

「傷心什麼？她是王妃，還有兩個有封號的女兒，娘家也體面，有什麼好傷心的？為今之計，是趕緊想辦法把名聲撿起來再說。」萬氏不贊同地道。

白嬷嬷的心一點一點地涼了起來。「都說大千歲對王妃是一往情深，這些年沒有子嗣，卻也沒娶側妃。如今這樣，誠親王妃心中想必會有些難受的。」

萬氏一愣。「孰輕孰重，大皇嫂還不至於分不清吧？」

白嬷嬷看了萬氏一眼，確定她說的是真心話。原來在她的眼中看來，身為王妃的尊榮，比起丈夫的情意更重要。

安親王在外面聽了半晌，眼神越發地幽深起來。

他轉身離開，吩咐白遠道：「在外院收拾兩個院子，將源哥兒和涵哥兒挪到前院吧。伺候的人不用跟著，本王另有安排。」

白遠看著自家王爺，有些心疼。他應了聲「是」，便退了下去。

安親王一個人回到書房裡，無力地坐在椅子上，看著從窗櫺處照進來的陽光，心神有些恍惚。

他貴為皇子，堂堂七尺大丈夫，卻連自己妻子的心都征服不了。不得不說，這也是一種悲哀。

「殿下。」白遠進來，低聲喚了一句。

安親王回過神來，問道：「什麼事？」

白遠斟酌道：「兩位小主子都安排妥當了。」

安親王點頭，又問道：「王妃沒說什麼嗎？」

白遠搖搖頭。「王妃叮囑兩位小主子要規矩一些。」

規矩？安親王的臉上露出幾分嘲諷的笑意。他的兩個孩子，若真的都成了規矩的孩子，只會聽命行事，他才該愁了。

白遠低聲道：「殿下，您不必委屈自己的。」

主子只守著一個女人，但這個女人的心裡，主子卻不是最重要的，她更喜歡主子帶給她的身分，這讓他心裡有些惱火。

安親王搖搖頭。委屈嗎？或許吧。他不是沒想過要一心一意地對待自己的妻子，但她的想法卻讓自己心灰意冷。

他無心談論此事，轉移話題道：「外面有什麼消息？」

白遠一愣，才道：「倒是沒什麼要緊的。大千歲進了宮，別的就沒有了。對了，還有在這之前，大公主去了一趟誠親王府。」

「太子那邊呢？」安親王又問了一句。

「太子宣了輔國公，但輔國公世子為其父報病，說是感染了風寒，怕過了病氣給太子，沒有前去覲見。」白遠道。

將沈家的姑娘賜給大千歲做側妃，可謂狠狠地給了太子一刀，太子不慌才怪呢。

沈中璣這個人倒是聰明，就這麼躲了。

他昨兒在宜園還生龍活虎，喝起酒來一點也不比年輕人差，如今說得風寒就得風寒了，誰信哪？

安親王點點頭。「情理之中。」他站起身來。「走，去看看兩個孩子。他們剛換了地方，估計還不大適應。」

宜園

沈懷孝上午在衙門，下午就回家陪著蘇清河和兩個孩子。

一家子坐在樹蔭下，感受著徐徐的清風，蘇清河的心也跟著放鬆起來。

「還記得我跟你說過的平價藥鋪嗎？」蘇清河問沈懷孝。

怎麼還記著這件事呢？沈懷孝看著蘇清河。「還是想開藥鋪？我就是擔心有人會說妳與民爭利。」

蘇清河不在意地笑道：「這次，我打算更名為『皇家平民藥鋪』。沒想過盈利，只要能自負盈虧就好，哪怕是賠上一點兒，也是要開這間藥鋪的。就算要我把封地的收益都搭上，也在所不惜。」

沈懷孝看著蘇清河。他知道這個女人不是個信口開河的人，沒有理由，她不會這麼做的。

「有一句話是這麼說的，『一代親，二代表，三代、四代全拉倒。』」蘇清河看著沈懷孝笑了笑。「有什麼感觸沒有？」

沈懷孝臉色一變，他馬上就明白了。自家媳婦這是想得遠啊。

如今的皇上，是公主的親爹，要是不出差錯，下一任皇帝會是公主的親哥。可再往後呢？

不過是公主的姪兒。

他把視線落在兒子、女兒身上。到了孩子這一輩，跟上位者之間的關係，隔得可就更遠了。

想要保後代世世平安順遂，除了聯姻，最有效的辦法就是擴張自身的勢力和影響力了。勢力只能放在暗處，但影響力卻是必須擺在明面上的。

而這個平價藥鋪，就是想要擴大影響力。

為了不犯忌諱，甚至冠上了「皇家」二字。

沈懷孝一時之間覺得羞愧極了。媳婦做的事、想的事，都是為了子孫後代著想的大事。他覺得，自己也得做些什麼了。

蘇清河為以後打算是真的，但她想為普通百姓做點什麼的心意，也是真的。她別的本事沒有，但是她的老本行就是大夫。若是能為更多人解除病痛，也不枉她來這一遭。

沈懷孝點頭。「咱們家不缺錢，妳想怎麼幹就怎麼幹。」

蘇清河笑了笑。

在這個世道，像沈懷孝這般甘願隱在幕後，成就一個女人的男人，只怕是絕無僅有了。

她想，自己也是幸運的。

可還沒等蘇清河開始張羅鋪子，突如其來的一件事，便徹底打亂了她的計畫。

第八十七章　揭發

這一日，懸掛在宮門外、早已斑駁不堪的登聞鼓被敲響了。

那鼓聲彷彿敲在了人的心裡。

滿京城的宗室、勛貴和三品以上的文武大臣，不管正在做什麼，都放下了手頭上的東西，趕緊換上朝服，往宮裡去。

這一面鼓，已經有近百年沒被敲響了，若不是發生了什麼大事，是不會鳴響的。

誠親王正與王妃對弈，聽到鼓聲，頓時一愣，心想著，終於動了。他扔下棋子，連忙起身更衣。

安親王也是一下子就站起身來。雖然不知道發生了什麼事，但也急匆匆地準備出門。

蘇清河則已經打發沈懷孝去換朝服了。「也不知道出了什麼事？鬧得人心惶惶。」

沈懷孝繫上腰帶，沒有答話，猛地想起了什麼，急忙道：「賴嬤嬤，趕緊去給公主拿朝服。」

蘇清河一臉驚詫。拿她的朝服要做什麼？。

賴嬤嬤也反應過來。「殿下，您是護國公主，遇大事是要出席的。老奴也把這件事給忘了。」她馬上吩咐人拿朝服，又替蘇清河重新梳妝。

蘇清河還是第一次穿杏黃的禮服，上面鳳凰展翅欲飛，讓人不敢直視。她的頭上則戴著鳳釵，華麗非凡。

兩個孩子愣愣地看著她。「娘真威風。」

「好不好看？」蘇清河問道。

「就是威風。」沈菲琪閃著亮晶晶的眼道。

沈懷孝有些哭笑不得。這還能用好不好看來形容嗎？她的一身禮服，代表的可是讓人不得不低頭的權勢啊。

他退後一步，緩聲道：「公主殿下，請。」

蘇清河有些無奈地看著他。至於這樣嗎？

等蘇清河到了宮裡，一進大殿，所有人都一愣。眾人都忘了，京城如今還有這麼一號人物在呢。

蘇清河穩了穩心神，向前走去。

明啟帝面上露出欣慰之色。既然他給了她一張虎皮，她勢必要學會披出來唬人。見她舉止有度，他的眼裡便有了笑意。

「給護國公主看座。」明啟帝開口道。

蘇清河謝了恩，這才坐下。

眾人起身就要給她行禮，蘇清河客氣地避開，才算罷了。

誠親王以前不覺得什麼，如今再看，心思就有些複雜。

父皇對賢妃的兩個孩子，真的不一般。

太子在蘇清河的上首，看著同樣身穿杏黃色的蘇清河，心裡說不上來是什麼滋味。哪怕明知道她只是個公主，也讓他頗為尷尬。有些特權，是不允許別人染指的。

他第一次發現，杏黃居然是如此礙眼的顏色。當杏黃是唯一的時候，是一抹亮色；當杏黃唯二的時候，就只剩下尷尬了。

蘇清河感覺到沈懷孝就站在她的身後，有些不自在地動了動身子。

福順人老成精了，馬上知道公主在想什麼。他讓人搬了張圓凳，不動聲色地給沈懷孝送了過去，也算是有個位子吧。

蘇清河這才覺得自在了一些。

大殿上，誰也沒說話，也沒相互打探究竟是發生了什麼事？

太子有些焦灼，倒是誠親王面無異色，這讓蘇清河不由得想起大公主在那一天說過的話。難不成眼前即將發生的一切，是大公主和誠親王的手筆？

蘇清河看了安親王一眼，不動聲色地使了個眼色。

安親王見了她的神色，心裡稍微安穩了一些。看來，今兒的事，跟他的關係不大。

明啟帝在上面半垂著眼瞼，卻把每個人的神色盡收眼底，心裡對老四和清河的眼神交流，會心一笑。

這兩個孩子還當他們只是來看熱鬧的，豈不知，也許到了最後，他們才是真正的主角。謀劃了這麼久，他終於等到今天了……

福順在明啟帝身邊說了一句什麼，明啟帝點點頭，就道：「既然人都來齊了，咱們就開始吧。」

福順點點頭，揚聲道：「帶擊鼓人。」

外面一聲接著一聲的傳喚聲，將人的心吊得高高的，眾人不由得朝大殿門口望去。

隨著那人身影的出現，眾人都不由得倒吸一口涼氣。

這不是大駙馬嗎？

既然是大駙馬，有什麼事不能悄悄地稟報皇上，非得鬧得人盡皆知？想到大駙馬是黃家的人，眾人又都不約而同地朝黃丞相看去。

黃斌在眾人的注視下，泰然自若，彷彿什麼也沒察覺到一般。

蘇清河是第一次見到黃斌。他髮鬢皆白，面容祥和，真的很難想像他會是個歹人。不過他那般冷靜的態度，讓蘇清河瞇了瞇眼。這人果然是個極其危險的人。

「下面所跪何人？」明啟帝垂著眼瞼問道。

「回皇上的話，小臣黃江生。」大駙馬道。

蘇清河看了大駙馬一眼。她還是第一次聽說大駙馬的名字。

「緣何敲響登聞鼓？」明啟帝神色平和地問道。

「回皇上的話，小臣要揭發朝中有不臣之心的勛貴大臣。」

大駙馬的話音一落，大殿裡馬上就充斥著議論聲。

不臣之心，指的可不就是謀反。勛貴大臣？究竟是勛貴還是大臣？這種事沒有確鑿證據誰敢亂說啊？就連皇上處置起來，都要謹慎之至。

蘇清河抬眼看了誠親王一眼，見他沒有任何多餘的神色，就不免猜測，他究竟要朝誰下手？

良國公神色淡淡的，但心裡卻知道不好。黃斌這個老匹夫，果然心狠手辣。

沈中璣微微地吐了一口氣。此次自家不會被牽扯其中，還真是運氣啊。

明啟帝似乎沒聽見下面的竊竊私語，笑問道：「你知道什麼，儘管說來，朕赦你無罪。」

大駙馬仰起頭，看了良國公一眼，才道：「小臣要揭發良國公懷有不臣之心，圖謀不軌。」

良國公雖說早已有了心理準備，真被叫破了還是不免心驚。再加上他本有幾分刻意裝出來的驚訝之色，倒讓人一時看不出他是不是真的事先一點也不知情。

良國公心知黃斌的狠辣，估計這次想要全身而退，是不可能了。但黃斌想要一點事都不沾上身，也要看他答不答應。

話雖是大駙馬說出口的，但眾人的視線卻一致落在黃斌身上。

大駙馬一個年輕小夥子懂什麼？沒有人指使，他也不敢說啊。一個毛頭小子的話或許不可信，但是身為兩朝重臣的丞相黃斌，他的話難道也不可信嗎？

一時間，眾人看向良國公的眼神，就有了一些變化。

六皇子榮親王面色早已鐵青。說高家，可不就是指摘他嗎？說高家要謀反，可不就是說他心懷不軌？

榮親王頓時跳出來，呵斥道：「黃江生，說話可是要有證據的！良國公府是什麼樣的地位，並非你三言兩語就能誣陷的。這個後果，你擔得起嗎？」

大駙馬眉頭微微一皺，揚聲道：「這個自然。沒有證據，小臣哪裡敢敲響登聞鼓。」

榮親王一愣，看了良國公一眼，才緩緩對大駙馬道：「但願你能拿得出令人信服的證據。」

蘇清河看了榮親王一眼，心裡暗暗搖頭。果然還是太年輕，沈不住氣。

黃斌敢讓大駙馬將高家咬出來，必然是留有後手的。高家想要說個清楚，不容易。但高家有事，不意味著你榮親王就有事。你先是皇上的六皇子，才是高家的外孫。如今你倒好，主動貼了上去，真是蠢到家了。

大駙馬見無人再說話，就道：「小臣的暢音閣，有一位唱青衣的戲子，人稱小白玉。此事還得讓小白玉這個當事人說一說，才能說得清楚明白。」

眾人不由得想起前些日子，在暢音閣發生的事。看來，果然是有問題的。

明啟帝點頭。「那就叫上來問話吧。」

人很快被帶了上來。

之前蘇清河見到的小白玉是上著戲妝的，如今這般，她還認不清楚是不是同一個人？她微微側過身，看了沈懷孝一眼，就見沈懷孝輕輕地點了一下頭。

她這才打量起眼前的小白玉。年紀很小，十四、五歲的樣子，模樣倒是清俊，也長了一雙丹鳳眼。難怪傳言說他是先帝後嗣，會有人相信呢。
這孩子有些拘謹，手腳都不知道該怎麼放。跪下後，他磕了幾個頭，就不再言語。
明啟帝問道：「這個人，可是你所說的小白玉？」
大駙馬沈聲道：「正是。」
「那就說吧。」明啟帝的語氣始終淡淡的，聽不出喜怒。
那小白玉看了看周圍的人，才緊張地道：「草民要狀告良國公府……良國公府為了讓高家女登上后位，竟然謀害先皇后，如今先皇后被囚禁於坤寧宮。」
一石激起千層浪。
蘇清河差點從椅子上跳起來，她迅速看了安親王一眼，就見對方也是一臉凝重地搖搖頭，顯然並不知情。
而英郡王更是愕然地睜大眼睛，看向蘇清河，見蘇清河也是搖搖頭，就趕緊垂下眼瞼。他以為只有他知道的秘密，原來壓根兒就不是秘密。
最驚愕的還不是蘇清河等人，而是大駙馬，只見他一臉驚愕地看著小白玉。這跟他們事先商量好的說辭是不一樣的，什麼皇后、先皇后？都是鬼扯！連他都不知道的事，一個戲子是怎麼知道的？
他要是還不知道自己被人算計了，那就真成豬腦子了。如今事情因他而起，卻再不能由他來掌控。
他不由得看向祖父黃斌，微微搖了搖頭。

榮親王都懵了。這小白玉說的高家女，可不就是他的母親，當今的皇后。坤寧宮裡關押著人嗎？他真的不知道，這玩笑開得有點大了。

另一個緊張的還有太子。要是白氏還活著，他這個說不清是真太子還是假太子的太子，身世可就藏不住了。

一時間，整個大殿中，靜得只剩下呼吸聲。

大家關切地看向太子。畢竟關押的是太子的「親娘」，太子頂著眾人的視線，連想退縮都不能。

榮親王有些坐立難安，他現下連插句話都不敢。

良國公愣住了。這事他還真沒做過，可他卻不能保證坤寧宮真的就沒藏人。

誠親王心裡更是驚濤駭浪，大公主是怎麼謀劃的，他一清二楚，他敢肯定，以大公主的能力，不會臨時更改劇本。

那麼，只有一種可能——從頭到尾，所有人都被某個人給算計了。這個人是誰呢？誠親王覺得自己的呼吸瞬間急促了起來。

而蘇清河第一時間馬上意識到，這是一個機會，一個為賢妃正身的機會。

安親王和蘇清河對視一眼，都明白彼此的意思。這個大好機會，千萬不能放過。

長久的沈默後，明啟帝輕輕一笑。「皇后位居中宮，貴為國母，如今當著滿朝文武被如此指控，若不查清楚，看來不足以洗清皇后的委屈。這麼著吧，先讓人去查查看……」

「父皇。」榮親王站起身來。「父皇此舉不妥當。那人不過是區區一個戲子，況且這深宮大內，又是二十幾年前的事情，他從何得知？依兒臣之見，還是先拷問這個戲子再說。」

眾人都沒說話。這樣的破綻太明顯，任誰都看得出來，但為何沒人質疑？就在於因為這個戲子的身分本來就無關緊要，重要的是他身後有人，要讓他將這些事說出來，他也就是個傳聲筒。若不是由他來說破，自然也會有別人。

查不查這個戲子，實在沒有太大區別。大家唯一關心的，只有他方才所言是不是真的？

良國公站起身來，給榮親王一個稍安勿躁的眼神，才道：「皇上，還請您先派人搜查坤寧宮，若真有此事，還請皇上詳查。坤寧宮關押著人，卻未必一定與皇后有關，即便真是娘娘關押的，那麼，事情就更蹊蹺了。以娘娘的身分，不是應該殺了那個所謂還活著的先皇后，才能確保自己永遠安全嗎？如此把人關押起來，著實不合情理。而如此隱秘的事，還恰巧被一個戲子探知了，就更是離譜得厲害。請皇上明斷。」

榮親王一聽，臉上就露出幾分釋然和輕鬆。

蘇清河在心裡暗暗點頭。到底薑還是老的辣。

明啟帝點頭。「愛卿所言甚是有理，就這麼辦吧。」他看了福順一眼，福順馬上躬身退了出去。

蘇清河猛然像是意識到了什麼，她抬頭看向明啟帝。

今兒這齣戲，是借了大公主的手來掀高家的，但真正得利的肯定是賢妃。那麼，這齣戲的導演是誰，已經不言而喻了。

明啟帝察覺到了蘇清河的視線，心裡暗自欣慰。這個閨女就是機靈。

玫兒，朕不能再委屈妳了。

榮親王看著退出去的福順，馬上站起身來。「父皇，兒臣也想去瞧瞧，這猛地要搜查坤寧宮，兒子怕嚇到母后。」

明啟帝點點頭，看不出喜怒。「去吧。這是你的孝心，朕不能攔著。」

蘇清河看著榮親王腳步匆匆地離去，總覺得哪裡有些違和感。正想著呢，突然覺得背後一癢，是沈懷孝在她背上比劃，仔細感覺，他寫的是「太子」二字。

太子？太子怎麼了？

蘇清河心裡一頓。沒錯，作為兒子，聽到親生母親被囚禁關押，不該是這樣的無動於衷。

她用眼角餘光打量太子，就見他雙手緊緊地攥在一起，想來是緊張所致。堂堂的一國儲君，能有什麼事讓他緊張成這副模樣？他不該是傷心、憤怒嗎？

心裡升起了諸多謎團，她越發覺得事情更加蹊蹺了。

坤寧宮

高皇后聽到稟報，便傳喚福順進來。

在見到福順身後跟著不少人時，臉色一沈。她這個皇后，越來越不被人看在眼裡了。

「福公公有事？」高皇后的語氣說不上好。

福順恭敬地低頭。「娘娘，皇上讓老奴來坤寧宮瞧一瞧。」

「瞧什麼？」高皇后放下手裡的茶杯。「什麼時候，坤寧宮也成了別人想來就來，想走就走的地方了？」

福順臉上的笑意不變，越發恭敬了起來。「娘娘誤會……」

不待福順說完，榮親王就走了進來。「母后，福公公要看，就讓他看。這是父皇下的旨意，違抗不得。」

高皇后一愣，不由得看向榮親王。

福順此時卻默默地退下了。

高皇后有些不解地看向兒子。「凜兒，究竟怎麼回事？」

榮親王見到福順已經出去了，連忙小聲問道：「母后，先皇后是不是還活著？」

高皇后馬上變了臉色，聲音帶著顫抖。「你……你怎麼知道？」

榮親王跟著臉色慘白。「這麼說，真的是母后算計了先皇后？」

高皇后搖搖頭。「不是的、不是的！那時候母后還沒有進宮，要怎麼害她？」

「那母后怎麼知道先皇后還活著？」榮親王拉著高皇后的手，緊張地問。

「母后是進宮以後，才發現白氏被囚禁的……」高皇后的臉色白了起來。如今說什麼，想來也沒人會相信了。

「母后為什麼不乾脆殺了她？留著她做什麼？」榮親王的臉色有些猙獰，質問道。

為什麼？能為什麼？不過是嫉妒罷了。

她出身良國公府，千嬌萬寵地長大，就連那些不受寵的公主，都不及她過得舒服自在、舒心隨意。

可進了宮，卻要對著一個沒落侯府庶女的牌位行妾室禮。憑什麼！

都說皇上對先皇后如何的情深義重，如何的一往情深。那麼，又將她這個妻子，擺在什麼地方？

她長年被皇上冷落，枯守在坤寧宮，沒有丈夫的陪伴，只有空蕩蕩的宮殿，伴著她度過了一年又一年。

她就是要看著白氏生活在水深火熱之中，只有看著對方痛苦，她才覺得快意。

遠遠的，傳來驚呼之聲。

榮親王無奈地看了高皇后一眼，趕緊出去了。他要親眼盯著，省得有人搞鬼。

而高皇后則像是被抽去了所有的力氣。難道就這樣完了嗎？

不！她不甘心啊！

第八十八章　辨認

榮親王常來坤寧宮，但在他的印象裡，坤寧宮根本沒有這樣一個荒涼的院落，可如今卻出現在他的視線裡。

這個院子兩側，都是下人住的屋子，只有一條窄窄的巷子連通著。破敗的屋子裡，一面牆壁已經被移開，露出了暗室。

暗室裡，一股子惡臭撲鼻而來。

一個看不出年紀的白髮老嫗，被鐵鏈鎖在屋裡。此刻她縮在牆角，有些瑟縮地看著屋外的人。

福順眼裡閃過一絲冷意，瞬間又斂去了。他掏出帕子，捂住自己的口鼻，稍微靠近了一點，舉起火把看了一眼，馬上「哎喲」一聲。「還真有些相像呢。」

這話一出，屋裡的老嫗馬上有了反應。她盯著福順看了半晌，猛地站起身來。「福……福……順……」

雖然說話不索利，但顯然是認識福順的。

福順雖然整天「老奴」、「老奴」的不離口，但在宮裡養尊處優，又能老到哪裡去。會被熟人認出來，一點也不出奇。

福順的嘴角牽起嘲諷的笑意。「既然認出了老奴，那就錯不了了。」

說完，一揮手，自有人上前打理。

榮親王拉了福順。「公公，您不會認錯吧？」

據說先皇后貌若天仙，姿容秀美，品行溫良，堪為女子典範。如今這個老媼，哪有一點傳說中的風采？

想一想太子的風姿，要真是這個女人生的，那也算得上是歹竹出好筍了。

福順真有些佩服榮親王的心大。這會子不想著高皇后該怎麼辦，還有心思琢磨這些有的沒的。

可能是福順看著自己的眼光太過詭異，榮親王才訕訕地道：「本王這不是怕有人冒充嗎？」

福順點點頭。「是與不是，還得由皇上判斷啊。」

榮親王又看了一眼被幾個僕婦拖出來的女人，厭惡地點點頭。

大殿裡的眾人，正心思各異的等待福順歸來。

不過半個時辰的時間，漫長得彷彿過了一個世紀。

福順腳步匆匆地進來，對著明啟帝耳語幾聲。

明啟帝露出詫異之色，點點頭就道：「既然找到了人，先帶上來吧。至於是不是先皇后白氏，等見到人再說。」

大殿裡頓時靜得可怕。沒想到，還真的找到人了。

眾人不免打量著皇上的臉色。都說皇上跟先皇后少年結縭，感情甚篤，是患難夫妻。但如今看皇上的神色，心裡都有些疑惑。

再看太子，整個人猶如一把拉滿的弓，隨時都準備射出去。

大殿上的人，哪個不是察言觀色的好手？如今的情況，是怎麼看怎麼不對勁啊。

福順再次進來，後面跟著三個人。

三個粗壯的僕婦攙著一個老婦，走進了眾人的視線。

就見那婦人頭髮花白，臉上沒有一絲血色，渾身枯瘦如柴，眼睛渾濁不堪。

這副樣子，連街邊的老乞婆都不如，會是堂堂的國母嗎？

必須不是啊！要是真認下來，皇上的臉面該往哪裡擱？

蘇清河心裡翻江倒海。這個人如果是白荷，那麼，當年操縱這一切的除了坐在上面的明啟帝，不可能再有別人了。

畢竟皇后的葬禮，可是國之大事，若是出一點紕漏都無法掩蓋的。

就聽坐在上面的人輕輕一嘆。「真是沒想到啊，妳居然還活著。」

明啟帝輕描淡寫的一句話，下面頓時就炸開了。

良國公站起身來。「皇上，當年臣也是親眼見過先皇后的，與這婦人沒有半絲相似之處。此事非同小可，還請皇上謹慎行事。」

只要一口咬定這個白氏是假的，那麼高皇后就沒什麼大錯。

明啟帝看了一眼站在下面，還沒醒過神來的白荷，搖搖頭道：「畢竟是夫妻，朕怎麼可能認錯？」

榮親王站起身，勸道：「父皇，人有相似，更何況都過了二十多年，人總是會變的。即便有一些相似之處，也不見得就是本人啊。」他看向太子，出言道：「二哥，都說母子連心，這是不是先皇后，你也認認啊。」

「你二哥那時還在襁褓中，哪裡能認得？」明啟帝看了太子一眼。「你不要多想。」

太子覺得眼前就是萬丈深淵，他有些理不清楚頭緒。

父皇明知道他不是白氏的孩子，為什麼還要在眾目睽睽之下把白氏請出來？就不怕白氏說出什麼不適當的話嗎？如今父皇更是認下了白氏，就不怕白氏將他的身世揭穿嗎？

父皇，您究竟在想什麼？

站在下面的白荷，好不容易回過神來，她的視線停留在太子身上。

太子猛地驚醒，馬上站起身來，打斷了白荷張口就要說出的話。「父皇，如果確認這人就是……就是母后，那麼，還得請高皇后前來說明此事了。母后為何會被囚禁於坤寧宮，還變成如今這副模樣？不管高皇后有沒有參與，人是在坤寧宮裡發現的，這點卻是不容否認的。」

榮親王站起身。「二哥，你這是什麼意思？母后進宮時，白皇后已經去世了。」他指著站在大堂中央的白荷。「至於她是怎麼被關的，跟我母后又有什麼關係？」

太子恥笑一聲。「一個人被關在密室，若不給吃、不給喝，只怕早就餓死了。如今她卻活生生地出現了，這是為什麼？因為有人就是要折磨她，就是要讓她生不如死。」

白荷聽到這些話，眼裡閃過幾絲瘋狂，她對榮親王發出低啞的嘶吼聲。顯然，太子的話刺激了她，讓她的思維全被仇恨占據。

蘇清河看著太子的視線，頓時有些意味深長。

太子為什麼害怕讓白荷開口？有什麼事情是不能被大家知道的？再說，這個人對待自己的親生母親，未免太過涼薄了些。

蘇清河不由得抬眼朝明啟帝看去，就見他低垂著眼瞼，看不出任何多餘的神色。

榮親王聽到白荷如同野獸般的嘶吼，嚇得退了兩步後，才慢慢穩下心神。

他轉身，對明啟帝行禮道：「父皇，事關母后，請容兒臣放肆。不論這個人是怎麼出現在坤寧宮的，如今首先要做的，是確認她是否為真的先皇后？一個已經去世幾十年的人，突然冒出來，相當可疑。當年是誰殮屍？是誰入棺？又是誰下葬？這些都得弄清楚。而且，應該讓白家的人來認一認，看看這是不是真的先皇后？

「父皇與先皇后雖是夫妻，但畢竟相處時日短暫，還是請白家人來吧。文遠侯也還在世，他是先皇后的親生父親，總不會認錯吧？而且文遠侯的世子，可是先皇后的弟弟，也應該能認出她來。就連在宮裡的賢妃，不也是先皇后的親妹妹嗎？把這些個親人都叫來認一認，才好下結論。」

事關自己的母親，他說什麼也不能退讓。他敢肯定，白家是不會認下這個女人的，即便她是真的，也會說成假的。一個體面的死人，總比一個污穢的活人，對白家更有利。

明啟帝認真地看了榮親王一眼，點頭道：「老六也長大了，有自己的主意了，就依你吧。」

榮親王呼了一口氣。好歹也是個機會。

福順馬上安排人去白家宣旨。

此時，高皇后在外求見，明啟帝讓榮親王接了她進來。

蘇清河隨著眾人向皇后行禮，順道打量了她一番。跟上次見面時，並沒太大的區別，看來，還是穩得住陣腳的。

明啟帝只是淡淡地看了高皇后一眼，一點也沒有想聽她說話的意思。

高皇后似乎已經對皇上的態度習以為常，沒有任何尷尬之色。

倒是白荷看著高皇后坐在皇上的身邊，頓時又嘶吼了起來，眼眶都有些充血。

蘇清河看白荷的樣子，應該是長年不說話的緣故，如今只怕要開口都有些困難。

高皇后對白荷，眼裡有著赤裸裸的厭惡。

白家的人，到得最早的自然是賢妃。她的裝扮雖比在自己宮裡時看上去正式許多，可是跟其他妃嬪相比，依舊是簡樸得很。

大部分人都沒見過賢妃，二十幾年不露面的人，誰看見了都覺得新奇。但時間真的沒有在她的身上留下多少烙印，她依舊貌美，只是多了幾分歲月的沈澱。

賢妃一踏進大殿，明啟帝眼睛就有了笑意，他轉過頭，吩咐蘇清河。「接妳娘進來，她身子不好，禮就免了。」

此刻，蘇清河在心中頗感激父皇，一句不用行禮，就免了賢妃對著高氏彎腰。

蘇清河趕緊去扶了賢妃的手，感覺到她的緊張和不適，便微微地拍拍她的手。

安親王也站起身來，扶著賢妃上了臺階。

福順已經放了張椅子在明啟帝身邊。椅子上鋪著軟墊，是半舊的，應該是明啟帝平日裡習慣用著的東西。

見她坐下，明啟帝自然而然地摸了摸自己的茶盞，覺得溫度適中，才塞到賢妃的手裡。

賢妃順手接了過來，半點沒猶豫地喝了兩口，喝完又順手塞給明啟帝。

明啟帝接過來，又將茶盞放在自己手邊。

兩人都一派自然，可大殿上的人看著他們兩人一來一往的動作，心裡卻驚詫莫名。

誰說賢妃失寵過？根本是胡扯！

這兩人的作派默契十足，老夫老妻也不過如此了。

誠親王不由得想起母妃說過的話。母妃說，父皇的心意從來沒有改變過。

他不由得抬眼打量了賢妃一眼。這是個英姿勃發的女子，不是嬌弱的，更不是柔媚的，而是帶著一種剛性。

他頓時就明白蘇清河這個護國公主像誰了。她的性子，該是像足了賢妃才對。

眼下他說不清楚心中是什麼感覺，也許有些替自己的母妃不值吧。他隨即又搖搖頭。或許母妃對父皇，也沒有太多的旖旎心思。

賢妃坐在上面，先看了看閨女，見閨女一身杏黃鳳袍，很有幾分氣勢，就暗暗點頭。剛才她太緊張了，都沒注意到。

再看兒子在一眾皇子中，更顯得相貌堂堂、氣勢凜然，不由得更高興了幾分。
她此刻心情一好，明啟帝就感覺到了，他拍了拍她的手。
大庭廣眾之下，這動作倒是讓賢妃有些尷尬，便偷偷地瞪了他一眼。
高皇后面上平和，但身上的陰暗氣息，卻越來越深。
賢妃不過是個妃子，不但沒有對她行禮，甚至沒多看她一眼，這些她必須忍。
而在自己面前，皇上跟一個妃子眉來眼去，絲毫不顧忌她的顏面，她還是得忍。
她這個皇后做的，到底有什麼滋味？
白荷此刻看著賢妃的眼神，讓人有些毛骨悚然。
蘇清河眼睛一眯，冷笑一聲。「妳再敢露出這樣的眼神，管妳是誰，我就先挖了妳的眼睛。」龍有逆鱗，觸之必死。賢妃是她的母親，誰敢懷有惡念，她就讓那個人一輩子都活在噩夢之中。
賢妃不贊同地看了閨女一眼。「不准唬人。」
蘇清河知道，賢妃是怕她壞了名聲，於是也不再言語。但她看著白荷的眼神，卻更冷了兩分。
安親王冷笑道：「哪裡需要妹妹親自動手，哥哥自會料理，怎能髒了妳的手？」
白荷看了看蘇清河，又看了看安親王，最後目光落在賢妃的臉上。白荷的表情，明顯是驚訝賢妃竟然生了兩個孩子。
賢妃也看著白荷，眼裡帶著幾分快意。「白荷，咱們又見面了。」

她實在是沒有想到，白荷就這樣出現在她的眼前。

從前的種種，一幕幕的閃現在腦海裡。

那時候，她們還都是小姑娘，白荷一身大紅的衣衫，倚在欄杆上，臉上帶著高傲的笑容。

而如今，在這個婦人的臉上，已經再也看不見那個小姑娘的蹤影。眼前的老婦，還真是讓她找不出任何與白荷相似的地方。

但她知道，這個婦人就是白荷。什麼都會變，唯一不會變的就是眼神，那恨不能將她生吞活剝了的眼神。

白荷的嗓子裡發出粗重的喘息聲，像是受了不小的刺激。

「賢妃娘娘確定這是先皇后？」榮親王起身問。

賢妃點頭。「她的左臂內側，有一塊燙傷的疤痕，寬約一指，長約一寸。這個疤痕的位置隱秘，除了貼身伺候的人，恐怕就只有本宮知道了。」說到這裡，她看向白荷。「本宮說得對嗎？」

白荷不由得摸向左臂。沒錯，她這裡有一塊疤，是被白玫這個死丫頭用火鉗子燙的。那時候，她們還都年少啊。

白荷的反應，印證了賢妃的話是真的。

榮親王抿抿嘴，退了下去。如今，就要看白家的人怎麼說了。

白家的人來得不算慢。

文遠侯帶著兒子們行了禮之後，就不停地用餘光打量坐在明啟帝身邊的賢妃。這是他的女兒嗎？

他瞇了瞇眼。幾十年沒見過了，他有些不敢相認。最後一次見她，她還是個小姑娘，如今看著還是好看，卻明顯老了。

他從來沒想過，這個女兒還會有翻身的一天。

白坤抬眼，看著坐在上首的姊姊，眼淚不爭氣地流了下來。「姊……」聲音不大，卻讓人心酸。

賢妃看著自己拉拔大的弟弟，如今也一把鬍子，眼淚馬上就落了下來。

明啟帝遞了帕子給賢妃，才出聲道：「去後殿歇一歇吧。」然後示意福順把人帶下去，又對白坤道：「你是賢妃拉拔著長大的，進去陪你姊姊說說話。」

白坤趕緊跪下，結結實實地磕了兩個頭，心中有著感激。

白榮看著白坤，眼裡的嫉妒怎麼也掩飾不住。真是三十年河東，三十年河西，風水輪流轉，如今輪到別人家威風了。

明啟帝看著文遠侯，眼裡的厭惡毫不掩藏。「文遠侯，你去看看那個人，可認識嗎？」

文遠侯早就注意到大殿裡有個乞丐婆子般的女人。他怎麼會認識這樣的女人？連忙搖搖頭道：「回皇上，老臣不認識。」

白荷一直盯著文遠侯和白榮看，眼裡是掩飾不住的激動。

見文遠侯不認她，立即就掙扎開了。「阿爹……」聲音粗啞，語氣卻帶著幾分撒嬌和委屈，聽得眾人心裡惡寒不止。

阿爹？

文遠侯一愣。這個稱呼只有他大閨女會這麼叫他，他的大閨女是他的驕傲，是白家的驕傲，她不但貴為國母，更為天下生下了儲君。

沒想到一個瘋婆子竟然也敢如此稱呼他，這讓他異常惱怒。這可是對先皇后的褻瀆。

倒是白榮，也許是姊弟倆打小在一起的時間更長一些，馬上瞧出了一些端倪。他不由得一步一步的走了過去，盯著白荷的臉，一遍又一遍的看著。最後，甚至扯過白荷的耳朵，看了看耳朵後面。

「大姊？」白榮失聲叫了出來。「大姊……妳是人是鬼啊？」

白荷的眼淚瞬間掉了下來。還是有人能認出自己的。

白榮看見白荷的眼淚，又想起這是在大殿上，頓時驚醒過來。「大姊，原來妳還活著……」他打量了對方一番，不敢置信地道：「妳怎麼弄成這副樣子？」

白荷拉著白榮的手，一臉憤恨地指向高皇后，嘴裡發出低聲的嗚咽。

白榮頭上的冷汗頓時流了下來。大姊這是在指控當今皇后啊！

看著高皇后冷硬的臉色，再看看榮親王眼裡的威脅，他頓時手足無措地朝太子望去。如今唯一能給他指示的，除了太子，再無旁人。

太子感受到了白榮的視線，他只想罵這個蠢貨。看他做什麼？此時最不好表態的就是他了。太子一眼也沒看向白榮，好似一切跟他沒有絲毫的關係。

文遠侯聽到白榮的話後，他先是愕然地看著白荷，然後眼裡閃過不敢置信。作為她的親生父親，他還是認出了自己的閨女。

一個帶著一身榮耀死去的人，如今卻活生生地站在眼前，這個衝擊對他來說，實在太大。

曾經，他多希望她能活得更久一些。而今，見到閨女還活著，他卻不由得思量起來。她活著，真的好嗎？

第八十九章 否認

文遠侯忘不了皇上每每看到他時的厭惡眼神。

過去，是他偷偷地將庶女代替嫡女，嫁給了當時還毫不起眼的皇子，也就是當今聖上。人死債消，但如今白荷還活著，那些老帳，自然要算一算了。

別人只道他寵妾滅妻，可是他敢不寵妾滅妻嗎？他的結髮妻子李氏，娘家曾經是何等的顯赫，可是，隨著端慧太子的被廢，一切都煙消雲散，整個李家，也消失殆盡了。

他能讓李氏活著嗎？不能！誰知道哪天皇家會算起舊帳，到那時候，他就要為了一個女人，盡毀家中基業。

所以，李氏死了，是他讓人下的手。

可是這殺妻的罪名，他不能擔。因此在這之前，他就培養了一個替死鬼，這個人就是雪姨娘。

雪姨娘是個知情識趣的女人，也是個簡單到愚蠢的女人。他刻意偏寵她，她就真的敢跟李氏作對。

李氏是個大家閨秀，不會跟一個男人的玩意兒計較。

或許說，像李氏那樣的女人，眼裡根本就看不上他這樣的男人。所以無論他愛誰、寵誰，李氏根本就懶得計較。

李氏總是挺直著腰背，臉上掛著恰如其分的笑意，從來不會多一點，也不會少一點。在李氏的面前，他是自卑的，也是不自在的。

雪姨娘那個女人，還真以為自己的本事有多大，其實不過是李氏懶得理會她。但雪姨娘驕縱的名聲還是傳了出去。於是，李氏「生病」，人們才會第一時間想到定是被妾室如何如何了，從沒有一個人懷疑到他身上去。

正因為這樣的心結，他無法面對他的嫡子、嫡女們。他雖然是他們的親生父親，但同樣也是他們的殺母仇人。

這兩個孩子沒本事也就罷了，一旦有了能力，遲早會向他討公道的。所以，當他接到賜婚的旨意時，第一個想法就是，千萬不能讓嫡女嫁給皇子。

一方面他害怕引出李氏舊案，牽扯出端慧太子；另一方面，他害怕嫡女真的有出息了，會回來找他算帳。

他從來都不相信紙能包得住火，也沒奢望做過的事不被拆穿。他唯一能做的，就是讓他們永遠沒有能力尋仇。

於是，他暗示雪姨娘，記名的嫡長女也是嫡長女。果然，她便鬧了起來。而他作為一個愛美人勝過一切的糊塗蛋，做出什麼事都不奇怪。

他改了族譜，將庶長女記在原配李氏的名下。

李氏早已化成一抔塵土，此事無須經過她的同意。而這件事本來還需要原配娘家的許可，但李家哪裡還有人啊？即便有僥倖活下來的，也恨不得鑽到老鼠洞裡去躲避，哪裡敢出頭？

那段日子，剛好碰上朝堂裡不安寧，誰也不敢為了這點小事去打攪皇上，就連還是皇子的當今聖上也都默許了。

一切都很完美，一切都很順利，連老天爺都幫了他。

儘管後來聽說，大閨女在皇子府不受待見，但那又如何？有了尊榮還想奢求別的，就太貪婪了。

就這樣，一個在皇子中最平凡無奇的皇子女婿，居然登上了皇位，連同他的女兒，也成了國母。

那段時間，他作夢都能笑醒。果然，人還是要學會算計的。他一直都覺得，老天爺格外善待他。

可是才高興沒兩天，一道聖旨——宣嫡女進宮為妃。他便明白了。

當日的賜婚不是那般簡單。當今聖上看上的，從來都不是白家的女兒，而只是他的嫡女，白玫。

他不喜歡這個女兒。她太像她的母親李氏了。

不管遭遇了什麼，她的腰桿都挺得直直的。那是因為她從沒做過虧心事，也不屑於做虧心事。

而他這個父親，卻是骯髒的、污濁的，一輩子也板不直腰桿的人。

但這時，他已經不怕了，因為他的大女兒身為皇后，自有許多便利之處。他對他的大女兒太瞭解了，那就是另外一個自己。

面對一個不屑於算計的嫡出妹妹，他相信他的皇后女兒，有得是辦法壓制她。

果然，是大女兒先生出了皇子，還被封為太子。得到消息的那天，他喝得酩酊大醉，心中盤算著不出意外的話，白家還能再富貴三代。

不幸的是，過沒多久，這個讓他驕傲的女兒就病逝了。他難過嗎？是有些難過的，但更多的則是失落。

但至少，他還有太子。只要有太子在，白家的希望就不會滅。

那時候，他整天提心弔膽，畢竟宮裡的嫡女賢妃還是很受皇上寵愛；而太子，卻失去了母親的庇護。

不久後，賢妃就懷孕了。

知道這個消息後，他更為太子擔憂。他知道賢妃在家時過得是什麼樣的日子，是被雪姨娘和大女兒欺負得幾乎快活不下去了。

如今，賢妃有了自己的孩子，不管為了她自己的孩子，還是為了當日的冤仇，只怕都不會讓太子好過。

太子還只是個奶娃娃，真要謀算他，簡直易如反掌。

可是老天就是這麼有眼。賢妃雖然生了兒子，卻同時生了兩個，乃不祥之兆。而她為了登上后位，竟然掐死了其中一個，也因此被關進冷宮。

他當時慶幸極了。還好賢妃栽了，要不然不僅太子會有危險，連他也未必能好過。

一個原本不屑算計的女子，居然會變成掐死自己親生兒子的心狠手辣之人，如何能讓人不害怕？

出了這件事之後，他每日虔誠地燒香拜佛，感謝佛祖的庇佑。

如此安然地過了很多年，他都已經忘了宮裡還有一個待在冷宮裡的女兒，四皇子卻猛然走進了他的視線。

四皇子也是他的外孫，當他被封為郡王，甚至領兵以後，他就隱隱覺得不妙。再加上皇上一直沒有給予他們白家承恩公的爵位，讓他越發覺得不對勁。

這個太子，未必就是牢靠的。前端慧太子，就是明晃晃的例子。

他怕了，怕因果循環，讓白家走上了李家的老路。所以，他越發讓自己糊塗起來，也刻意疏遠雪姨娘。

既然太子要善待一個老姨娘，那就善待吧，他躲遠一點就是。

他開始假意喜歡那些嬌俏的小丫頭們，對雪姨娘也適時地表現出幾分厭惡。他冷眼看著雪姨娘帶著白榮，仗著太子作死。

他心裡自有算計。若是太子得勢，那麼，白榮是自己的兒子，雖然蠢了一點，但白家還是能繼續富貴下去，甚至更進一步。

若是太子敗了，其他皇子勝了……也沒關係，反正白榮說到底不過是個庶子，他的繼室還給他生了一個兒子白環，只要提前一步把白榮扔出去，白環繼承爵位也是理所當然的。繼室之子也是嫡子，雖比不上白坤，卻比白榮尊貴許多。

若是最不幸，或是最僥倖的是，四皇子成功了，那麼他還有白坤這個兒子在，他可是四皇子嫡親的舅舅，對白家更不會差到哪裡去。為了名聲，想必白坤也不會對他這個父親怎麼樣。

他如此算計，發現真是局面大好，不管時局如何發展，他都吃不了虧。

之後，聽說安親王找到了雙胞胎的妹妹，他那時就意識到，安親王要起來了。至於賢妃，他已經不放在心上了，畢竟二十多年過去，再美貌的女子也禁不起時光的流逝。

其實在他的心裡，也盼著能跟四皇子修復關係。所以，當白榮想把白春娘送到涼州時，他二話不說就答應了，他也希望這能成為一個契機。

緊接著，事情發展得太快，快得讓人措手不及。

四皇子回京後，被封為親王，連剛被找回來的公主，也成了護國公主。他還沒想好該怎麼處理跟這兩位的關係，宮裡就出了事。

如今，已死的大女兒就站在面前，而他的心，卻一點一點地沈了下去。

文遠侯心念電轉，又抬頭看了太子一眼。

難道真要讓太子面對這樣一個如同老乞婆般的母親嗎？太子可願意？

太子最大的依仗就是皇上，他是因為失去母親，才得到了皇上加倍的疼惜。如今這位母親以如此不堪的姿態出現了，便打破了曾經留在皇上心裡所有的美好幻想。那麼，太子還能有什麼優勢呢？

都說，活人爭不過死人，有時候，死人比活人更有用。

這個女兒，不能認。

他的女兒貌美無雙、風姿卓然，是母儀天下的國母。她在最美的年華裡死去了，就再也不會活過來。

想明白了這一點，他重重地磕下頭。「皇上明鑑，這個女子絕不是老臣的大女兒。老臣的大女兒，早已經葬入皇陵，還望皇上明察，莫要讓死去的人不得安寧。」

白榮吃驚地回過頭，看向自己的父親。這怎麼會不是大姊呢？他堅信自己是不會認錯的。

白荷也滿眼愕然地看向自己的父親，完全沒想到父親竟會說不認得自己了。

不！不可能！父親剛才看著她的目光，明明是驚愕的。他明明已經認出了她，卻否認是她。

還真是她的好父親啊……

她不知道自己多長時間不見天日了，可看了看眾位皇子大致的年紀，也能猜出個大概。這麼長的時間，她的容貌老了，嗓子啞了，但心卻是透亮的。她無比清晰地體認到了一點——父親，不希望她活著。

明啟帝看著那父子三人，眼裡露出嘲諷，淡淡地道：「這麼說，倒是朕認錯人了？」

文遠侯一頓。他事先並不知道皇上已經認出了自家大閨女，要不然，他寧可給個模稜兩可的答案。

榮親王大喜，起身道：「父皇，文遠侯是先皇后的親生父親，斷斷沒有不認自家女兒的道理。既然此人不是先皇后，那事情就更簡單了，顯然是有人居心叵測，想陷害母后、陷害高家。」

蘇清河不由得看向明啟帝。今兒的事，不論怎麼處理，對皇上都是有好處的。承認這是白荷，則拉下高皇后，高家倒楣。否認這是白荷，則大駙馬誣告，黃家倒楣。

那麼，父皇會如何選擇呢？

此時，一直端坐的恒親王站了起來。他掌管宗室，自然是有資格說話的。「皇兄，臣弟有話要說。」

明啟帝嘴角翹了翹，點點頭道：「有話就說。這既是國事，也是家事，不要有什麼顧忌。」

蘇清河心裡一笑。誰不知道幾位皇叔向來以父皇馬首是瞻，恒親王如今站出來，不管說什麼，必然都是皇上的意思。

今兒，可真是熱鬧啊。

就聽恒親王道：「如今，皇上作為丈夫，確認了這是先皇后白氏；而文遠侯作為父親，卻否認了這是先皇后白氏。兩人各執一詞。

「夫妻之間，比親人更親密幾分，總知道一些別人看不大出來的特點，所以，皇上的意見非常重要。但文遠侯作為父親，也是從小看著自家孩子長大的，天下沒有認不出自己孩子的父母，所以，文遠侯的話也不能忽視。」

恒親王的話音一落，文遠侯的汗就順著脊背往下流。這話聽起來公正，可也把他放在與皇上對立的立場上。

恒親王看了文遠侯一眼，才道：「臣弟這裡正好有一個人。據她說，她曾經是先皇后的女師傅，從先皇后六歲起，就一直跟在她身邊，整整十年。

「這樣一個貼身的女師傅，論起親近，不比文遠侯差；而跟皇上比起來，就更有優勢。皇上與先皇后相處的時日畢竟短暫。」

「臣弟想，這樣一個人的指認，應該是假不了的。」

恒親王的話音一落，白荷和文遠侯連同白榮一起，馬上就變了臉色。

他們都意識到了不好。教導先皇后的女人是怎樣的出身，沒有人比他們更清楚。

太子眼睛一閉，如今什麼也不想說。

他就是再蠢，也看出來這應該是父皇的意思。他還能說什麼呢？不管父皇想幹什麼，如今最聰明的做法，就是老實地待著，別礙事。

蘇清河看了安親王一眼，安親王則朝她點點頭。他們都想到了一個人，就是白春娘曾經提到過的揚州春紅別院的紅嬤嬤。

果然，就聽恒親王道：「此人如今關押在宗人府的大牢裡。說來也巧，這個人牽扯到一件小妾暗害主母的案子，而這位主母，剛好是宗室的一位郡君。這位小妾，據說就是師從這位嬤嬤的。審問時，她攀咬到已故的皇后身上，臣弟這才將人扣在了宗人府，不敢放其離開，怕她玷污了先皇后的的名聲。」

「那就帶過來認一認吧。」明啟帝點頭應道。

蘇清河不由佩服地看了恒親王一眼。這一招可比她秘密帶人高明多了。否則，此時拋出證人，可不顯得是事先就知道要爆出先皇后的事，所以連人證都提前找好了。

被帶上來的紅嬤嬤才委屈呢，她可不認識什麼狗屁倒灶的小妾，無奈人家咬死了她不鬆口。真是人在家中坐，禍從天上來啊。

不過能來皇宮一趟，那真是死也值得了。

之前她曾教導出一個皇后，那是多榮耀的事，可她敢提嗎？連作夢都不敢說夢話。要不是她逃得快，早就被人滅口了，還因此隱姓埋名，躲了好些年呢。

不過，最終還是被老雇主找到了，但卻不是為了殺她，而是要她再教導一個姑娘。

她都不知道這家人是不是真傻。說他們傻吧，他們還知道要殺人滅口；說他們不傻吧，明知道這不是正途，還非得一條道走到黑，而且用人竟然敢用以前死裡逃生的老人，真不知道是怎麼想的。

在蘇清河眼裡，這位嬤嬤即便滿臉皺紋，也是個會打扮的老太太。即便身陷囹圄，一走出來，身上依舊整潔妥貼。可到底是沒見過世面的婦人，見她說話都有些顫抖，磕完頭，就乖乖地上前認人，顯然是在牢裡便得了提點。

白荷一見紅嬤嬤的視線落在她身上，頓時低下了頭。

年幼的時候不懂事，由著自己的母親胡鬧，請了一個過氣的窯姊當女師傅，專學些狐媚的本事。

等真的嫁了人，她才慢慢知道了羞恥，可已經滲入骨髓的作派，哪裡是那麼好改的。那些日子，她自己偷偷在房裡，不知道熬了多少的不眠之夜，才將身上的風塵之氣去了幾分。

這是她一輩子都不願意回憶的過往。

紅嬤嬤看著眼前一副老嫗之態的白荷，頓時有些傷感。

她把視線落在白荷的雙手上。白荷一緊張就會用左手摳右手的指甲，這習慣被她說了十年都沒改好，如今過了大半輩子，還是如此。

感覺到紅嬤嬤的視線落在自己的手上，白荷馬上將手鬆開，微微地向後縮了縮。

大殿裡的眾人，都在注意著這兩人，白荷的一番動作自然也落在大家的眼裡。

於是，眾人都默然了。還需要說什麼嗎？兩人明顯是認識的。那紅嬤嬤知道對方的小動作，而對方也知道紅嬤嬤對她瞭若指掌。

就聽那紅嬤嬤一嘆，點點頭道：「沒錯，這就是文遠侯家的大姑娘。當年請賤妾去教習這位姑娘的，就是文遠侯府的雪姨娘。」

恒親王點點頭。「妳先退到一邊去，一會兒還有話要問妳。」

紅嬤嬤趕緊低頭退到一旁。

「皇兄，看來沒什麼好懷疑的了。」恒親王看了文遠侯一眼道。

文遠侯接過話道：「回皇上的話，老臣實在是不敢認，畢竟最後一次見面，她還是小姑娘的樣子。小女的耳朵背後，在靠近耳根的地方，有個指甲蓋大小的紅色胎記，而右手的食指和中指之間，有一塊不明顯的青色胎記。是與不是，看一看就知道了。老臣心裡希望不是，老臣的女兒死了，總比活受罪好啊。」說著，還抹了抹眼淚，很是傷心的樣子。

文遠侯這算是又把話給圓回來了，但渾身早已冷汗淋漓。

皇上讓人檢查的結果，自然與文遠侯所說的一致。

那麼，皇上的原配就還活著。

第九十章　原配

眾人不由得朝高皇后看去。原配還活著，哪裡還需要什麼繼室？高皇后不就是名不正、言不順了嗎？

高皇后面色慘白，手已經開始顫抖了。

怎麼會這樣？要是早知道會鬧出這一切，她一定會讓白荷這個賤人消失的。可是當時的她又怎麼敢隨意殺人？而且殺的還是自己上一任的皇后。

在坤寧宮這樣的地方，皇后都能莫名其妙地被人囚禁，外面卻一點風聲都沒走漏，甚至連葬禮都辦得風光體面，沒有任何人懷疑。這是一般人能辦到的嗎？不是！

除了因為嫉妒、想折磨白氏，她當時也害怕著，怕這背後是不是一個深不見底的陷阱。一旦白荷死在自己的宮裡，一切就都說不清楚了。

因此她小心翼翼地維持現狀，維持了好幾年，可那個讓自己擔心的幕後之人卻一直都沒有出現，而她，也在這宮裡磨得滿身都是戾氣。

但她不能發作，她是皇后啊。不管受了什麼委屈、生了多大的氣，都要時刻微笑著，端莊地坐著。

可她也需要發洩，否則，遲早會被這皇宮給逼瘋的。

白荷就是這個出氣筒。

如今，她當日最擔心的事情發生了。真的有人將這個已死的元后擺了出來，她的立場瞬間變得尷尬。

不講那些私自關押皇后的罪過，僅憑白荷還活著這一條，自己這個皇后就當到頭了。

在白荷的牌位前，她都得執妾室之禮，更何況是面對好好的一個活人呢？在普通人家，還有平妻一說，但國母不能有兩位啊！

如今該當如何？所有人，包括高皇后，都看向明啟帝。

明啟帝微微一笑，往椅背上一靠，頗為放鬆地道：「咱們先不問案子，先把這身分理順。」他看了恒親王一眼道：「你管著宗室，這也是家事，你來說說。」

恒親王點點頭。「皇家從來沒有平妻一說，但卻有皇貴妃。皇貴妃為副后，也不算委屈高氏女。當然，這是在不論罪責的情況下，最合理的安排了。」

蘇清河敏銳地察覺到，恒親王只說了讓高皇后退下后位，卻沒有提到讓白荷補上去。

高氏臉色一白。果然，她這個皇后算是當到頭了，什麼副后？還不就是一般人家所說的貴妾。

妻和妾，本質上就是有區別的。

榮親王的臉色也變了。他一直以中宮嫡皇子自居，這也是他最大的依仗。如今母妃一被貶謫，他就由嫡子變成庶子，失去的遠比想像的還要多。沒有了嫡皇子的招牌，誰還願意跟在他的左右？

安親王不由得和蘇清河交換了一下眼神。如此一來，廢的不僅僅是一個皇后，更將老六的翅膀也給折了。父皇出手真是穩、狠、準啊！

良國公站起身來。「老臣贊同恒親王的提議。有元后在，繼后自然該退位讓賢。」

繼后若不主動退位，難道要讓皇上深究元后被囚禁之事嗎？還不如自己識相點，也不至於鬧得一發不可收拾。

「外公。」榮親王失聲喊道。

良國公給了對方一個稍安勿躁的眼神。位分的高低，如今已經不重要了，要緊的是該怎麼脫罪？

榮親王恍然一驚。沒錯！雖不能繼續做嫡子，但一個貴妃的兒子總比一個犯婦的兒子好些。要是一旦坐實了罪名，自己就真的是一點機會都沒有了。

白荷看著高皇后還坐在位置上一動也不動，頓時有些惱怒。

白榮知道如今不是鬧事的時候，得先把皇后的位置搶回來再說。便一把按住了白荷，微微搖搖頭。

明啟帝看著良國公，微微點頭。「既然愛卿同意，就這麼辦吧。」

他還真是個善於接納諫言的好皇帝。蘇清河在心裡暗笑。如今，一切可都是按照皇上安排的劇本在走啊。

良國公繼續道：「皇上，臣還有話要說。」

明啟帝一看這老東西，就知道他要說什麼，既然他這般配合，倒省了自己不少力氣。於是點頭道：「那就說吧，暢所欲言。」

良國公磕頭謝了恩，才道：「老臣的女兒，若真是犯了罪，不論如何處罰，老臣都認了。那皇后之位，讓出來本也是應該的，但是……」良國公語氣一轉，看向白荷。「這個白氏，卻絕不是什麼元后。」

明啟帝眼裡的亮色一閃而過。這老貨一向最是狡猾，果然知道該說些什麼。只要證明白氏不是元后，那麼相對的，高氏的罪責也就小多了。他這是看出了朕的心思，想討一個好，以求朕高抬貴手吧。

這話明啟帝明白，蘇清河、沈懷孝和安親王也都明白，就連在後殿偷聽的賢妃和白坤也都是明白的，但其餘人則不甚明白。

既然那個婦人的身分已經確認是白氏了，那麼白氏是元后，元后是白氏，這不是理所當然的嗎？

一時間，眾人都將視線放在良國公身上，都想知道他為了脫罪，是想出了什麼高招來？更有人時不時地打量著太子。良國公要真是把白氏的元后之位給說沒了，那麼，太子又算什麼呢？看來，有時候親娘的死而復生，未必就是好事。

連榮親王都帶著點同病相憐的眼神看著太子，氣得太子只想吐血。一幫子愚民，什麼都不知道，只會瞎琢磨，真是夠了！

而在大殿下的白家三人愣了一瞬間以後，也白了臉色。

是啊，白荷從一開始就是假冒的。

良國公轉過身來，對文遠侯問道：「文遠侯，敢問當初先皇的賜婚聖旨上是怎麼說的？

是否要將白家的嫡長女，賜婚給當時還是皇子的皇上？」

文遠侯擦了擦頭上的汗。真是怕什麼、來什麼。

先皇的旨意，宮裡都是留檔的，一查便知，不會因為年代久遠就被人遺忘。所以，不是說幾句假話，就能糊弄過去的事。

文遠侯無奈地點頭。「是，賜婚於嫡長女。」

良國公冷笑道：「那我再問你，站在你面前的白氏，可是你的原配夫人李氏的親生女兒？」

文遠侯喘了兩口粗氣，搖搖頭。「不是。」

良國公又道：「那敢問這位白氏的生母又是何人？」

文遠侯咬牙道：「是在下的一位妾室。」

「可是賤籍出身？」良國公繼續追問道。

文遠侯的臉色更白了一些。他當初怎麼沒想到呢？賤籍女子所出的庶子、庶女，若要將其記在原配的名下，是要在官府留檔的，但是他並沒有。也就是說，白荷的身分自始至終都是不被承認的，白荷依舊是庶女。

他艱難地點點頭。這一點一查就會被發現，他否認不了。

在一邊旁聽的沈中璣暗暗呼了一口氣。還好當初他想得周全，讓江氏換孩子的時候，他已經偷偷地讓人在府衙留檔了。

白荷一直都是以庶充嫡的，但現在更是連個假嫡女都算不上。她一直都是庶女，白家的庶長女。

這時候眾人才恍然大悟，終於明白良國公要幹什麼了。

先帝的賜婚，非同兒戲，誰都不能違背的。如今的白氏，不僅不是元后，還是個犯了大罪的女人，她這可是冒充元后，真正的鳩占鵲巢啊。

高氏要是囚禁了這樣一個犯婦的話，罪責就小了許多。高氏雖然心思不正，但到底沒有造成多惡劣的後果。

眾人不由得想起，如今后位空了下來，那皇上真正的原配如今在哪兒呢？

心思轉得快的人，一時之間恍然大悟。賢妃不就是那位白家的嫡長女嗎？

原來，真正的原配這些年被打壓為妾，還在冷宮中被囚禁了二十多年哪。怪不得過去後宮容不下這位賢妃，原來她才是真正的女主子。

想起明啟帝對賢妃的態度，眾人心中一動。原來皇上真正在意賢妃的原因是這樣的。

如今的局勢，瞬間複雜了起來。

太子有白荷這樣一個母親，本來就搖搖欲墜的太子之位，只怕從今以後，是更加艱難了。

眾人再轉頭，不由得將視線落在安親王身上，心中一驚。

這位如今可是嫡子，而且還是有軍功的嫡子。人品不錯，性情尚佳，能力出眾，允文允武，且不好女色，府裡只有兩個女人，並且有一個眾位皇子都沒有的優勢——他已經有了兩位健康的嫡子。

眾人再仔細琢磨。安親王連一點不良嗜好都沒有，為人還很豪爽，不拘小節，待人很是謙虛有禮，越想越覺得安親王比起大千歲和太子，不僅不遜色，還更為出色。光是軍功和子嗣，就不是其他幾位皇子能比的。再想起護國公主的名諱，那可是按照嫡公主姓名的取法。

難道，皇上的心中早有此打算？今兒的這齣戲，怎麼看都像是早有謀劃。

此時，最難以置信的就是白荷。

她在漫無邊際的黑暗裡苦熬了那麼多年，一直咬牙活著，為的就是有朝一日能重見天日，將她的敵人統統踩到泥裡去。可如今，她終於出了牢籠，卻一樣要被打落地獄嗎？不！憑什麼？她是八抬大轎，身穿大紅禮服跟皇上拜過天地的，有天地為證，豈可作假？即便是假的，也已經做成真的了，那麼真假又有何區別呢？

她掙脫開來，朝著皇上嘶吼道：「不……我是……」她張口喊著，卻怎麼也說不出一句完整的話。

白縈已煞白了一張臉，戰戰兢兢地跪在地上。他不時看向太子，期望太子能說句話。太子又能說些什麼？難道要說這個女人，根本就不是他的母親……

儘管事實如此，但這些話卻不能由他說出來，否則眾人會以為，白氏是元后的時候，他一聲不吭地甘願當兒子，如今不是元后了，他便馬上拋棄。

雖然從一開始，他成為這個女人的兒子，就不是自己的選擇。

可以後即便不再是太子，他也絕不能有個犯婦的母親。他的生母雖然只是個宮女，但至少出身清白。

如今這個身世的秘密，不能由他自己說出來，但若由父皇來說，大家又未必肯信。想必眾人都會以為是皇上想保全自己的兒子，而說出的推託之詞，到那時，就更說不清楚了。

能洗清自己身上白荷烙印的，就只有白荷一人，所以，她必須要開口說話。

太子看了看大殿中的局勢，突然開口道：「母親……母親她想說話呢。」他轉向明啟帝。「父皇，她好似有許多話要說，能不能想辦法讓她開口？」

眾人不由得一愣。太子差點被自己的母親坑死，卻還能站出來為母親說一句話，真是難能可貴啊。

明啟帝非常瞭解自己的兒子。太子真正的目的是什麼、顧慮是什麼，沒人比他這個做父親的更加清楚。

明啟帝在心裡微微嘆一口氣。罷了！既然他想如此，那就配合一下吧。到底是自己的兒子，當年他還是個奶娃娃，原本也有個出身不高，但愛他如命的母親。他當了這麼多年的太子，身分尊貴，可如今的局面於他而言，卻是萬丈懸崖，一旦踏錯一步，就是萬劫不復了。

於是，明啟帝點頭道：「你若是有辦法，就試試吧。」

太子鬆了一口氣。他相信父皇能看透他的心，但那又如何？如今最要緊的，就是跟白荷撇清關係。

他轉頭看向蘇清河道：「皇妹，可否上前診治一下母親？二哥在這裡先謝過了。」

蘇清河微微一笑。她也想知道太子究竟在搞什麼鬼，於是點頭道：「二哥太客氣了。」

她站起身來，朝白荷走去。

白荷已經被兩個嬤嬤給控制住，見到蘇清河走過來，更是將白荷抓得緊緊的。這位可是護國公主，要是被這個犯婦給衝撞了，她們萬死難贖。

白荷看著這個走過來的女子，一時之間有些愣怔。這女子的容貌酷似皇上，但姿態卻像足了她的嫡出妹妹白玫。

蘇清河任憑她打量，一手取下繞在手上的金針，迅速地扎進白荷的脖頸間。

技驚四座！有不少見識過金針梅郎醫術的人，都不由得暗讚名師出高徒。

不過一盞茶工夫，蘇清河便取下了金針。「說話試試。」

白荷這才從驚恐中回過神來。她剛才只覺得喉嚨像被人掐住，連呼吸都不能了，也讓她瞬間明白，這個女人是絕不能招惹的人。

不光白荷這麼認為，就連大多數人都這麼認為。這位護國公主不光不能得罪，還要盡力交好啊！人吃五穀雜糧，誰也不敢保證自己不會生病，因此得罪誰，也別得罪手段高明的大夫。

蘇清河沒看白荷，只是快速地回到座位上去。

白荷「啊、啊」了兩聲，頓時覺得嗓子順暢許多。她眼裡閃過一絲喜意，對著明啟帝喊了一聲。「皇上……」

儘管只有兩個字，但也能讓眾人感覺到語調清晰多了，她確實是能說話了。

明啟帝抬眼看了白荷一眼。「可有什麼話說？」

白荷瞪著眼睛。「妾身也是跟皇上拜過天地的，天地不可欺。」

「是啊，天地不可欺。」明啟帝眼裡的冷意一閃。「妳欺騙了天地，如今不是已得到報應了嗎？」

良國公眼睛一亮。有皇上這句話，高家就不會被罰得太狠。

而對於明啟帝來說，高家已經跟黃家撕破臉，即便暫時放高家一馬，高家也不會再和黃斌沆瀣一氣。那麼，沒有太大威脅的高家，什麼時候收拾都可以。

再說，高家對於此次高氏被貶，不僅不會埋怨，心裡還會存著感激。

今兒已經貶了高氏，暫時就沒必要將高家逼迫得太緊。一緊一鬆，恩威並施，才是真正的御人之道。

安親王看向明啟帝，眼裡露出沈思之色。

看來，自己差父皇差得遠了，還有得學呢。

——未完，待續，請看文創風516《鳳心不悅》4

2017年2月出版

貴妻揚進門

文創風 493～496

既然嫁與不嫁是兩難，又非得選條路走，
要不豁出去……跟那男人賭一把？

喜逢好逑　並蒂成歡／半巧

嚇！昏迷醒來竟穿越到古代，家徒四壁不說，還有嗷嗷待哺的弟妹？!
佟析秋連抱怨都省了，幸好她會繡會畫又會孵豆芽，先賺銀子養家吧，
想她前世也是靠自己在商場廝殺，獨力撐起門戶應該沒問題！
正想著如何讓荷包滿滿，失蹤多年的爹突然出現，派繼母接他們上京，
唉……自由日子到頭了，爹當官又再娶，此時親近前妻的孩子絕沒好事，
果然，那些人打算逼她嫁入鎮國侯府，替未來的榮華富貴鋪路。
官家女兒乃棋子無誤，既然逃不了，不如交換條件，讓弟妹分府自立，
但侯府傳聞甚多，聽說婆婆貴為公主卻是小三，兩房勢同水火？
她要嫁的二房長子亓三郎遭皇帝貶斥，不光丟官，還瘸腿毀容？!
這種夫家是個坑吧……可為謀得生機，也只好冒險一搏了！

文創風 515

鳳心不悅 3

國家圖書館出版品預行編目資料

鳳心不悅 / 桐心著. --
初版. -- 臺北市 : 狗屋, 2017.04
冊 ; 公分. --（文創風）
ISBN 978-986-328-716-2（第3冊：平裝）. --

857.7　　106002032

著作者	桐心
編輯	江馥君
校對	黃薇霓　簡郁珊
發行所	狗屋出版社有限公司
地址	台北市104中山區龍江路71巷15號1樓
電話	02-2776-5889～0
發行字號	局版台業字845號
法律顧問	蕭雄淋律師
總經銷	知遠文化事業有限公司
電話	02-2664-8800
初版	2017年4月
國際書碼	ISBN-13　978-986-328-716-2

本著作物由北京晉江原創網絡科技有限公司授權出版

定價250元

狗屋劃撥帳號：19001626

網址：love.doghouse.com.tw　E-mail：love@doghouse.com.tw